文春文庫

あしたはひとりにしてくれ

竹宮ゆゆこ

文藝春秋

目次

あしたはひとりにしてくれ

プロローグ

こんな夜を見下ろして、宝石箱、とか言っちゃう奴。

地上から訊きたい。夜は綺麗か？

俺も以前、スカイツリーから東京の夜景を眺めたことがある。今と同じく真冬だった。時刻は九時頃で、高さは三百五十メートル。天望デッキは混雑していて、すぐ前を一人で歩く女の人のスマホの画面が見えていた。なんとはなしに覗いてしまった。

すごいとか。やばいとか。高いとか混み過ぎとかいちゃつくカップルがうぜえとか。

その人が新しい電波塔からひっきりなしに送信するメッセージの一つに、宝石箱みたい、というのもあった。

『宝石箱みたいに綺麗』

訊いてみたかった。なぜ一人でこんなところに？　……ではなくて。

本当に、夜は綺麗か？　と。

黒い地面にぶちまけられたようなたくさんの光は、確かにやたらとキラキラしていた。

あの日はかなり寒かったから、空気が澄んでずっと遠くの光まで鮮明に見えていた。息を飲むほど豪華だった。白く、赤く、黄色く、青く、ビルの壁面にぎっしりと並び、眼下の街を緻密に走る道路に沿い、建物の輪郭を描いて。息づくように瞬いていた。あの高さからは今夜もきっと、無数のキラキラが光って見えるはずだ。

でも、その正体を知ってるのか？

「……殺す！」

右。左。光っているものが本当はなんなのか、確かめたことはないんだろう？　右、左、右、右、右。

「殺す！　殺す！　ぶっ殺す！　ぶっ！　ころっ！　してっ！　やる……っ！」

体重を乗せたパンチをリズミカルに放ち続けて、連打の果て。会心の一撃は掌底をこめかみへ。我ながら綺麗にヒットしたなと思った瞬間、ブツッと鈍い音を立てて首が直角に折れ曲がった。地面に引き倒した身体はずっと無抵抗のままだった。

馬乗りの体勢で、お祈りするように両手を組む。仰《の》け反《ぞ》るぐらいに振りかぶる。吸った息を一気に吐きながら、思いっきり打ち下ろす。腹に叩き込んでやる。

「うらあぁぁぁっ！」

その衝撃で、跨《また》がって押さえつけた身体の両足が跳ね上がった。組み合わせた拳は、柔らかな胴体の奥深くまでいとも簡単にめり込んだ。

もう一度。さらにもう一度。上半身をハンマーみたいに使って、もっと強く。もう一度。

繰り返すうちに、だいぶ前から心許なくなりつつあった体力をさらに消費してしまった。情けなく息が上がり、喉がぜえぜえ鳴る。しかしまだまだ全然足りない。傍らに転がっていたコンクリの塊に手を伸ばす。片手で摑むと思ったより重い。一瞬肩が外れそうになるが、構わずそのまま高々と持ち上げる。横を向いている頭部目がけて力いっぱい叩きつける。

「うわあああぁぁぁぁっ！」

ぐしゃっ、と潰れた感触があった。

よろめきながら立ち上がる。片足上げて、スニーカーの靴底で腹を力いっぱい踏みつける。胸も顔も、全部踏む。両足で踏む。ジャンプして、踏みにじって、踊るみたいにめちゃくちゃにして、崩れ落ちるようにまた馬乗りになる。

両手を重ねて、首を絞め、思うのはただ一つ。

——死ね。

全体重をかけて喉を押し潰し、力を両手に込める。死ね。死ね。死んでしまえ。いなくなれ。おまえなんか必要ない。おまえなんかいちゃいけない。おまえの存在は邪魔なんだよ。この呪い、この憎しみ、この怒り、この悪意。俺を突き動かすすべての衝動を、この十本の指に宿す。消えろ、消えろ、消えろ！　死ね！

死ね――――――――――っ！

ずっと低く長く叫び声を洩らしているのは、俺だけだった。他に声は聞こえない。沸騰する内部の圧を逃がすように、ふわふわと白い濃い息を吐いているのも俺だけ。

静けさにふと気づいた。風がない。

顔を上げ、辺りを見回す。誰もいない。ここには、俺以外の誰もいない。生きてはいない。殺したんだ。

「やった……！」

ようやく仕留めたという実感に達して、両手から力が抜けた。馬乗りの体勢のまま、ゆっくりと夜空を見上げる。荒い呼吸を繰り返す。満足だった。今ここに生きているのは俺だけ。そして、目は四つ。生きてる二つと、生きてない二つ。

振り返ると背後には、見慣れつつある巨大さで、スカイツリーが白くそびえ立っている。あそこから見えるたくさんの光のうち、二つを今から俺が消す。

手を伸ばし、すぐ傍のシャベルを掴む。杖のようにして立ち上がり、腰を伸ばす。体重をかけて、尖端を深く土に突き刺す。冷たい酸素を吸いながら、いつものように穴を掘る。ある程度の大きさと深さに達したところで、亡骸を掴み、ビニールに包んで、穴の底へ放り込んだ。あとは掘った土で埋め戻して平らにならせば終わりだ。これで消えた。あっけない。もう見えない。なにも起きていない。証拠はない。

作業を終えてシャベルを土の上に放り出すと、金属の部分が石にでも当たったのだろう。甲高い音がかすかに尾を引いて闇の中に響いた。でもその音もやがて止んで、真冬の夜に静けさが戻った。

暴行の後、俺はいつもこうして佇んで、自分の息の音だけをしばらく聴いている。こんな俺を誰も知らない。俺は自分を隠してる。

この目の左右はきっと今、瞬く光の一粒と一粒。誰かが見下ろす夜の東京の、二つの光。街の隙間に落ちているこのキラキラはもちろん宝石なんかじゃない。夜空から流れ落ちた星とかでもない。

小さな生命を遊びで殺して、土の下に埋めて、置き去りにしてゆく。それで心が落ち着いて、何食わぬ顔で家に帰ってゆく。こういう鬼とか獣に属する生き物の、汚い右眼と左眼だ。こんな正体を見たとして、それでもまだ夜は綺麗だと思うのか？

綺麗というには不穏じゃないか？

1

瑛人《えいと》は夢を見ていた。

夢では幼児に戻っていた。誰かの胸に抱っこされて、ずっと泣き続けていた。誰に抱っこされているのかはわからない。優しく揺らされながら、なにを語り掛けられているのかもわからない。自分は幼すぎて、それを理解する能力がない。着ている服の腹のところには、緑の字で大きく「8」と描いてある。もしかして名前が瑛人だから、エイトを着せられたのだろうか。なんというひねりのなさ。泣きながら顔を押し付けた肌からは、お菓子のような甘い匂いがしている。

夢ならではの脈絡のなさで、自分が泣いている理由はわかっていた。この身が爆発寸前だからだ。すべてを吹っ飛ばす恐ろしい破滅の予感は、身体の奥深くから滾々と絶え間なく湧き上がり続けていた。

泣きながら、抱いてくれている誰かの指をずっと握りしめていた。必死だった。こうして繋がっているところから自分の中身は流れ出し、同じ分の新鮮な水を注がれるシステムなのだ。おかげで湧き上がるものは溜まりきらず、冷まされながら循環することで臨界に達さずにすんでいる。

もしも離れてしまったら、一巻の終わりだ。自分の中身はたちまち溜まって、大爆発を起こしてしまう。だから絶対にこの手を離してしまわないように、瑛人は命を懸けて指にすがりついていた。

それなのに。

『おーい』

すぐ近くから、その声は聞こえた。

『おーいおーい。こっちだよー。ここにいるよー』

つい、視線を向けてしまった。

気が付いてしまった。

『ずっと呼んでいたでしょう？』

青く透ける暗がりの中に、光を通さない誰かの影がある。その影には二つの目。

黒い丸い二つの目が、じっとこちらを見つめている。

そいつの身体が汚く泥に塗《まみ》れていることも、触れば冷たくて血なんか通ってないことも、なぜか瑛人は知っている。

知っているのに、なぜだろう。

（……ま、）

（ま……？）

『ただいま』

声の方に身を捩る。黒い目玉に吸い寄せられるように、意識がさらわれる。我ながら小さなもみじみたいな両手から力が抜ける。それまで必死に握り締めていたぬくもりから、指が少しずつ離れていく。

——いや、ちょっと待て。だめだ。よせ。その手を離すな。だって、

（離したら俺は終わりだ！）

そう思った瞬間だった。瑛人の意識は小さなサイズの自分から引き剝がされて、いきなり宙高くまで舞い上げられた。四角い夢の世界からぐんぐん遠ざかる。足の下で閃光が炸裂して、真っ白い光のドームが膨れ上がる。その眩しさに飲み込まれ、なにも見えなくなって、すべての音が吸い取られたように消える。それでもまだ間に合うと思いたくて、必死に叫んだ。

（ありゃおばけだ！）

そのときふと気づいた。この夢、前にも何度か見ていないか？　すでに知ってるパターンのやつ、毎回こうなって破れる夢、そして——

「……っ！」

目を開けばこっちが本物の世界。

息を吸いながら仰け反るように顔を上げると、いきなり見慣れた眺めにピントが合った。蛍光灯の白々しい光。その下にいくつも並ぶ六人掛けのテーブル。壁際にはずらりと仕切られた一人席。たくさんの黒い頭、紺色のブレザーの背中、壁、窓、二酸化炭素で淀んだ空気。

放課後だった。ここは自習室。自分はいつの間にかテーブルに突っ伏して居眠りしてしまっていて、そして覚醒の勢い余って、

「あ、あ、あ……」

今、ゆらっと椅子ごと後ろにひっくり返りつつあった。慌てて前方へ体重を戻そうとするが時すでに遅し、引力に対して為す術もなく、

「あぁぁ！」

背もたれから無様に床へ叩きつけられる。

自習室に、勢いよく倒れたバカ野郎の悲鳴と鈍く大きな音が響き渡る。

一斉に振り返るたくさんの気配。冷たく注がれる鋭い視線。時が止まったみたいな数秒の沈黙。やがて鋭い舌打ちと、「……っどろいた」「誰？」「超びびった……」「んだよ」低く交わされる、苛立ちを孕んだ囁き。頭上から降り注ぐ気まずさの破片が、この身を床に縫い止める。

瑛人は椅子に座った形のまま、ひっくりかえって天井を見上げ、

「……なにこれ……」

目を瞬きながら呟いていた。こんな現実、信じたくない。これも夢の続きなのか？　ならばむしろそうであれ。しかし願いもむなしく事態はリアルで、

「こっちが訊きたいぞ。おまえはなにをしているんだ？」

右サイドから小さく声をかけてきたのは眼鏡の藤代《ふじしろ》。

「大丈夫かよ。すっごい綺麗な弧を描いて倒れたけど、頭とか打ったんじゃない？」

左サイドからは、でかいガタイの車谷《くるまや》。現実味ありすぎの、あまりに見慣れた友の顔。

しかし二人とも声こそかけてくれたものの、惨めに転がった瑛人を抱え起こしてくれるまでの気はないらしい。なんとか自力で立ち上がろうとするが、椅子には肘掛があり、ひっくり返った身体がその中にうまいことはまり込んでしまっている。可及的速やかに脱出したい。だができない。虫のようにもがくうち、瑛人はそのまま後方にごろりとでんぐり返りしそうになる。回転の途中で止まりはしたが。

「だから瑛人。おまえは一体なにをしているんだ？　どうしたいんだよ？」

「ははーん、わかったぞ。恥ずかし固めだな。セルフで決めるとは珍しいヤツ。よかったな、みんな見てるよ。おまえは今、期末前のひりひりした世界に咲く一輪のおもしろい花だよ」

情況はさらに深刻だった。衆目の中、尻をまっすぐ天井に向けてひっくり返ったポーズで椅子にはまって動けない、というこのザマ。一刻も早くエスケープせねばともがき続けながら、瑛人は絞り出すように、

「……い、今は話しかけないでくれる……⁉」

なんとかそれだけ言った。恥と逆さまになった血圧で、顔はきっと真っ赤になっている。

＊＊＊

時々、おばけがでるのだ。

自分はおばけがこわい。

――なんて言えるだろうか。男が高校二年にもなって。言えるわけがないと思う。そういうことを言って笑われたとして、それをおいしく思えるキャラでもない。

月岡《つきおか》瑛人はずっと「いいこ」でやってきた。

別に「いいこ」になりたかったわけではない。ただ、一生懸命に頑張ってきた。するといつしかその結果、人からそう呼ばれるようになっていた。

頑張らされたというわけでもない。頑張りたいと思う理由は常に自分の中にあった。

頑張ったのは瑛人自身の意志だ。

親をまったく困らせることなく幼児期を終え、小学校に上がる頃には、瑛人はすっかり己を律することを覚えていた。どんなに眠くても朝には目を開け、だるくても寒くても服に着替えた。時間通りに登校し、先生の指示通りに行動した。そうして学び、読み、歩き、止まり、歌い、黙り、座り、立ち、走り、計り、跳び、踊り、喋り、めくり、かぞえ、開いて、閉めて、出して、仕舞って、上げて下げてずらし滑らし落とし投げて濡らして乾かして！　また、濡らして！　書いて！　描いて！　……覚えて！　……答えた……！　そして帰った。寝た。九時には寝た。

学年が上がっても忘れ物なんかしたことはなかったし、一度の遅刻もしなかった。宿題は必ず夕飯前に終えていた。成績は常に良く、誰もが瑛人を優等生として取り扱った。

優しげな顔立ちのせいか、手足の長い細身のせいか、どこか穏やかな物腰のせいか。中学校ではクラスの女子たちから「プリンス」と呼ばれた時期もあった。が、具体的なモテ方はしないまま、そんなブームは去った。

その後、男子たちからは、「月岡瑛人　formerly known as Prince」と呼ばれるようになった。やめてくれ……と願う瑛人の声に応えるように、そんなブームも卒業する前には去った。

やがて瑛人は自宅からほど近い、都内の高校に進学した。難関といわれる男子校だ。

合格通知が届いた時、それまでの頑張りが報われたように思えて瑛人は大喜びした。両親も担任も塾の先生も友人も親戚も、近所の人まで喜んで、総出で合格をお祝いしてくれた。

大変なことになったかもしれない、と気づいたのは、高校の授業が本格的に始まってからだ。とにかく進むのが速いのだ。爆速だった。普通は三年かけてやる高校の履修範囲を二年とかけずにとっとと終えて、残りの時間をよりテクニカルな受験対策に当てるためだという。

押しつけの作業的課題はほぼない代わりに、つまずいた場合のフォローも一切なかった。

最初の中間試験の順位はショックだった。元プリンスも、選りすぐられてきた秀才の群れにおいてはあくまで並、いや、課目によってはそれ以下でしかないことを思い知らされた。

そこで焦った甲斐があったか、期末テストではほんのわずかに順位を上げることができた。が、担任は瑛人に「もっと頑張れ」と活を入れた。

高校一年の夏休み直前、個人面談でのことだ。

まだ若い男の担任と二人きりで向かい合い、瑛人は「はい……はい……」と覇気なく頷くことしかできなかった。面談の場で教師の口から賞賛以外の言葉を聞くのは、何を隠そう生まれて初めてで、どう対応すればいいのかわからなかった。というか、少しとはいえ順位を上げたことについては良い評価をもらえるとすら思っていた。

「はい、はい、ってさっきからおまえな、そんなロウなテンションでさ、ほんとにわかってんのかよ?」

「はい……」

と、なにを思ったのか。担任はいきなり瑛人の目の前で、自分の両手をパーン! と一度、大きく打ち鳴らした。驚いて瑛人は顔を跳ね上げた。

担任は、じっと瑛人の目を覗き込んでいた。たじろぐほどに、まっすぐ、強く。いつからこんなふうに見られていたかはわからない。瑛人は面談が始まってからずっと深く項垂れたまま、自分の手元ばかりを見ていた。春から初夏、三か月目の自転車通学で、ほんのわずかに日焼けしつつある手の甲や指を。

「今なにが起きたか、わかるなら答えてみろ」

「今、なにが起きたか……ですか」

なにがって。顔の前で突然手を叩かれたのだ。大きな音を出された。その音は不快で、びっくりしたし、嫌だった。ということは——すなわち。担任と見つめあったまま、瑛人は薄い唇を恐る恐る動かしてみた。

「……おしおき？」

「あ？」

担任の顔が斜め下方向に思いっきり歪む。呆れたような蔑むようなその目つき。違うか。なら撤回だ、急げ。

「……では、ない。とすると……」

瑛人は顎に指をやり、首を傾げて考え始めた。己が持つあらゆる経験と情報を改めて総動員し、この状況を把握しなければ。担任のこの表情。このオーラ。とりあえず答えは「おしおき」ではないのが確定だ。ということは、なんだ。

(男同士が二人でまっすぐ向かい合い、お互いじっと目を見つめ、片方が相手の目の前で唐突に手を叩くという行為……奇妙な行為……意味不明……驚かせるのが目的みたいな……はっ！)

思い浮かんだ。あの、相撲における奇襲作戦。あれだ。

「わかりました」

わかったことが嬉しくて、答えながらつい立ち上がってしまう。正解を確信して、ふふ、と不敵な笑みも浮かべてしまう。なんとなく顔の横で、人差指を立ててしまったりもする。

「答えは……猫だまし」

「声が小さい。聞こえない」

おっとそうくるか。では、と息を吸い直し、改めまして。こめかみに血管の筋を青く

浮かせながら担任をずばり指さし、

「猫だましっ！」

柄にもなく激しくシャウトしてみるが、

「ブップ――――――ッ！」

担任の唾を真正面から理不尽に浴びて、瑛人は「うっ」と身を捩った。そのまま尻から椅子に崩れ落ちる。雑菌たっぷりの他人の体液を、顔面にまともに食らってしまったではないか。

ポケットからハンカチを取り出してそっと顔を拭う瑛人に、担任は重々しく告げた。

「やっぱり全然わかってなかったな。おまえは、隙をつかれたんだよ。おまえがさっきみたいにぼさーっとしているこの隙に……これだよ」

パーン！

「はい、抜かれた」

……は？　とか言ったら、また体液攻撃を食らわされるのだろうか。そう思う間に、もひとつパーン！　「はいまた抜かれた」さらにパーン！

「はいまた抜かれた。はいまた抜かれた。これはおまえが抜かれる音だ。置いて行かれ

る時の音だ。はいまた抜かれた」

そう言いながら担任は、パーン！　パーン！　音も高らかに両手を打ち鳴らし続けた。「はいまた抜かれた」とパーン！　をあまりに素早くリズミカルに繰り返すから、動きは徐々におもしろくなりつつあった。だがそんなおもしろさのラインを突き抜けて高まる、怯えの気持ちというのもあった。総合すると、瑛人は担任に引いていた。

完全に黙ってしまった瑛人に、「どうだ？」ずいっと担任は顔を近づけてくる。「わかったのかよ？」またじっくりと視線で穿《ほじく》り返したいみたいに、目の中を覗きこまれる。

「じょ……状況は、理解できました」

「ほう」

「はっきりとわかりました。……やばいですね」

「おー、さっきまでと目つきが違うな。やっと危機感が出てきたじゃないか」

「ええ、まあ。はい」

しっかりと担任を見つめ返して、深く頷いてみせる。こんなやばめの人と密室に二人きりとは、俺は今、やばいですね——そんな本音は見透かされずにすんだ。

「そうだよ月岡。やばいんだよ。とてもやばいんだよ。常にやばいんだよ。みんなやばくて、みんな必死なんだよ。こんな一瞬の隙をついておまえは抜かれていくんだよ。ちょっとぐらい成績が上がったからって、絶対に油断するな。はいまた抜かれた。置いて行かれるぞ。はいまた抜かれた。もっと頑張れなきゃそこで終わり、あっという間に置き去りだぞ。はいまた抜かれた」

パーン！　パーン！　パーン！　さらに大きく手を打ち鳴らしながら、担任はやがて立ち上がった。瑛人は椅子ごと後ずさり、「もうわかりましたから！」迫り来る担任から必死に逃げた。

解放された瑛人がよろよろしながら廊下に出ると、面談の次の順番を待っていた奴が「なんかパンパンしてなかった⁉　あの音なに⁉」完全に怯えきっていた。穏やかな笑顔で「なんだと思う？」とだけ囁いておいた。

担任のやばさはさておいて、言わんとしていることは理解できた。一瞬の油断が命取り。常に落伍の危険あり。余所見《よそみ》などするな。休むな。止まるな。息すら詰めてすべてを捧げて走り続けなければ、ここでは置いて行かれてしまうんだぞ、と。

それを立証するかのように、夏休み明け、一年生は二人減っていた。どの学年にもそうやってぽつぽつと消えていく者がいて、とんじゃった、と軽く表現されていた。とんじゃった奴がその後どこでどうしているかなんてわからない。少なくとも瑛人は知りたくなかった。心を寄せてしまったら最後、一緒に奈落へ引きずられていくような気がしたのだ。

群れから遅れ、ずるずると距離が広がり、もう追いつけないとわかって、ただ立ち尽くす自分の姿——想像は容易《たやす》くて、それがまた恐ろしかった。決してありえないことじゃないのだ。自分とは無関係の、遠い世界の出来事などではないのだ。

もし本当にそんなことになったとしたら、かつて合格を喜んでくれた人の数と同じ数の失望と直面することになる。切実にそうはなりたくない。

ならば担任の言う通り、もっと頑張らなければいけない。もっともっと頑張ろう。真剣に、必死に、一生懸命に頑張ろう。

それから瑛人は毎日必死に、もっと、もっとと勉強し、授業に挑んだ。「昨日よりも頑張る」ことを日々の是とした。部活にも入らず委員会もやらず、とにかく勉強を最優先に、ひたすら自習し続けた。寸暇を惜しんで家でもどこでもノートと教科書を開いた。

その結果、一年生が終わる時の総合順位は一応、上から三分の一のところに納まった。両親は「さすが瑛人！」と褒めてくれたし、担任にも絡まれずにすんだ。が、優等生でございい、と胸を張るには物足りない成績ではあった。

ちなみにもっと上位には瑛人以上の凄まじいガリ勉もいたし、スーパー家庭教師軍団（軍団？）がついていると噂の奴もいた。運動部で活躍する奴もいた。勉強は嫌いと嘯《うそぶ》いて授業中はほぼ寝ている奴もいた。放課後はいつも彼女とデート、などという激しく許し難い奴もいた。どうやら人間というものは、本当に平等にはできていないようだった。

二年生になるとクラス替えがあって、担任も替わり、同級生からはまた一人とんだ。その年の夏休み明けにも一人とんだ。桜咲く入学式の時点から二年の二学期までにこうして四人が脱落したが、成績が悪い順から、というわけでもなかった。頑張らなかった順、というわけでもないだろう。

寝る前やトイレ、風呂。はみがき中。そんなふとした空白のひと時に、考えてしまうことがある。

自分は、今も「いいこ」なのだろうか。「いいこ」に見えているのだろうか。

思えば昔はシンプルだった。なにをするべきなのか、なにをすれば正しいのか、悩むことなく当たり前に理解できた。「いいこ」でいるのは瑛人にとって、すこしも難しいことではなかった。

でも今は正直難しい。昔はわかったことが、気がつけばわからなくなっている。自分は毎日毎日頑張って、勉強して、群れから置いて行かれないようにひた走っているだけ。これでいいのだろうか。周囲を見ながら、みんなの様子をうかがっているだけで。ただ、みんなと同じ、というフリを必死にして、自分ではもう意味も理由もなにもわからない。どこへ向かっているのか、いつ終わりがくるのか、なにがしたかったのか、どうなりたかったのか。瑛人にはもう全然わからなくなっている。

こんなことでいつまでやっていけるのかもわからない。自分はいつまでこんなフリを続けられるんだろう。いつまで持つんだろう。

ビクつきながら周りをこっそりと見回している瑛人の傍には、いつしかおばけが現れるようになっていた。

おばけは二つの黒くて丸い目をしている。そして出る場所を選ばない。現実の世界で気配だけになっていることもあるし、さっきのように夢の中に現れて瑛人を狙う時もある。どんな時空にも次元にも出入り自由でまさしく神出鬼没。いつも瑛人を見張っている。フリなんてすべてお見通しで、瑛人の正体を知っている。

こんなことは誰にも言えないが、瑛人は本当におばけがこわい。

＊＊＊

真冬の太陽は落ちるのが早くて、自習室のある図書館棟を出るとすでに空は暗かった。頭上を覆う寒々しいグレーの雲が、だいぶ夜の紺に侵されつつある。

藤代と車谷は、瑛人が自転車を取ってくるのを校門で待っていてくれた。寒い！　と口々に騒ぎながら、陽のない歩道を三人で並んで歩き出す。

今年は暖冬だと言われていたが、なにかの間違いではないかと瑛人は思った。紺色のコートの肩と肩の間を冷たい風が容赦なく吹き抜けていく。そのたびに体温を奪われて、三人して「ひぃぃ！」と情けない悲鳴を上げてしまう。

「心が折れそうだ……！」

震えながら瑛人が呟くと、

「夏にはあんなに待ち遠しかった冬なのに、今はこんなにも夏が待ち遠しいとは」

と、藤代。

「でもそれ毎年思うよな」

車谷。瑛人と藤代はもう歯の根が合わず、ガチガチ音を立てている。車谷は口では同じように寒がりながらも、他の二人のように震えてはいない。

十二月の放課後、午後五時前。いつもならあと一時間半ぐらいは自習室に居残って、黙々と勉強を続けている頃だった。

のびのび手袋をつけた片手で自転車を引きながら、瑛人はもう片手で自分の後頭部を触ってみる。さっきひっくり返った時に、床にしたたか打ち付けてしまった。

「なんだ瑛人、コブか」

「やっぱ頭打ったのかよ。まだ痛ぃ？」

友人たちの声に「大丈夫大丈夫」とその手をパタパタ横に振る。強く押すように触ると少し痛むが、コブにはなっていない。自習室がカーペット敷きで本当によかった。

「全然たいしたことないからご心配なく。それより二人とも、もっとやりたかったんじゃないか？　よかったのかよ、俺と一緒に早仕舞しちゃって」

「たまにはいいさ」

ポケットから取り出したマスクをつけ、息で眼鏡を曇らせながら藤代が言う。

「あの雰囲気には耐えがたいものがあった。なあ」

その言葉に頷いて、車谷はなぜかすこし楽しげに笑う。

「あそこにあのまま残って勉強するとか絶対無理。うちの学校の人、基本的にみんな心狭いからね。余裕のなさ丸出しでさ。不幸なハプニングの一つや二つ、笑ってスルーしとけよなあ。時期が時期だっつってもピリピリしすぎ。へこむなよ瑛人、下らねえことだよ。気にすんな。あーさっぶ！」

へこむなよ、とか、気にすんな、とか言われても。

グレーのマフラーに冷える顎を埋め、自転車を引いて歩きながら、瑛人はちょっと黙ってしまう。がっつりへこんでいる。ドがっつり、気にしている。ため息が口許からほわりと白く立ち上り、暗い空に消えていく。

自習室は、いつにも増して人口密度が高かった。車谷も言った通り、時期が時期だ。さ来週には二学期の期末試験が控えているし、三年生は年明けのセンター試験に向けてラストスパート。放課後の時間を一秒たりとも無駄にはしまいと、みんな貪欲に勉強していた。もちろん私語は一切許されない。咳やくしゃみ、あくび、しゃっくりといった生理現象さえも厳格にギルティ。屁なども……屁、など！　死刑だろう多分。処された奴は幸い見たことないが。

そんな緊張感たっぷりの空間で、瑛人はわざとではないとはいえ、力いっぱい後方にでんぐり返って静寂をブチ破ってしまったのだ。寝ぼけた、なんて言い訳も、居眠り自体が禁止事項である以上は通用するわけがなかった。一斉に向けられた視線はどれも鋭く、刺々しく、瑛人の身を案じて声をかけてくれた友人たちにまで及んでいた。あれぞまさしく針の筵。気分も新たにもう一頑張り……なんてできる空気では到底なく、尻尾を巻いて退散することにしたのだ。しかもそんな恥ずかしすぎる一幕に、こうして二人の友まで巻き添えにしてしまったわけで。

「あーあ、やんなるなもう」

これでへこまずにいられる方法があるならぜひ知りたい。我ながら声が暗い。

「俺、なんで居眠りなんかしたんだろう。特に眠たくもなかったのに、いきなり寝落ちしてたんだよ。変な夢まで見るしさ。どんだけ本気で寝てんだよ」

「夢ねえ。そういやおまえ、恥ずかしい寝言思いっきり言ってたもんな。『ままー』って」

「え⁉」

車谷の言葉に、瑛人の全身を戦慄が走る。思わずハンドルを手離してしまう。倒れかける自転車を危うく藤代が支えてくれるが知ったことか。そんな寝言を放ったというのか。この、自分が。月岡瑛人が。公衆の面前で。ままー、って。

「うそだろ？　……え、え？　まじで？」

友人たちはにやにやしている。まじか。「ああ……！」気が動転するあまり、瑛人は手袋の指で自分の前髪をわしっと摑む。おでこの皮膚も、目元の皮膚も、乱暴に摑む。天を仰いでかきむしる。

「なんだろう！　つらい！　俺、つらい！　猛烈に自害的なことがしたい！　それもできるだけ早く確実な方法でしたい……！」

呻きながら身を捩り、崩壊する塔のようにそのまま道路の真ん中にしゃがみこむが、

「はは、うっそだよ〜ん。なんでこんなあっさり信じんだよ」

そんな瑛人の脳天に、車谷がチョップの真似をする。ものすごく楽しそうにテカテカ光って笑うそのツラ。見れば藤代もマスクを顎まで引き下ろし、血色の悪い唇を片側に引き寄せて「くっくっくっ」と特有の芝居じみた感じで笑っている。

「しかし本当に簡単な男だなおまえは。そもそもそんなおもしろいことがあったら、ここまで俺たちがからかわないでいるわけないだろう」

うそ——うそか。うそかよ。うそなのかよ。

「……ったく！　しょうもない嘘、意味なくついてんじゃねえ！」

立ち上がるなり、藤代からひったくるように自転車のハンドルを取り返す。「ジョークジョーク」と車谷は呪文のように唱えるが、笑えるかこんなの。ただでさえへこんでいるところに追い打ちか。冗談にしてはレベルが低いし、自分の場合は洒落にもならない。

「全然、おもしろくない！」

凍りついたような頬を無意識に手袋で強く擦《こす》る。さっき見た夢の中ではぴったりと誰かの肌のぬくもりにくっつけていた、この頬。今は風に斬りつけられているようだ。冷たい刃物じみた真冬の空気に晒されて、守ってくれるべき皮膚が足りないような気がする。

友人たちは黙ってしまった瑛人の表情なぞ気にも止めず、相も変わらず気楽な軽口を叩き続けている。

「まあ、今日は体育でサッカーなんかやらされたから、自分で思ってるよりも身体が疲れてたっていうのはあるかもしれんな」

「寒いってだけでもカロリー使うっていうしな。そこいくとほら、俺なんかこのわがままボディじゃない？　肉の防御でガリの君らよりはかなり有利よ」

「さすがのミートテックだな。またの名を、」

「フルメタボジャケット。夏は人一倍地獄だけどね」

「そりゃ炎天下に脂身を纏っているとなれば代償もそれなりに、な」

「無邪気にちゃっちゃと飛び散っちゃうよ、俺の背脂。かかっちゃったらメンゴ」

瑛人はまだそんなバカ話の輪の中に戻れずにいる。むっつりと黙ったまま、無意識に乾いた唇の皮なぞ食ってしまう。ぺりっと剝けて、かすかな血の味。はあ、とまた白い息をつく。気分転換が必要だ。それも相当切実なレベルで。このまま家に帰っても、自習の続きになんか集中できる気がしない。

「……なあ、でっかく恥かいたせいか腹減ってきたかも。ちょっとなんか食って帰んない？」

「お、いいねえたまには！」

瑛人の提案に、車谷はいきなり嬉しそうに目を輝かせる。意気揚々とリーダーシップを取り始める。

「とはいえどうせおまえら金欠だろう、俺はもちろん金欠だ。ってわけで、手っ取り早く安上がり、コンビニに行くぞ！　肉まん、ピザまん、カレーまん、フランクフルトにからあげ棒……いいねえいいねえ、おでんもいいねえ！　おっしゃー大決定！　駅前のコンビニへ向かって出発進行！　ついてこい！」

「この話の早さ」

さっそく速度を上げて先を行くでかい背中についていきながら、瑛人はしみじみ呟いてしまった。藤代も大きく頷いてみせる。

「絵に描いたような『食いしん坊』だな」

「……今、俺の悪口言わなかった？」

怪訝な顔で足を止めて振り返る車谷に、二人して首を横に振ってみせる。

「まさか。なあ瑛人」

「なにか聞こえたとしたら、それはすべて友に捧げし褒め言葉だよ」

「そうかなあ？　なんか、ふっくら体型とか癒し系デブとか鏡餅とかシルエットが完全一致とかJカップとか食い放題出禁野郎とか息子の食費で家計破綻とか聞こえた気がしたけど……」

それは本当に言ってないから、ていうかおまえのブラならJでも足りないから、などとじゃれ合いながら、揃いのコートの三人は通学路をコンビニへと歩いていく。この程度の寄り道は黙認されていて、教師に見つかったとしても問題はない。

こうして横に並ぶと、三人の中では車谷が一番背が高い。横幅もあるから、図体そのものがドンとでかい。一見ラグビーか柔道でもやっていそうな体型だが、本人曰く「生粋の肥満児」で、運動経験はまったくないらしい。

藤代と瑛人の体格は割と似ている。二人とも細身の中背で、手足ばかりがひょろりと長い。しかし似ているのはあくまでも体格だけで、見た目の印象は全く違う。というか、藤代のセンスは特殊すぎる。

やや角ばった輪郭と分厚い銀縁の眼鏡はまあいいとして。髪だ。肩の下まで伸ばしたサラサラのロングを真ん中で分け、きゅっと黒ゴムで一つに束ねた彼の髪形は、もはやかっこいいとか悪いとかの話ではなかった。多分、誰の目からもはっきり変だ。瑛人も彼と親しくなったばかりの頃は、顔を突き合わせるたび、どうしても「ゲバルト」とか「安田講堂」とか「オルグ」とか、それ系の言葉ばかりを思い浮かべてしまったものだ。

車谷といつも「髪切れよ」と言っているのだが、藤代は「俺はこれしか似合わない」などと意味不明の供述を繰り返し、頑として聞き入れようとしなかった。ちなみにこれでも校則には違反していない。パーマと染色は禁止されているが、なぜかロングについては「伸びた髪は危険でないようにすること」という曖昧な規定しかなかった。さらにちなみに、三年生にもう一人、腰あたりまで髪を伸ばして「スーパーロング先輩」と呼ばれていた人がいたのだが、今年の夏休みが明けると断髪していた。普通の男の子に戻って受験に専念します、と本人は言っていたらしい。それにより、今はこの藤代が晴れて学校一のロングということになっている。今日のようにマスクをしていると、また本当によく似合う。ヘルメットと角材も装備させたくなってくる。なんたら闘争！　とか書いた看板もいい。火炎瓶も似合いそうだ。マジックハンドと紙袋というのも、なんとなくだが似合いそうだ。

瑛人がコンビニの駐輪スペースに自転車を停めるのを待ってはくれず、車谷はまっしぐらに店内へ飛び込んでいく。その後に藤代が眼鏡を押し上げながら続いていく。チェーンロックをかけ、遅れて瑛人も自動ドアを通り、レジ脇のケースを覗き込む。

放課後の学生たちの買い食いを見込んでか、オールスターと言っていい面子がずらりと並べられてお呼びの声を待っていた。フライドチキンがうまそうだ。和風しょうゆ味にスパイシー唐辛子、ゆず胡椒なんてのもある。いや、その隣のジャンボフランクもかなりそそる。迷う。

「すいませーん！　肉まん……じゃなくて、贅沢肉まん一つ！」

迷う瑛人を尻目に、車谷はさっそくレジに向かい、金欠と言いながら数十円高い方を注文していた。誘惑に弱い男だった。菓子売り場を軽く流して手ぶらで戻ってきた藤代は、隣のレジでジャンボフランクを頼んでいる。そうなればやはり自分はフライドチキンだろうか。別にかぶっちゃいけないというルールはないが、そこは一応仁義だ。「すいません、フライドチキンの、えーと、和風しょうゆ味お願いします」

それぞれに選んだホットスナックを手に、三人は再び店外へ出た。瑛人が停めた自転車を囲むように佇んで、寒空の下、しばし互いの健闘をたたえ合う。

「おお、瑛人はフライドチキンいったかぁ。その選択、俺的にはかなり好ましく感じるよ」

「いやいや、俺こそおまえが『贅沢』を決断した時は、あっこいつ、さすが、って思ったよ。まあ最初はジャンボフランクにしようかとも思ったんだけどね」

「奇遇だな、俺もチキンかフランクかで迷ってフランクを選んだんだ。だがいまだにチキンの魅力も否定できずにいる。おっ、奴さん攻め始めたぞ……ヒュー。見ろよ瑛人。湯気だ」

はっふ～！　と車谷に食らいつかれた肉まんからは、確かに湯気が上がっていた。熱々なのだ。たまらず瑛人もチキンにかぶりつく。

「……うま！」

思わず声を上げてしまった。この一口目の衝撃ときたら。天国か。しょっぱい皮がカリカリで、肉はしっとりジューシー。火傷しそうな温度と暴力的なまでに濃い味付けがたまらない。藤代も車谷も「あっつ、最高！」「脳がとろけるぞ！」などと思い思いにこのひと時の幸福を短めのリリックで競うように奏でるが。

そこに突如、

「うっわ！　めっさ食ってる！」

甲高い女の声が、放たれた矢のように三人の輪の中へスコン！　と突き刺さった。

「おやつ、めっさ食ってるとか受ける！」「てかバッグ見て！　キタコーじゃね⁉」「はっ！　あいつらキタコーだよ！　受ける！　頭いいくせに食ってるよおやつ立ったまま！」「それもトリオ！」「受ける！　もう一人来たら消えちゃうじゃん！」「消えるとかやめろ！　こええからやめろ！」「てか男とか無理！」けたけたけたけたけた！

なんだ君たちは。いきなり他人を指さして大笑いとは失礼じゃないか。

――などという長めの日本語がとっさに出るほどの対異性における社交性は、この中の誰も持ち合わせてはいなかった。というか、中学時代にはそれぞれ微量にせよあったかもしれないが、二年に及ぶ男子校暮らしが、そんなかすかなものなど、とうに全員から奪い去っていた。

「……」

「……」

「……」

申し合わせたかのように、同じタイミング。ぴたりと全員が動けなくなって、なにも言えないまま、こっそり視線だけを交わしあう。目と目で語る。（なんだこいつら）（なんだよいきなり）（俺らがおやつ食ってたらなんなんだ）瑛人の自転車のカゴに突っ込んだ三人分のナイロンバッグには、確かにKITAYAMAと白字で書いてあるが、（それがどうした）（三人組でなにが悪い）（ていうか……もしかしてだが、これって逆ナンか？）（は？　違うだろ）（明らかに小馬鹿にされている雰囲気だ）（いやでも、もしそうだったら……どうする？）（え？　どうするって……）（そりゃ、おまえ……なあ）（え？）（え？）（え？）

恐る恐る、瑛人は眼球だけを横に動かし、声が放たれた歩道の方へ視線をやる。女どもに対してもしなにかの行動に出るとしたら、切り込み隊長はこの自分だろうという自負がある。なぜなら俺は元プリンスだから――ではなくて。妹がいるからだ。この三人の中でなら、自分が一番、女という生物に慣れている。低レベルな話だが、でも事実だ。

こっそり見やったその女子たちも、こちらと同じく三人組だった。歩道上に立ち止まってまだにやにやクスクス笑っている。そしてなぜか、全員同じ髪型。黒髪のロングで眉を隠す長さの前髪。前髪から続くこめかみ付近の両サイドの髪で輪郭を隠し、実際よりも顔を一回り小さく偽装している。瑛人には、全員同じ顔をしているように見える。手を叩いて飛び上がりながら前後に揺れる笑い方までそっくり同じだ。みんな同じ幅だけコートの前を開けていて、中に着ている制服が見えた。モスグリーンのブレザーに紺のリボンタイ、チェックのスカート。

あ、と瑛人は眉を上げるが、

「でもいいなー、あたしも頭よくなりてー」「なりてーしおやつも食いてー。はあ、まじすっげー食いてー、でも太る……」「太りたくねー！　いいなー頭よくておやつ食うとかさー！　いいなーいいなー！」

　言葉は結局、何も発せない。

　彼女たちは、同じ世界に存在しながら違う次元を生きている。そこにいる瑛人たちが本物の人間だとすら、多分、気づいていない。次々とマシンガン掃射みたいに繰り出される彼女たちの言葉の的にされ、男どもはただ気まずかった。なにに対して気まずいって、お互いの「グウの音も出なさ」がお互いにありありと伝わって、とにかくそれが気まずかった。

「じゃあまあ今日はキタコー発見したってことで、ここは一つあやかっとくか」「だね。あやかっちゃいますかぁ」「おっしゃ頂いちゃいましょー」

　一体なにをされるの⁉　と怯える瑛人たちに向かい、女子たちは歩み寄るなり横並び。神妙な顔つきで、二礼、二拍手、その手を合わせ、

「もっと頭がよくなりますように……！」「明日の数学の小テストがなくなりますように」「この世から物理という教科がなくなりますように……それと、うちの猫の腎臓が良くなりますように……」

　ゆっくりと、一礼。顔を上げて、

「ふー、これでよし。おっしゃ！　受験も余裕！」「いける感あるねー楽勝だねー」「てか、ぷっ……人間パワスポとか！　パワー吸い取られて、おやつ食ってる場合じゃねえ

だろ！」

けたけたけたけたけたけたけたけたけた！

女子たちは来た時と同じ唐突さで、くるりと揃って身を翻す。禍々しくも高らかに笑いながら、通りの向こうへ去っていく。そのコートの背中がずっとずっと遠くなって、やがて点になって視界から消えるまで、三人してつい呆然と見送ってしまう。

　ややあって、

「……えっと、今のは……なにかな？　通り魔かな？」

車谷がようやく人語を発した時には、すでにその手の中の肉まんから湯気は立っていなかった。冷めてしまったのだ。この数分間で。

「俺の見立てでは、どうもこれは逆ナンなどではない。重大な人権侵害だ。許し難いな」

　重々しく呟く藤代の唇も、神経質を丸出しに引き攣《つ》っている。有名校ゆえに、見知らぬ連中に制服やバッグを指さされて「キタコーだ」と囁かれるぐらいのことは今までにもあった。が、さすがにこれはない。いくらなんでも、往来でパワースポット扱いされるとは。

「ていうか、今の奴らの制服、俺知ってるよ」

瑛人の言葉に二人の視線が向く。「さすがだ。エロいな」「ああ、エロいだけのことはある」いや、エロいから知っているのではない。

「あれ、うちの妹の学校のだ」

「まじか。おまえの妹って、あの、なにちゃんだっけ、確か……あめちゃん？　あまいちゃん……じゃなくて」

「歓路《かんろ》」

一つ年下の妹、甘露じゃなくて歓路。は、確かに毎日あのモスグリーンのブレザーで通学している。にこにこと上機嫌で、朝からメシを丼でがばがば食って、ド健康なのが丸出しのつやつや輝く顔色で。

「ということは、つまりあいつらは『ノーキン』か。こんな時間に下校してるなら普通科だろうな」

ノーキンこと、能金《のうきん》女子学園――その校名が話題に上がるとき、多くの場合、それぞれの脳内では勝手に「脳筋」と誤変換されている。要するに「脳みそが筋肉でできている」と言いたいわけで、褒め言葉では決してない。とはいえ実際にはそこまで貶される筋合いなどなくて、ちゃんとした私立の女子校なのだが、生徒の半数を占める体育科の印象が強すぎた。有名アスリートを多数輩出していることでよく知られていて、世間にはバリバリ体育会系のイメージが浸透している。そのイメージと校名の合わせ技一本、「脳筋」呼ばわりされているのだ。

「それなら今の失礼な連中、歓路ちゃんに言いつけて締めてもらってくれよ。手配書撒いて、どこのどいつか特定してさ。受験とか言ってたし、高三なのはとりあえず確実だろ」

「そんなの無理無理。うちの妹は一年だぞ。校内じゃ奴隷階級で、三年生となんか会話もろくにできないって。体育科も普通科も関係なく、上下はすっごい厳しいらしい」

「あーそっか。やっぱノーキンってそういう雰囲気なんだ」

「ところで妹はかわいいのか？」

「いきなり話題が変わるな。かわいくないよ。それより食おうぜ、食わないとどんどん冷める」

「おまえに顔は似てんの」

「似てない。まったく」

瑛人はフライドチキンの続きを食べ始めるが、二人の追及は止まなかった。

「画像的なものはないのか？」

「ない」

「プリクラとか」

「ない」

「じゃあ今度撮ってよ、おまえんちの妹見たいよ」

「撮らないし見せない」

「おい！　前から薄々思っていたが、おまえはすごく頑なだぞ！　なぜそこまで妹のビジュアルを封印しようとする！　見合い写真をばら撒けと言っているわけでもなし、妹の顔面の一つや二つ、俺たちが吟味しても減りはしないだろうが！」

熱くなった藤代が肩を摑んでガクガクと揺さぶってくるのを、「よせ、ケチャップが肩につく」と瑛人はクールにかわす。こいつ、片手に食いかけのフランクフルトを持ったままなのだ。

「悪いが俺にはわかるんだよ。おまえたちは見た瞬間、絶対に『あれ……？』みたいな感じになる。普通にそういうの、兄としては傷つくんだよ。だから俺は妹のビジュアルは明かさない。妹の名誉を守るためにな」

逆にそれはちょっとおまえがひどいぞ……と呟く車谷の声は無視した。チキンはすっかり冷めてしまった。さっきまではあんなにジューシーだったのに、激しくパサついて歯に挟まる。魔法が解けてしまったかのようにおいしさが消え、脂っこさだけがしつこく舌に残る。

「……しかし、今日はほんとどういう日なんだよ。うまくいかないことばっかりだ」

瑛人はほとんど意地になって、大きな口を開けてチキンの残りを押し込んだ。

電車通学の二人とは駅前で別れた。

瑛人はマフラーを首元にしっかり巻き直し、端をコートの胸元に深く押し込む。ポケットから取り出したマスクをつけて、自転車を漕ぎ始める。寒いが気合いだ。

今日は「駅から帰宅ルート」。目印のケヤキの大木の前を通過し、腕時計を見る。帰宅予定時間は十六分後。ちなみに「学校から直帰ルート」なら二十二分。

大通りを直進しながら速度を調整し、いつもの交差点の信号に引っかからないように気を付ける。いつものように右折して、次の信号ではあえて止まる。いつものように信号機のボタンを左手で押して、青信号に変わるのを待って、改めてGO。いつものように車通りのない坂道を下る。いつものようにクリーニング店の前からはノーブレーキで右側に寄り、いつもの角をコンパクトに右折。その際、右手で電柱にタッチできれば成功。できなければ、

（っと……失敗！）

すかっと空振りした手が虚しい。やっぱり今日は調子が悪い。

空はもうすっかり夜の色だ。真っ暗だった。瑛人は一人、ダッフルコートのフードに冷たい風を孕みながら、自転車をどんどん漕いでいく。人通りの少ない道ばかりを選んで、時々は子供のように立ち漕ぎしていく。蒼い冷たい夜の町を飛ばしていく。だんだ

ん息が上がってきて、マスクを顎にずらす。

通るべきルートを設定しているのは、なにも学校からの帰り道だけではなかった。行く道もだ。もちろん中学校の時も、小学校の時も、塾への往復もそうだった。通学路以外にも、瑛人は自分でいくつもの決めたルートを持っている。教室からトイレまで。ロッカーから下駄箱まで。あの書店からあのコンビニ。あのコンビニからあのスーパー。思考にもある。たとえば、方程式の解き方。英語構文の訳し方。

瑛人はあらゆることについて、まずルートを決めておきたいと思うタイプだった。これが最短距離、これがお気に入り、これが正解への道筋、そうはっきりとさせておきたいのだ。あらかじめ決めてあればあとはそれを辿るだけでいい。迷いが減るし、間違いも減る。迷うのも間違えるのも嫌いだ。

いつものように漕いで漕いで、寒さに顔が凍りつく寸前、瑛人は自宅へ帰りついた。時計を見て、よし、と頷く。駅前の目印のケヤキからちょうど十六分。通りで立ち話をしている近所のお年寄りたちが瑛人に気付いて、「あらおかえり」「寒いわね」「毛糸の帽子かぶったら?」と声をかけてくれる。「これで大丈夫です」と会釈で答えると、「さすが若いねー」と笑う声がいくつも重なって返ってきた。

木造の一軒家が立ち並ぶ住宅街には、すでにずっと遠くまで明かりが点っている。自宅の門の中に自転車を引き込んで、玄関のドアを開く。いつものようにカギはかかっていない。

古臭いたたきでローファーを脱ぎながら、「ただいまー」と階段の方へ声をかけた。ソックスで上がり込み、コートを着たままバッグだけ下ろしてまずは洗面所で手を洗う。手洗いとうがいは着替えの前、小さい頃からの決め事だ。

なにしろ古い木造住宅のこと、壁も床もタイル貼りの洗面所は冷蔵庫のように寒かった。赤いマーク付きの栓をひねったのに、水は全然ぬるくもならない。いつまでも氷水みたいに冷たいままで、泡まみれにした手がかじかむが、これもまたいつもどおりのことだった。

と、階段を軋ませながら足音が下りて来て、

「あれれ⁉　聞き間違いかと思ったら現実でやんの！　今日はなんか早くねえか⁉」

いつもの無職が洗面所の戸口から覗き込んできた。

いつものように、すごい笑顔。顔の構造の全部を笑うのに使っている。冷え切った手をタオルで拭きながら、瑛人は二度目の「ただいま」を言った。無職の瞳が嬉しげに輝く。

「おかえり、エイト！」

にっっっこおぉぉぉ～！　と、もはや音まで聞こえてきそうだ。こんな顔を見ているだけで、瑛人もつい笑ってしまう。これはもうほとんど反射だと我ながら思う。さっ

さとうがいをすませてしまいたいのに、いつもこうだ。この顔を見てしまうと、自分も笑わずにはいられないのだ。

＊＊＊

高野橋《たかのはし》さんは親戚のおじさん、あるいはお兄さんだ。

正式な続柄は実のところよくわからない。父親には兄弟姉妹が多く、またそのそれぞれの結婚相手にも兄弟姉妹が多く、たくさんの子供がいて、瑛人にはとにかく親戚が多い。誰々の嫁の姉の子の夫の兄の妻の弟のなんとかくん……みたいな、もはや他人では？　クラスの人物がゴロゴロいて、そんなたくさんの親戚のうちの一人が、

「今日も無事にご帰還したな！　やあ〜よかった！　なあどうだったよ⁉　学校どうだったんだよ⁉　え⁉　楽しかったか⁉　ん⁉」

この無職だった。

うがいする瑛人の背後からずっと話しかけてきて、階段を上がるときもぴったりついてきて、一緒に部屋へ入ってくる。

正確な年齢は知らない。訊いてもまともな答えは返ってこないし、一見してよくわからない。二十代か、いっても三十そこそこだろうとは思うのだが、ものすごく若いよう

に見える時もあり、ものすごく年をとっているように見える時もある。実は十五と言われても、実は五十と言われても、納得できてしまう気がする。

「なあ！　なあ！　楽しかったのかよ⁉　どうなのよしりてえしりてえ！　教えてくれよお〜なあエイト！」

「うーん、まあ、いつも通りかな。だいたいは」

実際そうでもないのだが、とりあえず。

「そうかあ！　いつも通りかあ！　よかったなあ〜！」

高野橋さんの耳には軟骨部分から耳たぶまでいくつもピアスの穴がある。そのうちの半分は引きちぎられたような傷跡になっていて、耳の形を変えてしまっている。前歯にはいかにも喫煙者らしいヤニの色が染みついているが、煙草を吸っているところは見たことがない。ヒゲは薄い体質らしいのをいいことにいつも無精にしていて、髪も基本放置、伸びかけで首筋に沿って跳ねている。上背はそこそこあるのにものすごく姿勢が悪くて、痩せていて、目の下には不健康そうな隈が常にある。全体的に、ちょっと傾いたような形状をしている。

「しっかしさあ、まったくよお、エイトがさあ、こんな時間に帰って来るなんてさあ！　俺嬉しくてさあ！　くっそ〜！　さっそく遊ぼうぜ⁉　ああ〜遊びてえ〜！　遊びてえよ！　遊びたさあまってどうにかなりそうだよ！　見てくれよ、遊びたさのあまり首で倒立できるようになっちまった！」

えっ、とコートをかけて振り向くと、瑛人の部屋の畳の上で、高野橋さんは突然上下逆さまになっていた。爪先まで綺麗にピンと伸びていて、もちろん笑えた。「ぶはは！」ブレザーを脱ぎながら瑛人は噴き出し、畳に崩れ落ちそうになる。

「す、すごいんだけどそれ！」

「だっろ⁉　だっろ⁉」

「なんでそんなことできんの⁉」

「おまえと遊ぶためならな～んだってやるさあ！」

とりあえず高野橋さんはこんな感じで、瑛人のことをものすごくかわいがってくれている――というのが、瑛人が知っているこの人のすべてだった。

瑛人が高野橋さんと初めて会ったのはほんの数年前、中三の頃だ。両親は最初、「親戚の子が仕事なくなっちゃって気の毒だから食事に呼ぶ」と言って、高野橋さんを家に連れてきた。

初対面のその日、高野橋さんは、灰色のタンクトップ一枚に汚れた作業ズボンというナリで月岡家の玄関に現れた。当時はボサボサの金髪を蠟燭の火みたいに逆立てていて、気だるげな半眼は反社会的な陰りを帯びていた。ワイルドな、とか、不良っぽい、なんて表現ではちょっと格好良すぎるかもしれない。より適当な言葉を探してみれば「野良人間」というのが当てはまる。野良猫、野良犬、野良人間……。

その風体に瑛人は正直びびったが、「あれ長男の瑛人」と父親が瑛人を指さし、目が合った瞬間。高野橋さんはなぜかものすごく嬉しそうな顔をした。ばかっと割れるみたいに満面の笑みを浮かべ、小さい子供の相手をするように身を屈め、「よう、エイト！」と言った。他のみんなが呼ぶのとは違う、独特の不思議なイントネーションだった。瑛人も自然と笑い返していた。ちなみに高野橋さんはそのあと、瑛人の後ろに立っていた妹の方をちらりとだけ見て、うわーばかそー、とうざったそうに呟いた。それは妹の耳にもばっちり聞こえていて、今なお禍根を残している。

そんなふうに突然現れた高野橋さんだったが、やがて食事に来る頻度が毎月になり、それが隔週になり、たちまち毎週になって、（あれ、この人昨日帰らなかったんだ？）と思うことが何度かあって、そして去年ぐらいから、ついにこの家に正式に棲み付いてしまった。瑛人が棲み付いた認定を下した根拠は、まず帰らないし、あまりに堂々といるからだ。仕事を探している様子は一切ない。両親も追い出そうとしている感じがないのだが、とりあえずいつも、当然のように家にいる。家族の中ではたいてい瑛人の帰りが一番早いのだが、「ただいま」と声をかけると、高野橋さんは毎日笑顔で「おかえり！」と出迎えてくれる。

「そしてこんなこともできる！　見ろ見ろエイト、ほら！」

「ちょっと待って、制服をハンガーにかけないと」

「早く早く！　摩擦で頭皮に火が点く！　早く見ろって！」

瑛人が制服から部屋着に着替えて「火？　なに？」と再び振り向けば、さっき首で倒立していた高野橋さんが今度は脳天で立ったまま回転していた。足をやや広げてバランスを取りつつ、両手を畳について激しくクルクル回っている。「なにそれまじすっごい！　わはははははは！」と瑛人は腹を抱えてひとしきり大笑いして、

「……はー、おもしろかった。ってところで、さあ。よし」

手を叩き、気分を一新。笑い過ぎて滲んだ涙をぐいっと拭う。

「勉強の続きやろう」

バッグからテキストの束を取り出し、どさっと机に置く。自習室ではあんなザマになってしまい、今日のノルマはまったく進んでいないのだ。

「待て待てーい！」

立ち直った高野橋さんが片手をピンと伸ばして声を張る。ずっと逆さになっていたせいで腹が丸出しになっている。ちなみに、その裏返ったTシャツ、スエットパンツ、どてら、靴下。これが高野橋さんの装備のすべてだ。すべて、瑛人の父親のお下がりだった。下手すりゃパンツもだ。

「さっきから遊ぼうぜって言ってんだろうがよ⁉　せっかく早めに帰ってきたんだから、

たまには俺と思いっきり遊んだっていいだろうがよ⁉ ってわけで、おい、なにする⁉ なにして遊ぶ⁉ 俺さあ〜、今日さあ〜、めっちゃヒマだったわ〜！」

「またまた。高野橋さんのヒマはいつものことでしょう」

「ったりめえだろ！ 働いてねえんだからよ！」

勉強机に向かって座ったところを、背後から襲われる。「うらあ！」と首をロックされながら、瑛人は教科書の続きを開く。まずさっさと済ませてしまいたいのは英語の授業の復習だ。ノートも開いて授業中のメモをチェックし、自分の訳を細かく訂正してゆく。頭を揺さぶられて視界が揺れるが、字が読めないほどではない。電子辞書で調べた単語の用法では正確に訳しきれていなかった。右手のシャーペンを動かしながら左手で分厚い別の英和辞典をめくり、「俺と遊べよこの野郎！」椅子から引き倒されつつも細かい字に目を凝らす。もう一度品詞分解からやり直し、速度を意識して読み下していく。そのまま次のパラグラフに進んだところで、畳にどさっと転がされる。競りを待つ冷凍マグロほどの無抵抗、しかし指先だけは素早く教科書のページをめくる。仰向けにひょいっとひっくり返され、高野橋さんに「おらあっ、そりゃ！」足を絡められて4の字に固められながら、壁の時計に目をやる。これぐらいの文章量だったら十秒程度で内容を理解したいところだが、まだだめだ。二十秒ぐらいかかってしまう。

「辛抱強いヤツだな！ どんだけ勉強してえんだよ！」

瑛人は自室の畳の上、高野橋さんに綺麗な形でフィギュアフォー・レッグロックをきめられてはいるが、上半身は自由だった。教科書とノート、辞書、シャーペンにラインマーカーまでしっかりその手に持ったままでいる。

「まあ、いつものことだからね」

正直、この程度の「じゃれられ」なら集中力にはまったく影響ない。こんなふうに高野橋さんに激しくじゃれつかれるのは、なにも早めに帰ってきた今日だけのことではないのだ。パンダみたいにしがみつかれて、関節技をかけられるのもいつものこと。いつもどおり。いつものルートのうちだ。ふふふ、と瑛人は余裕の笑みを浮かべつつ、頭の中ではさくさくと英文和訳を進行してゆく。足首も特に痛くはない。手加減されているのはわかっている。高野橋さんが棲み付いてからの一年ほどで、瑛人はすっかり鍛えられた。プロレス技の練習台にされたままでも、辞書を片手で華麗にベラベラめくるぐらいのことは普通にできるようになっている。

「くっそ、さすがだなエイト。おまえは真面目で、賢くて、なにからなにまでちゃんとしてるし、ほんっとうに偉い奴だ。俺はもう、ここまでくるとおまえが誇らしいね！」

「いやあ、それほどでも」

「ところでおまえは俺のこと、どう思ってんだよ？　この際聞かせろよ！　え⁉」

「どうって、そりゃ……やだな、藪から棒に。言わせんな、ってヤツですよ」

「え〜!?　そんなんおまえっ！　むしろっ！　ばかやろうっ！　むしろのノリではっきり口に出して言ってくれよ！　言葉で欲しいよおまえの気持ちがぁ！」

「そう？　じゃあ……言います」

辞書を閉じ、改めて視線を合わせる。高野橋さんは期待を込めた目をキラキラさせている。

「おう！　よし！　来いっ！」

「俺は高野橋さんのこと——いつのまにか棲みついちゃった親戚の居候だな、って思ってる」

「……まんまじゃねえかよ！」

「そして、無職だな、って」

「ありのままかこの野郎！」

「あいたたたたたたっ！」

手加減されていた足首が、本気でグリグリと責められ始める。

「どストレートなこんにゃろ〜くっそ〜！　こうなったら本気出して遊んでやっからなてめえ〜！　おいでよこんにゃろ〜遊ぼうワンダーランド！　連行だこんにゃろ〜現行犯逮捕！」

「いたいいたいいいたい！　それはマジでいたい！」

悲鳴をあげつつ見やれば高野橋さんは満面の笑みで顔をくっしゃくしゃにしていて、

「ふはははははっ！　楽しいっ！　楽しいなあおい、えぇ⁉　すっげえ楽しいっ！」

本当に楽しそうにしている。これはいけない。さすがに辞書も教科書も取り落とし、瑛人はとりあえず手の中に残ったラインマーカーで高野橋さんの腕やら顔やらをズンズン刺してみるが、「おっとノってきやがったな⁉　たまには思いっきり遊ぶのもいいもんだろ⁉　あ〜いいなぁ！　楽しい〜っ！」力が緩む気配がないどころか、余計に変なスイッチを入れてしまった気さえする。もはや勉強する余裕などなく、瑛人は悲鳴を上げながら必死に逃れようと身を捩る。この強度での「じゃれられ」はさすがにめったにない、ルート外だった。

と、そのとき。畳に押し付けられていた瑛人の耳に、ズダダドダドダダ、と階段を駆け上がって来る足音が聞こえた。（助かった！）と反射的に思う。果たしてそれは勘違いではなく、

「うお兄ちゃんをう、」

斜め上方から、黒い影がふわりと空気を孕んで広がりながら落下してくるのが見えた。その影よりもわずかに遅れて声が響き渡る。

「いぃじぃめぇるぅぬぁぁぁ〜〜〜〜ッ！」

歓路だ。やっぱり。

まるで落下傘のように丸く広がるのはスカート。透け感ゼロのガキくさい黒タイツの足が、高野橋さんの胴体に真横から突き刺さる。不意を突かれて高野橋さんの身体がふわっと浮いたところで歓路は素早くその下に潜り込み、背中でさらに突き上げるように転がして、

「お、おかえり歓路！」

「ただいまぁ〜！」

ほんの数秒。高野橋さんを畳に押し倒していた。まだスポーツバッグを斜め掛けにして、コートも着たまま。うつ伏せに倒した背中に膝で乗り上げ、腕を取り、まるでヨットの舵でも切っているかのように体重を目一杯にかけながら肩の関節をキメている。

「あぁぁギブギブ！　折れる！　マジ！　骨……！」

すごい体勢でぐしゃっと潰れた高野橋さんが叫ぶ。その声に煽られるように、歓路はさらに腕を曲げてはいけない方向へ弄るように揺らし、

「折れろ折れろ！　あたしはお兄ちゃんを困らせる奴の骨を折るために今日も鍛えてきたんだよ！　どんどん折れろ！　折れろまくれ！　骨端じゃがじゃがになれ！　んで刺され！　モツっぽいところに！」

「ぎえぇえ……っ！　こっ、このっ、加減知らねえのかばか！　おめえと遊んでやるヒマなんざねえんだよ！　俺はもっとエイトと、あっ、あそっ……」

歓路は殺人マシーンもかくやの冷たい無表情、片手だけでバッグの中からなにやら「ぬれっ」「くたっ」「じめっ」とした肌着のようなものを取り出した。高野橋さんの顔面に「うら！」力いっぱい押し付ける。

「ぐあああっ！」

酷い――思わず瑛人も目を逸らしたくなる凶行だった。あれは一目見るだに着用済み。脇の下を中心にくっきりついた汗じみで高野橋さんの鼻と口は覆われて、

「うーら！　うーら！」

肌着の生地越し、顔の凹凸がデスマスクみたいにくっきりと浮かび上がる。

「っぷ……メスの……スメル、が……ってか、リアルにくせえよバカ！　スメリ殺す気か⁉」

さすがに男の必死の全力、高野橋さんは歓路のホールドから逃げ出す。転がって距離を取りつつ鼻の辺りを手の甲でこすり、

「っく！　っぷあ！　まだ鼻の下がくせえ！　おめえ脇からなに滲出してんだよ⁉」

「人によっちゃあご褒美だろがぃ！」

「拷問だよばか！　しかもブス！　においがもうブス！　ブスドリッパー！」

「うっせえ無職！　ていうかそもそもなんでまだうちにいんだよ⁉　出てけやド中年！　折るぞところどころ！　ぱっかぱかに折って使用すんぞガラケーみたいに！」

瑛人はようよう立ち上がり、「まあまあ……」などと呻きつつ、とりあえずバラまいてしまった教科書や文房具を拾い集める。妹・歓路が凶器として使用した着用済み肌着も指先でつまむ。この危険物、一体どう処理すべきなのだろう。ずしりと重いのがまた禍々しい。

小さくため息をついて、瑛人はまだ睨み合う二人の方をそっと見やった。歓路と高野橋さんは、ものすごく仲が悪いのだ。特に歓路の方が、ものすごく高野橋さんを嫌っている。出会い頭にいきなり感じ悪すぎたせいだろう。そして高野橋さんも高野橋さんで、

「あー大変だ！　溶けたぞー！　鼻が溶けたぞー！　どブスのタレことどぶすったれの強酸で鼻が溶けたぞー！　弁償しろ弁償しろー！　俺の鼻の肉盛りを返せー！」

こんな感じに大人げない。きっ、と歓路は瑛人の方を見やり、

「お兄ちゃん。『はなのにくもり』って、なに？」

「鼻の、この肉が盛り上がった部分っていう意味じゃないかな」

「でもさ、あの人さ、鼻、溶けてないよね？」

「ああ。溶けてないとも。あれはわざとおおげさに騒いでいるんだ」

「そーだよね！」

高一にしてはいささか過剰にピュアさが溢れる黒目をくりくり強く輝かせている。

「あの人がおおげさに騒いでるだけで、ほんとは、それほどくさくないよね！」

「もちろんそうだとも。おまえの脇汗程度のうっすらマイルドな物質が、人間の嗅覚で感知できるわけがない」

自ら凶器として使用したくせに……とは、言わないでおく。歓路は中学からノーキンの体育科で、将来有望なレスリング選手だ。小柄ながら肉体は鋼。これ以上の本気で暴れられた場合、瑛人にも高野橋さんにも、もしかしたら二人がかりでも、取り押さえることは多分できない。

「そーだよね！　それに、それにさ、あたし、ぶすじゃないよね⁉」

「当たり前だろ。ばかなこと言ってないでさっさと手洗いとうがいしてこい。今日は随分早かったんだな。部活はどうした？」

「来週から期末だから、ショートバージョン。明日から朝練だけちょっとしっかりやることになった」

「そうか、うちより試験の日程が早いのか。じゃあしばらく練習は楽になるんだな」

「まー朝練て、六時半からなんだけどねー」

「え⁉　はや！」

「だからしばらく五時半起きだよ」

「師走の五時半って、おまえそれまだ夜だぞ！」

えへえへえへへ、と歓路は鼻をぴくぴくさせながら笑い、耳の下の低い位置で二つに縛った髪を両手で掴み、意味なく左右に引っ張りながら腰も振り、「あ〜たしヨルマジロ」とか歌い始める。意味が分からないしメロディーもパクリだが、止めずにしばし見守ってやることにする。こんなんでも、たったひとりの大事な妹なのだ。瑛人の目には、愛らしくも見える。白い頬は砂糖菓子を思わせるし、髪が耳ならロップイヤーの仔ウサギみたいだし。

藤代と車谷には、あたかも歓路がドブスであるかのようなことを言ったが、本当のところはそうでもない。客観的に見ても、歓路はかなり出来のいい部類に入る造形をしていると思う。ただあんまりにもガキなのだ。運動一筋できたせいか、中学からずっと女子校のせいか、高一にしても子供すぎる。無邪気すぎる。そして残念ながら、かなり本格的にアホでもある。友人どもに「かわいい」とか「かわいくない」とか、異性目線で説明できる次元にいる生物ではないのだ。そういう範疇に入れるのが不自然だし、そういう目で見ることには違和感しかない。かわいそうだとさえ思う。すくなくとも、兄貴としては。

「かわいこぶりやがって。なにがヨルマジロだよ、おめえなんかゲリマグロだよ」

けっ、と高野橋さんが言い放つ。

「そうだ。おいエイト、それ嗅いでみろよ」

「……え？」

風向きはいきなり不穏だった。

「手に持ってるヤツ。嗅いでみろってんだよ。おまえにはくさくないんだろ？　なら、嗅いでみろ。ダイレクトに」

「いや、それは……」

そんなことをしても意味ないし、わけわかんないし、などとゴニョゴニョ言いながら手にした凶器をどこかへ、できればワームホールかなにかに投げ捨ててしまおうとしたのだが、

「お兄ちゃんは嗅ぐに決まってるよ！」

一瞬遅かった。「ねー！」と脇から歓路が力いっぱい身体をぶつけてくる。よく懐いた猿のように、体重をかけて腕につかまってくる。

「だってあたしくさくなんかないもん！　お兄ちゃんがそう言ったもん！　ねー！　余裕だよね！　あたしくさくないって言ったもんね！」

「……」

「はは。だってよ。おらエイト。嗅げよ。しっかり鼻と口覆ってな。みとけよアホ妹、空気が漏れてないかどうか」

「オッケー」

じっ、と歓路は腕にぶら下がったまま、瑛人の顔を見つめてくる。仲が悪いくせにこ

の二人、こんな時ばかり連携がとれているのはなぜなのだろう。しかしもはやごまかす術もなく、手にした凶器、いや、妹の肌着……いわゆるババシャツというものだろうか、湿った綿の白い布地を顔にそっと近づけてみる。大丈夫、ちょっとずついけばいいんだ。ゆっくりと。そろそろと。自分を慣らすように。理科の実験でもいきなり「くんっ」と嗅ぐのはご法度だ。そう思って慎重にいこうとするのに、歓路はこの異常な事態にテンションが上がったのか、

「YOU！　がっつりいこうぜ！」

「うっ……！」

瑛人の手を摑んで、顔面に思いっきり押し付けてくる。自分の汗で濡れた肌着で、兄の顔の下半分を念入りに拭ってくる。

「ね！　くさくないよね！」

「……」

ぐりぐりと、指でご丁寧に鼻の穴の奥にまで押し込んでもくれる。もがいてももがいても、頑丈な妹の腕はびくともしない。

「ほーらやっぱりくさくなーい！　あったしくさくなんかなーい！　たららん、お兄ちゃんが証明してくれたよー！」

「……、い、よ……」

「え？　なに？　なんて？」

「……くさいよ！」

「えっ⁉」

脳天にガツンときた汗の臭いに、瑛人はついに片膝をついていた。女子とはいえ、妹とはいえ、汗がじっとり浸みた脇の下の縫い目部分で鼻の粘膜をぐりぐり擦られて、無事な人間がいるだろうか。いるわけない。ばかたれが……と口だけパクパク動かしながらその場にすとっと崩れ落ちる。もう声も出ない。

ゲラゲラ笑う高野橋さんの声が、「わ、笑うなぁ！」歓路の震える喚き声にかき消される。

「お兄ちゃんひどいよ！　なんでそんなこというの⁉　傷ついた傷ついた！」

「ていうかなあ、おまえなあ……あんななあ、お兄ちゃんの鼻の穴に脇の下のじっとり湿ったとこぎゅうぎゅう押し込んできておいてなあ、くさいもくさくないも……」

「こころの問題でしょお！　気遣いとかぁ！」

涙目の歓路に首が外れるほどガクガク揺さぶられて、頭蓋の中で脳みそが踊りまくる。まずい、衝撃でこれまでのガリ勉の成果が壊れる、と思ったその時だった。歓路のスカートのポケットでスマホが鳴る。歓路はそれを見るなり、

「いやりぃいいー！」

いきなり激しく拳を突き上げてジャンプした。「うおー狂った……！」高野橋さんが戦慄しているが、もはや歓路はそんな声に気付いてもいない。

「夜ごはん、お母さんがすき焼きにしてくれるって！　ちゃんと本物のすき焼きだって！　やりぃぃぃ！　肉ぅぅぅ！　やりぃぃぃ！」

ついさっきまで兄を責めていたことも忘れ、歓路は「たらんたららん！」と部屋を隔てるアコーディオンカーテンの向こう側へスキップで消えていった。

「一個のことしか頭に残せねえのかよ……ほんっとに、ばかなんだなー……」

妙にしみじみと高野橋さんが呟くのに、瑛人も「だなー……」エコーみたいに返事して、二人して深々と頷いてしまう。というか、そうだ。あの能天気な、というか脳がお天気な妹に、手洗いとうがいをさせなくては。


六時には母親がパートから帰宅して、予告通りにすき焼きの支度を始めた。「スーパーのポイントが千円分貯まってたの！　じゃあ肉よ！　肉ときたらやっぱ、すき焼きよ！」

会社員の父親もいつもより随分早く、七時には「ただいまー！」と嬉しげに帰ってきた。「え、帰るの早すぎ？　だって今夜はすき焼きなんだろ？」

月岡家のリビングには、こうして七時半には家族四人プラス居候一人が勢ぞろいした。ダイニングテーブルもあるが、寒いので、冬場の夕飯はいつもこたつだ。卓上コンロにはフライパン。横長のこたつに父母、兄妹で並び、テレビの見えないお誕生日席に居候が陣取っている。

「じゃあ、お肉、入りまーす。せっかくのいいお肉、ややレアめでいきたいので、一枚ずつ入りまーす」

肉のパックを捧げ持つ母に「フ~！」と全員裏声で答える。肉奉行はいつも母の役目だった。菜箸で一枚ずつ肉をとり、野菜と割り下が甘い匂いで沸いているフライパンにそっと置いていく。

「この一番おいしそうな大きいお肉がパパのでーす。で、これがママのー。これが瑛人のー、これが歓路のね」

「ひゃあ~お兄ちゃん、見て、今日のはすごい、すごいですぞお……！　リアル肉、なむなむ……！」

嬉しそうに顔面をとろかして、歓路はもはや肉に向かって手を合わせている。泣き出しかねない喜びようだった。それも無理ないかもしれない。瑛人だって同じぐらいに嬉しい。

「前回はすき焼きって言っておいて、肉がちくわだったからな……」

「あんなのすき焼きじゃないよう、ケチ焼きだよう」

「ケチとはなによー、意外性があっておもしろかったでしょう？　ああいう節約がチリツモなの。で、こういうお肉になるわけよ。はーい、これが高野橋さんのねー」

「おっ、あざーっす奥さん！」

「は⁉　居候にも肉あんの⁉　図々しい！　おめえは糸コンでも食ってろや！　そしてその糸で内臓をマリオネットしろ！」

歓路は箸で高野橋さんを攻撃しようとするが、「埃が立つからやめろ」と瑛人はそれを引き離す。いつものことだ、これもまた。

「さあ、みんなー、お肉もう食べられるよ！　それでは、いただきまーす！」

いただきまーす！　と家族の声が重なった。食事の匂いと湯気。ふつふつと料理の音。暖かいコタツ。置ききれないほどの小鉢の副菜にそれぞれのごはん。テレビの音をかき消すみんなの騒々しい話し声。

「うっひょーうまそう！　でも奥さん、なぜだろう⁉　俺の肉だけ豚肉だ！」

「気のせい気のせい！」

たくさんの幸せが、瑛人の暮らすこの家にはあった。

でもそのすべてがまやかしで、おばけにはちゃんと見抜かれている。おばけは今も、ここにいる。

＊＊＊

ここまでやる、と決めたところまで終えて、瑛人はノートから顔を上げた。数学はあまり得意ではなくて、教科書レベルの問題を解くのにも思ったより時間がかかってしまった。

時計を見ると、午後十一時半。耳栓を外しても部屋は静かだった。

二階部分の子供部屋は八畳の和室で、瑛人と歓路が共同で使っている。何年か前に、父親がアコーディオンカーテンを日曜大工で設置してくれて、部屋は半分に仕切ってある。出入口がある方が瑛人のスペースで、奥が歓路のスペースだった。

歓路は部屋にいない。夕飯のすぐ後から、だらしなくこたつに潜って眠り込んだまま、ずっと起きてこなかった。すこし前に階下からは、母親がそんな妹を叩き起こす声が聞こえていた。起きろ！　とか眠い！　とか、寝るなら部屋で寝ろ！　とか、こたつが好きだ！　とか、騒ぎの一部始終が瑛人のところにまで全部届いていた。それで耳栓をつけたのだ。多分今頃、妹は、寝落ちしそうになりながら風呂に入っているのだろう。

椅子の背もたれに体重をかけて上半身を反らし、大きく伸びをする。ぱきっと首の付け根が鳴る。強張った肩を何度か上下に揺する。

そろそろだな、と思った。

目を開けたままで、顎をぐっと高く上げる。喉が伸びて、天井が見える。

そろそろ、自分は耐えられない。これ以上おばけの視線をシカトできない。

おばけがいるのはわかっていた。居眠りした自習室であの夢を見てからだ。あの闇の中に、一際黒々と光っていた目。

夢から覚めてもあいつは消えなかった。ずっと、瑛人の傍にいた。見張っていた。友人たちと笑っているときも、下らないことを話しているときも、歓路や高野橋さんと大騒ぎしているときも、一人部屋にこもって勉強しているときも。今もだ。ものすごく近くに、おばけはずっといる。視線はずっと、すぐ傍にある。

あの黒くて丸い二つの目は、瑛人が油断するのをじっと待っているのだ。

本当のおまえを知っているよ、と。

油断したらおまえは爆発するんだよ、と。

一度爆発したらそれは次の爆発を呼ぶ。始まった連鎖は止められない。次々弾けて、すべて吹き飛ぶ。忘れるな。おまえが持っていると思う、そのすべてがまやかしだということを。そういう視線で、おばけは瑛人を見張っている。そして瑛人はおばけの視線を感じるたびに、持っていると思うすべてがまやかしであることを思い出す。すべて。全部だ。家族。この暮らし。日々の生活。学校での日常も、そこで生活している自分自身もだ。高野橋さんのしようもない依怙《えこ》贔屓《ひいき》すらそうだ。自分を取り巻く世界の全部が、本当は自分のものじゃない。俺のじゃない。いつ予告なく奪われても、文句一つ言える筋合いじゃない。

そう思い知らされるから、瑛人はおばけが怖かった。

怖いから、いなくなって欲しいと思う。

消えろと思う。

消そう。

もう、おばけは消してしまおう。

シャーペンや消しゴムをきちんとペンケースにしまい、びっしりと書き込みされた教科書とノートと問題集も揃えて重ね、デスクライトを消して、瑛人は椅子から立ち上がった。部屋着のパーカーの上にダウンを羽織り、マスクをつける。あとマフラーと、ニットキャップも。目元を隠すように深くかぶる。今夜は、おばけを消すルートをいく。

別に珍しいことじゃない。これまで何度も行ったルートだ。

部屋の灯りを消して階段を下りていく。冷たい板張りの廊下を踏み、玄関に向かう途中で、

「エイト？　どこいくんだよ」

リビングから高野橋さんがひょいっと顔を出した。まだテレビでも見ていたのだろうか。

「ちょっとコンビニ」

「もう遅いぞ。寒いし、やめとけ。明日でいいだろ」

「や、気分転換に。試験前だからもうちょっと勉強しないといけないし」

「まじかよ。気を付けろよ。俺もついていこうか」

「いやいや大丈夫。頭整理したいから一人で行くよ」

「ふーん……そうか。旦那と奥さんは部屋に行ったけど、多分まだ起きてるぞ。アホはアホ風呂でアホ石鹸ぶくぶくだ。バレたくないならこっそり帰って来い」

「別にバレたくないとかないから」

苦笑しながら玄関でスニーカーを履く。高野橋さんはまだこっちをじっと見ている。リビングの戸口によりかかるような体勢で、瑛人の動作を瞬きもしないで見つめている。

こう言っちゃなんだが、少々疎ましい。見張られているようで、正直うざったい。まるでおばけみたいだと思う。今、まさに消そうとしている、自分に取り憑くあの目玉のイメージに、この人の視線は不思議なほど重なる気がする。

「あのー、高野橋さん」

「うん？」

「……いきなりアレだけど。おばけっぽいとか、言われたことある？」

「は？　あるわけねえよ。なんだそりゃ」

だよな、と瑛人は自分に呆れた。そりゃそうだ。そして我ながら意味不明だ。相手が高野橋さんとはいえ、あまりにも唐突なことを言ってしまった。

「つか意味わかんねえディスり方してんじゃねえぞコラ。俺だって対応しきれねえぞそんなの」

「……いや、なんかすごく激しく間違えた気がする。ごめん、今のは忘れてください」

「変だぞおまえ。なんか悩みでもあんのか」

「ないよ。いってきます」

「ほんとに一人で大丈夫か？　悪いことすんなよ？」

玄関のドアを閉めながら、瑛人は思わず笑みを零《こぼ》した。どんな顔をしてもマスクのせいで、高野橋さんには見えていないと分かっているが。

「なにそれ。俺みたいなヤツが、悪いことなんかするわけないでしょう」

＊＊＊

——悪いことかどうかは知らない。わからない。

瑛人は一人、真冬の夜の道を駆け出しながら考えていた。

これは悪いことなのか？　どうだろう。

とりあえず、変だというのは自覚している。自分は変なことをするために、一人でこんな時間に真夜中の町を走っている。ばかげたことでもある。意味不明でもある。誰にも知られたくない秘密でもある。自分でもちゃんと、自分がしていることの異常さはわかっている。

古びた一軒家ばかりが立ち並ぶ住宅街に、人の姿はまったくなかった。静まり返った夜の道路を、街灯が虚しく照らし出している。

駅周辺の再開発からこの界隈はぽっかりと取り残されて、付近の風景は昼でもちょっと侘しい。夜は当然、ちょっとどころじゃなく侘しい。商店街まで出ればこの時間でも人通りはあるのだろうが、いかんせんここからはすこし距離があった。冷え切った夜の中、動くものは見つけられない。猫除けのトゲが突き出す塀、ふやけて破れたポスター、空き家のベージュのシャッター。色褪せた風景がひたすら暗いトーンで続く。通りの両サイドに建ち並ぶ家々のカーテンの隙間からはところどころ光が零れているが、瑛人には関係ない。瑛人からは誰も見えないし、暗闇の中を走っている瑛人を知る者もいない。

一体自分はこれまでに何度、このルートを、こうして一人で走っただろうか。

（何度かなんて、もうわかるわけねえ。何度もだ。何度も何度も……）

マスクの内側を息で濡らしながら、夢中で足を交互に蹴り出す。冷たい風が時折恐ろしいほど強く吹いて、真横からなぎ倒されそうになる。しかし寒いとは思わなかった。寒さなんか、忘れていた。

最初は、中学二年生の時だった。

誰でもおかしくなりやすい、情緒不安定が基本のお年頃。まさに病み時というやつ。我ながら改めて、本当に変な、ばかげた、意味不明なことを始めてしまったものだと思う。でも、どうしてそんなことになってしまったのか、まったくわからないわけでもない。病む理由としてはうってつけな、個人的事情が自分にはあった。

やったのは「殺し」だ。くまを、殺した。

……なんてもったいつけても意味ないか。まあ、ぬいぐるみだ。ベージュのくまさん。大人の胴体ぐらいの大きさで、それなりにでかい。中身は綿で、どこにでもありふれたデザインのもの。でも瑛人にとっては、ただのありふれたぬいぐるみじゃなくて、意味のあるぬいぐるみだった。

瑛人は二歳の頃に本当の親に捨てられて、月岡家に養子として迎えられた。その辺りの記憶はまったくないが、事実を隠されたことも、誤魔化されたこともなかった。ごく自然に自分の出生にまつわる事情は理解していた。

生まれた家からたった一つ、持って来たのがそのくまらしい。自分では生まれた家のことなど覚えてもいないのだが、ただ事実としてそう教えられてきていた。

実子である妹とも分け隔てなく育てられて、なに不自由なく生きていられて、愛情もたっぷり与えられて、月岡家での生活は安定していた。瑛人は実際、幸せに暮らしていた。でも、どこか満たされないような感覚がずっとあったのも事実だ。

この暮らしにはなんでもある。あるけれど、そもそもこの暮らしは、本当の親に捨てられたところから始まった。そのことが、瑛人にはどうしても不安だった。不満と言いかえてもいいかもしれない。いろんなものをいくら「あれもある」「これもある」と高々積み上げても、その一番下、すべてを支える底の部分が、すこっと抜けているように思えて仕方ないのだ。

これまでは奇跡的にバランスを保ってきたけれど、揺らいだ時には支えがない。自分は根のない木のようではないか。どれだけ枝を伸ばし、葉を茂らせ、花を咲かせ、実をつけても、風が吹いたらそれで終わりだ。どんなに土壌が豊かでも、幹を支える絶対的な術がない。自分という木は、地面と本当は繋がっていない。土の中に深く伸ばして自分を支える根っこがない。風が怖かった。それはいつか吹くかもしれない。永遠に吹かないかもしれない。誰にもわからない。ただ、ずっと怯え続けている。どうにもできない。

為す術のなさに、腹が立った。なにもかもがむかついて、怒りを抑えられないような気がした。近くにあるもの、目につくもの、全部を叩き壊してしまいたかった。

でも、そんなことを実行に移したことはない。自分が暴れたりしたら、育ててくれている両親がどんな思いをするだろう。こんなにも幸せな暮らしを与えてくれている両親が。想像したら、指一本、動かすことさえ恐ろしかった。

第一、どうやっても事実は変えられない。変えられるのは、自分の感じ方や考え方だけだ。もっと年を重ねて大人になり、精神的にも成熟すれば、きっと自然に全部を受け入れられるようになる。今の問題はあくまで自分の未熟さにあって、生みの親がどうのこうのも多分本当は関係ない。この苦しみは、きっと誰でも経験する、通過儀礼のようなものに違いない。それぞれのコンプレックスが己の中で大きく弾ける、そういう人生の季節を生きているんだから仕方ない——そう思って、瑛人はただ待つことにした。自分が育ち、成熟して、不安が自然に消えるのを待っていた。

しかしある夜、異変が起きた。

中学二年の冬だった。自分の部屋で勉強中、不意に背後から視線を感じ、振り返ったらくまがこちらをじっと見ていたのだ。真っ黒い二つの目で、後ろの壁際の棚に座ったポーズで、確かに自分を見つめていた。

ちょうど日付が変わろうとする頃で、翌日には定期試験を控えていた。親も担任も、成績優秀な瑛人に期待してくれていた。もっともっといい結果を見せて、喜ばせたかった。もう寝ないと、と思うのと、まだやらないと、と思うのと、二つの焦りの真ん中で、気が立っていたのは確かだ。そんな姿をくまは見ていた。

でも、ありえない。ぬいぐるみが自分を見ているわけなどない。そう思って忘れようとしたのだが、一度意識してしまうと、くまの存在は妙に神経に触った。だからわざわざ一度立ち上がり、ばかばかしく思いながらも本の後ろにくまを隠した。これでよし、と勉強を再開した。しかしパタン、と音がした。振り返ると、本が倒れて、後ろに置いたくまの視線がまだ自分を見ていた。苛立って、倒れた本を並べ直し、ついでに下の段から重い図鑑や文庫本まで摑み出して、くまの前にずっしりと積んだ。それでやっと気が済んで、机に再び向かった。が、何秒もしないうちに、積んだ本が音を立ててすべて落ちた。バランスが悪くて、一番下の図鑑ごとひっくり返ったようだった。

くまだけが、何事もなかったように棚に座って、まだ瑛人を見つめていた。

ただの偶然だったのだろう。しかし深夜に及んだ試験勉強で疲れていたせいか、珍しく分別を失った。ものすごく腹が立った。ひどく理不尽な目に遭わされた気がした。

このくまのせいで。こんなにイライラさせられて。勉強もこれでは進まなくなって。そしてきっと睡眠もうまくとれなくなって、睡眠不足で、明日の試験に失敗して、成績は急降下して、そしてみんな自分にがっかりする。そんなのありかよ。

そうしたら、全部が終わりじゃないか。こんな下らないぬいぐるみなんかのせいでめちゃくちゃになるじゃないか。なにもかもめちゃくちゃになる。破壊される。こんなモンに、こんなしょうもないモンに、人生を壊されるんだ。

それで俺はもう終わり――

「……っ！」

頭の中が一瞬、灼かれたみたいに真っ白になった。

気が付いた時には夢中でくまを引っ掴み、右手で頭を、左手で胸の辺りを掴んで、首を引きちぎろうとしていた。

ぶつぶつっと鈍い音がして、滑稽なぐらいに首が伸びる。でもそれ以上の感触はない。案外丈夫にできているようだった。顔ごと変形しながらも黒い目はてかてかと光り、まだ自分を見ている。ばかにされているような気がして、瑛人はさらに逆上した。ぶっ殺したい、とはっきり思った。おまえなんかぶっ殺したい。この世にいるな。邪魔なんだよ。死ね！　左手で伸びた首を絞めたまま、右手はデスクの上を彷徨った。カッターを摑んだ。握って、刃を出す。振りかぶる。突き刺してやる。この刃で全身を切り裂いてやる。

そのときだった。

「……なにしてるの？」

びくっと全身が震える。歓路だった。

眠っていると思っていたのに、アコーディオンカーテンの隙間から、歓路が顔を覗かせていた。素早くカッターだけはポケットに隠せたと思ったが。

「……くま……？」

寝ぼけた声で呟く歓路に、なにを、どこまで見られたかはわからなかった。でも誤魔化しようはある、と思った。

「ああ、これ。もういらないから、ゴミに出して捨てようと思っただけ。おまえなんで起きてんだよ、寝ろよ」

歓路は眩しげに目をこすり、まだ不思議そうに首を傾げている。納得させようと、瑛人は首の伸びたぬいぐるみを妹の方へ差し向けた。

「これ、なんか汚いだろ？　こんなの誰もいらないし、もうゴミでいいじゃん。そもそも男がくまのぬいぐるみなんか部屋に大事に置いてるとか、普通に相当きもいんだよ。ほら、いいから寝ろ。明日起きられなくなるぞ」

歓路はなにか言いたそうにしていたが、「はい、もっかいおやすみ」アコーディオンカーテンをぱちんと閉めてしまう。大人しくベッドに戻ったようだった。ゴソゴソと布団をかぶる音が聞こえた。

瑛人はこれ以上妹の眠りを妨げないように、部屋の灯りを消し、暗闇の中、手探りで上着をとって部屋をそっと抜け出した。くまのぬいぐるみを台所にあったゴミ袋に突っ込み、足音を殺して玄関を出た。そのまま一人、夜の町をひた走った。

向かったのは、小学生の頃に仲間と見つけた秘密の場所だ。広大な河川敷の片隅に、人の立ち入らない土地があるのを知っていた。工事現場で使う資材の置き場にでもされているのか、セメントの固まりや錆びついた機材が空き地に積み上げられたままでずっと放置されていた。しかし子供たちがこっそり出入りして遊んでいるのに土地の所有者が気づいて、ある日立ち入り禁止のフェンスを立てられてしまった。それ以来近付く奴はいなかった。今はそれが都合よく思えた。

ゴミ袋を片手に、瑛人は高いフェンスにジャンプで飛びついて、無理矢理よじ登った。帰りのことなど考えなかった。背の高さほどの枯草の中をどんどん進んで、やがて石ころの転がる空き地へ抜け出た。遠くの陸橋を渡っていく電車は、最終かもしれない。線路の音は聞こえない。

誰もいなかった。誰も見ていない。ここにいる自分を、誰も知らない。

なにをしても、ここならばれない。

瑛人はゴミ袋からくまを摑み出すなり、思いっきりの全力で、地面に強く叩きつけた。力なく弾んだそれを引っ摑み、また何度も叩きつけ、滅茶苦茶に殴りつけ、蹴り上げ、踏み潰し、やがてポケットの中にカッターを見つけた。

刃を出して、振りかぶり、顔の真ん中に突き立てた。何度も何度も刺して、刺して、中身がズタズタになるまで刺して、

「わあああああああああ！　わああああああああ――――っ！」

目と目が、やっと死んだ。そう思った。実感できた。

ぶっ殺してやった。

声よりは空気を肺から絞り出すように叫んで、しばらく肩で息をして、瑛人はようやく我に返った。

……状況は、嫌になるぐらい意味不明だった。

くまにまたがったままのポーズで、手にしたカッターを見つめる。刃が欠けている。ぬいぐるみなんかを相手に、一体自分はなにをやっているんだろう。しかもこんな時間に。こんなところで。テスト前日に。信じられないほど愚かなことをしたと思った。モノにあたるなんてバカのやることだ。どうしようもなく低レベルな狂い方をしてしまった。

自己嫌悪と恥ずかしさでほとんど呆然としながら、しかし、苛立ちが消え失せていることにも気づいた。瑛人に顔面をズタズタにされたくまの目は、ただのプラスチックにしか見えなかった。どうしてさっきはあんなに生々しく、自分を見つめているなんて感じたのだろう。今は不思議でたまらない。そう思えるのが嬉しかった。自分のまともさ

に安心した。

くまが自分を見ているわけなんかないのだ。当たり前だ。それがまともで、普通の側だ。こっちサイドでこれからも生きていける。そう信じられた。こういう手段で変な考えから気を逸らし、まともな側に逃げれば、どんな夜もやり過ごせる。大丈夫だ。

死んだくまのぬいぐるみは、そこにあったシャベルで穴を掘り、ゴミ袋に包んで埋葬した。もうなにも自分を邪魔するものはないはず。狂わせるものはない。未来を破壊し、自分を終わらせるようなものはこの世にはない。不安なんか感じない。自分の幸せな暮らしは盤石だし、そう簡単に壊れたりしない。見えないものに怯えている暇があったら、進んで「今」を信じよう。情緒不安定を煽るような存在はこの手で殺して、土の下に埋めればいい。置き去りにしてやればいい。

もう一度フェンスを越えるのにすこし手間取ってしまったが、瑛人は家に無事に帰りついた。誰にも気づかれずに部屋に戻り、すぐに眠って、テストの出来も上々だった。問題など、あるはずがなかった。

——そんな夜の秘密を誰にも知られずにいられれば、終わりのはずだったのだ。二度とあのくまに会う気はなかった。

(……そうなんだよな。あれで終わりだって、そう思ってたんだよ、あの時は)

しかし、高校二年生になった今夜も、瑛人は同じ道を走っている。

走りながら、どんどん体温が失われていくのを感じる。

スピードが上がって、家からぐんぐん離れ、駆けるこの一足ごとに、進むこの一メートルごとに、どんどん自分は冷たくなっていく。月岡瑛人、の自分を忘れる。お兄ちゃん、の自分を忘れる。いいこの自分を忘れていく。人間の自分を忘れてしまう。

変で、愚かで、醜く、恐ろしい、恥ずかしい、わけのわからない、そういうものを化け物というなら、自分は本当はそれなのだ。疾走しながらほろほろと変身が解けて、人間の姿を失い、化け物に戻っていく。

くまを殺したら、おばけになりやがった。

もう生きていないのに、この手で殺して埋めたのに、あいつは黒い目だけのおばけになって、自分をずっと見張っているのだ。本当のおまえを知っているぞ、と。おまえはいつか爆発するぞ、と。それで終わりだ、と。こんな化け物の自分には、やがて絶対に破滅の時がくるということを、忘れさせてはくれないのだ。

おばけは目で言う。おまえとんじゃうよ。おまえみたいな底の抜けた奴が長く持つわけないいんだよ。成熟なんて間に合わない。おまえはもうすぐ、とんじゃうよ。

(いやいや。まだまだ。まだ、とんじゃったりしませんよ。まだいけますとも。まだ大丈夫)

マスクの下に表情を隠して走るこの姿も、おばけはずっと見つめている。

瑛人はくまの埋葬場所を目指していた。今ではフェンスの破れ目も見つけて、行き来するのもずっと簡単だ。あのくまを墓穴から引きずり出してやるのだ。そしてまた殺してやる。何度だって、ぶち殺してやる。そうやって、死んだことを確認する。そうすることで、おばけの視線を一時とはいえ忘れられる。大丈夫、やっぱり死んでる。この世にはいない。もう消えた。それを確かめられれば、またしばらくもつのだ。一か月とか、何週間か。それぐらいは忘れていられる。「みんな」の群れの一匹になって、置いていかれまいと夢中で頑張る月岡瑛人でいられる。あの家の屋根の下に暮らす家族の一員でいられる。

そのために、そうであるために、こんな夜を繰り返し繰り返し——悪いことなのか、そうでもないのかもわからないまま、瑛人は走り続ける。くまの墓場を目指して夜の隙間をまっすぐに駆けてゆく。

このまま遠ざかるために、じゃない。また帰るために走るのだ。

＊＊＊

異変にはすぐに気が付いた。

いつもと違う光景に、瑛人はしばし呆然としてしまった。辺りを見回して、息をするのも忘れた。

「……うそ。なんで」

　何度も来たとおりに今夜も来たのだ。通い慣れたルートは間違えるわけなんかない。それなのに様子が違う。前にここに来たのは確か一か月ほど前のことだった。あのときはいつもと変わらなかったのに、今は——一体どうして。なにが起きた。

　ここは石ころが転がり、周囲を背の高い枯草に取り囲まれた、ただの空き地のはずだった。それなのに今、目の前にした同じ場所には、古びた冷蔵庫やブラウン管のテレビ、トースター、パソコンのモニター、汚らしいソファ、照明器具、その他あらゆるでかくて邪魔なものが乱雑に放置され、積まれ、崩れ、転がっている。ボロい自転車もある。あれは洗濯機か。それからエアコンに、カーペットに、割れた鉢……どうなっているんだこの状況は。

　立ち竦んだまま、心臓の鼓動だけが早くなっていく。不法投棄なのだろうか。きっとそうなんだろう。可燃物も金属も粗大ごみもなにもかもめちゃくちゃに河原に転がっている。こんなことが法律で許されているわけがない。家電にはリサイクル法だってある。それにこの量は、誰かが、という量でもなさそうだった。どこかの悪意ある事業者が、ゴミを満載したトラックでわざわざ乗り付けて、ここに捨てていったとしか思えない。でも誰も容易には立ち入れないはずなのに、と思いながら、自分がここにいるなら不可能ではないのだとも思う。自分ができるなら、他の誰でもその気になれば同じように侵入することは可能だ。川べりには車道もあるし、そりゃそうだ。しかし。

「困るよ……こんなの……!」

瑛人は思わずマスクをずらし、一人弱々しく呟いてしまった。白い息が視界に立ち上る。予想外の事態に頭が混乱していた。

だって困る。これじゃ困るのだ。だめなのだ。これでは、くまを埋めた場所がわからない。

いつも空き地の真ん中あたりに穴を掘って、殺したくまを埋め、目印みたいにシャベルを立てておいた。なのに今、ちょうどそのあたりには小さなワンドアの冷蔵庫がいくつも横倒しになっていて、シャベルなんか見当たらない。

参った。こんな時、人は自然に頭を抱えたポーズになってしまうものらしい。しかしいつまでもこうしていたってしょうがない。気を取り直そうと頭を振り、とりあえず駆け出す。横倒しになった小型の冷蔵庫を跨ぎ超え、二層式の洗濯機も跨ぎ超え、多分この辺りだろうと思った場所を見回してみる。でもやっぱりシャベルはない。

大量のごみに取り囲まれて、嫌な予感に心臓が摑み絞られたようになる。どこか土の表面に掘り返したような跡がないか、暗闇に必死に目を凝らす。先日の雨のせいか、土はどこも柔らかく湿ってまっ黒にしか見えない。だめだ。全然わからない。もしもくまが動かせないような重量の物の下敷きになっていたら、自力で掘り返すことはもう不可能だろう。

そう思うのと同時、両目の裏側に、ドス黒い恐怖がパシャッと墨汁みたいに広がった。息が苦しい。もうあのくまを見つけられないとしたら、自分はどうなるんだろう。心臓の早い収縮が止まらない。息苦しさのあまり、顎にずらしたマスクを乱暴に顔からむしり取る。冷たい空気が喉に詰まる。

埋めたくまを失くしたら、この未熟さゆえの衝動をどこにぶつければいい。次にはなにを殺せばいい。いや、ていうか。ちょっと。まじで。

「……困るよ……ほんと、待ってくれよ……！　こんなの、困るから！　困るんだって、俺……！」

誰にともなく喚きながら、瑛人はとにかく見える範囲の土を掘り始めた。膝をつき、がむしゃらに、両手で獣のように冷たい土を掘り返す。異常なまでに焦っていた。おばけがすぐそこにいる気がするのだ。自分のこんな姿をまだ見てる。見張っている。

急げ、早くしないと、早く殺さないと——でも誰を？　ああいう無力で、か弱くて、声も出せないような命は他にどこにある？　ああいう目をした、命の持ち主は。瞬間、頭の中にいくつかの顔が思い浮かんで、思い浮かんでしまったことがおぞましくて、瑛人は汚れた両手でとっさに顔を覆った。信じられない。想像をかき消したくて「違う！」と叫んだ。

「違う違う違う違う！　ちがくて！　あれは、くまだから！　ただの、ぬいぐるみだから……どこだよ⁉　なんでだよ⁉　なんだよこれ……ふざっけんなよ、ふざっけんなふざっけんなふざっけんじゃねえ……なんだよもう！　なんでこんなふうになってんだよ……！」

不法投棄されたゴミの狭間で、いくら一人で喚いてもどうにもならない。瑛人はくまをどうしても見つけられない。見える範囲で辺りをめちゃくちゃに掻きむしり、手の中の土を八つ当たりみたいにそこら中へ叩きつける。

ここは秘密の場所だった。なのにこんなのひどいじゃないか。自分だけの場所だった。自分を隠せる、唯一の場所だった。自分しか知らない、自分だけの場所だった。ゴミ、ゴミ、ゴミの山だ。トラックで力ずく踏み込まれて、めちゃくちゃに蹂躙された気分だった。まるで自分が踏まれたみたいだ。

しゃがみこんだ体勢で、瑛人は軽い眩暈に耐える。酸欠かもしれない。パニックを起こしているのはわかっている。落ち着け、落ち着け、と深い呼吸をしながら自分に言い聞かせる。

（しょうがない。今夜は諦めて、もう帰ろう。ここであったことは全部忘れよう。おばけのことも考えるのをやめればいい。なにもかもなかったことにして、家に帰って眠ろ

う）

なぜか顔が笑っている。大笑いしている、と自分で自分のことを思う。こんなにも頭がおかしくなっている自分自身がもはやおもしろいのだろうか。喉に笑い声がひっかかって、もう呼吸もうまくできない。

（ていうか帰ろう……って。簡単に言うけどさあ。こんなになっちゃってさあ）

口を大きく開いているし、顔を歪めてもいるし、息は引き攣れて苦しいし、どこもかしこも震えて止まらない。見下ろせばもう全身が泥まみれだ。服も顔も手も、全部この夜の秘密に汚れてしまった。

これはもう取り返しがつかない、と思う。どうしようもない。ばかすぎる。

（こんなことに、なっちゃってさあ）

こんなナリで、どんなツラして、「ただいま」って？

何事もなかったふりを、これでどうやって取り繕えと？

（一体、どうやって帰ればいいんだよ？）

走ってきたのは、くまを殺しておばけを消して家に帰るルートだった。でもくまはもう殺せない。おばけはもう消えない。家にはもう帰れない。帰る方法はもう見つからない。自分がここにいることを、誰も知らない。誰も気が付かない。連れて帰ってくれる人などいない。

自分は、どこにも帰れないまま、ここに一人で置き去りにされるのだ。

(まあ、最初からそうだったんだけど)

俺を置いていくな、と呼べる名前など思いつかなかった。呼んでも答える人など自分にはいないから、だからここにいるんじゃないか。そういうところから自分は生まれて、必死に頑張って、もらったものを危ういバランスで積み重ねてきた。こんなの終わるのは簡単だし、破滅するのも一瞬だと、自分でもわかっていた。もう頑張れない。もう無理だ。

真夜中の空き地。めちゃくちゃにあちこちの土を掘り返しながら、瑛人は這いつくばる様な格好でいつしか泣いていた。なにを探していたのかすらもうわからない。自分自身の悲劇的境遇にどっぷり浸り切り、酔い痴れたような激情の底が、

「……っ⁉」

しかしそのときいきなり抜けた。

穴の底について身体を支えていた片手が、突然吸い込まれるようにぼこっと何センチか沈んだのだ。体勢を崩したのと同時、その指先に冷たいものが触れた。

冷たくて柔らかくて細くて、瑛人はただ驚いて、なにが起きたかもわからずに、

「……いいいいぃぃぃぃぃぃぃ……」

声にならない悲鳴を洩らした。

ぎゅっ、と。

今。

摑まれた。握られた。誰かが、この指を握った。本当に握られた、今、誰かに。指を。

とっさに手を引き抜いた。ぞわっと鳥肌が立って、そのまま後ろに跳ねて転がるように尻をつく。夢中でじたばたと足を動かして逃げようとする。シューズのかかとが柔らかい土を跳ね飛ばす。が、

（……いや！　待て！　待てよ、今の……！）

手だ。手を見る。この手を摑んだのは、手だった。指だった。さっき自分が掘り返そうとしていた辺りを見る。手ということは、握られたということは——誰かがあそこに埋まっている、ということなのか。

生きている、本物の人間が。

理解するなり、冷えた血液が頭から一気に首へ流れ込んだ。そのまま滝のように背筋を落ちて、全身の筋肉に瞬時に届く。考えるよりも早く身体が動く。飛びつくようにしてさっき這っていた場所へ戻り、無我夢中で土を掘り始める。そのときになってようやく冷蔵庫の陰に立て掛けられていたシャベルを見つけた。飛びつき、奪い取るように引っ摑み、全力で大きく一度土を掘り返した。すぐに白っぽい色の布が見えた。服だ。やっぱり人が埋まってる。自然に喉が叫んでしまう。今夜は一体何回叫べばいいんだ。で

もまさか死体があるなんて、いや違う、まだ生きているんだ、人間がいるんだ。この土の下に埋められている。早くしないと窒息して死んでしまう。必死に土を掻いて、顔を探す。顔を早く出さないと、鼻と口だ。覆いかぶさるようにして両手で土をのけていく。横向きになっている身体がすぐに出てきた。瑛人は服を摑み、土の下からその人を引きずり出した。髪が長い。女だ。顔の部分は埋まっていたというか、土がかかっていた程度だったらしい。だから生きているのかもしれない。

顔から土を払い、呼吸を確認する。どこもかしこもまっ黒になっているが、わずかに鼻が動いた気がする。ちょうど顔が埋まっていたあたりに、見覚えのありすぎるゴミ袋があった。くまの死体入りの、さっきまで探していたブツだ。でもそんなの今はどうでもいい。そんな場合じゃない。

どうしよう。どうすればいいんだ。埋まっていた人を掘り返したら、どうすればいいんだっけか。

声が出ない。どうしたらいいかわからない。頭の中は真っ白で、身体の震えが止まらない。瑛人は意味なく左右を交互に見やる。誰もいない。ごみしかない。どうしよう、どうしよう、誰か。口だけをぱくぱくさせて、瑛人は土の下から掘り返した女の身体をとにかく支え、両腕で抱き起した。

そのとき、女の目が小さく瞬きしたのが見えた。

土がついて黒く汚れた口がゆっくり開く。かすかな声は、

「……だ……い、じょうぶ……?」

——って、そりゃこっちのセリフだろ⁉

麻酔でもかけられたみたいに白く痺れた頭の芯で、瑛人は自分がつっこむ声を聴いた気がした。

2

〈問題〉

月岡瑛人《つきおかえいと》は土に埋められていた人間を発見し、まだ生きている状態で掘り返した。次にとるべき最も適切な行動を述べよ。


〈解答〉

つ、通報！


（通報だろ通報しなきゃ！　警察か⁉　いや、救急車⁉　両方だ！）

不法投棄されたゴミの中。人気のない河川敷。秘密だったはずの場所。

瑛人は泥だらけになって座り込んだまま、片手をダウンのポケットに突っ込む。が、ない。スマホがない。反対のポケットか。ない。胸の中に抱えた女は息も絶え絶えだ。片腕でその人の身体をしっかりと支えながら、声も出せずにただ焦り狂う。スマホ、スマホ、どこだ、スマホ！

女の服は泥の水分で濡れていて、氷のように冷たい。その目は細く開いていて、瑛人の顔をぼんやりと眺めているように見える。衰弱しているのか、自力では身を起していることもできないらしい。支えた背中は痩せているのが服越しにもわかり、体重もほとんど感じられない。こんなにも冷たくて、肉体の重みも全然なくて、これでも生きているなんて信じられない。

スマホはパンツの尻ポケットにあった。摑み出し、震えを止められない指で緊急通報のボタンにタッチしようとするが、

「……め、て……」

そのダウンの袖に、女の指が力なく引っかかった。

驚いて顔を見下ろすと、女はかすかに首を横に振っている。やめて、ってなにをだ。通報するなとでもいうのだろうか。

覗き込んだ女の目は、膜がかかったように虚ろだった。今にも目蓋が下りてしまいそうな光のない目で、じっと瑛人の顔を見ている。黒く汚れた唇が、また戦慄《わなな》くように動いている。その口元から立ち上る白い息は線香の煙みたいにか細い。

小さすぎる声はよく聞こえなかったが、もう一度「やめて」と繰り返したようだった。やめて、の後には、ほっといて、と続けたようにも思えた。しかしそれが合っていたと

して、そんなことできるわけがない。こんな状態でいる人間を、放ってなんかおけるわけがない。瑛人は構わず今度こそ通報しようとするが、

「……やめ、て……よ」

最後の力を振り絞るみたいに、女の手がぺし、とスマホを払った。それはあまりにも弱々しい一撃だったが、不意を突かれ、瑛人はスマホを地面に取り落としてしまった。なぜ。どうして。思わず見下ろした女の唇が、震えながらまた動く。

おいてってよ。

つーほーするなら。

ここにすてていってよ。

女は確かに、そう言った……と思った。そしてそのまま今度こそ力尽きたみたいに、完全に目を閉じてしまう。自分の頭の重みで仰け反りながら、瑛人の腕の中にぐんにゃり深く沈み込む。

「ちょ、ちょっと！　あの！　大丈夫ですか⁉」

大きく声を張って呼びかけてみるが、反応はない。

どうしよう。誰か助けてくれ！　瑛人がそう叫びたい気分だった。女の身体を支えたままで必死に辺りを見回す。でも何度見ても変わらない、ゴミまたゴミの真っ只中。自分たち以外に人の気配などない。どれほど騒いでも誰も助けてなんかくれない。

ていうか、ほっといてってどういうことだ。おいてって、すてていって、って。冷たい土の下に埋められて命からがら掘り出されたら、普通は「助けて！」じゃないのか。こんな真冬の夜、このままでは本当に死んでしまうじゃないか。

「な、なんなんだよこれ……どうすりゃいいんだよ⁉　わかんねえよ俺……！」

あまりの事態にほとんど泣き出しそうになる。考えている余裕はもうなかった。誰も助けてくれない。助けを呼んでもいけない。それなら自分がどうにかしなければいけないのだ。はっきりしているのはただ一つ。

この人を助けたいなら、自分が助けるしかない。

ならばもう、泣いて喚いて無力に座り込んでいる場合じゃない。急いで行動しなければ間に合わない。

スマホを拾い、女の脇の下から潜り込むようにしてその身体を背負う。立ち上がる。そのとき、光るものがぽろりと足元に転がった。女の服のポケットからなにか落ちたらしい。膝をぷるぷるさせながら屈んで拾うと、銀色の鍵だった。とりあえず自分のポケットに突っ込む。

知らない女をしっかり背負って、瑛人は来た道を逆に走り出した。

真夜中の凍える町をひたすら駆け戻っていきながら、背負った重みを感じることすら忘れていた。無我夢中で、とにかくアスファルトを蹴り続けた。

住宅街は来た時と同じく静まり返っている。バイクも車も通らない。背中の女は完全に体温を失っていて、冷たい土の塊をそのまま背中に担いでいるような気さえした。冷たく吹きすさぶ乾いた風の中、瑛人は必死に奥歯を噛み締める。風にぬくもりを奪われて、自分もどんどん冷えていく。走る足を止めたら、このまま背負った女ごと一緒に凍りつき、こういう形の氷像になってしまうかもしれない。さっぽろ雪まつりみたいな状態になった自分たちを、いつか誰かが見つけてくれるだろうか。熱湯かけて戻してくれるだろうか。春まで見つからなかったらどうしよう。

ばかばかしい妄想も止められないまま、ずっと夜道を走り抜け、

「た、」

自宅までようやく辿り着いた。体当たりするみたいにドアを開き、

「……ただいまー……っ！」

冷たい女を背負ったままで瑛人は玄関に倒れ込む。息が、できない、苦しい……靴も脱げない。もう動けない。板張りの廊下に死体みたいにうつ伏せになる。胸がぜいぜい音を立てる。冷え切ったこめかみにはなぜか汗がにじんで、暑いのか寒いのかすらもう自分では判断できない。本当に全然起き上がれない。肺が痛い。肩も痛い。腹も膝も耳

も痛い。体力は残りゼロ。完全に使い果たしてしまった。

　おーう、とのんきな声が廊下の向こうから聞こえてくる。高野橋《たかのはし》さんは寝ないで帰りを待っていてくれたらしい。どうにか目玉を動かして、視線だけでも床から引き剝がす。

「遅かったな、おかえ……」

　リビングのドアががちゃっと開いて、いつもの底抜けの笑顔がひょいっと出てくる。そして泥まみれでぶっ倒れている瑛人と、瑛人が背負っている泥まみれの女を見て、

「おわああああああああっ！　なにやってんだてめえはぁ⁉」

　高野橋さんは叫んだ。その気持ちは瑛人にもわからなくもなかった。そりゃ叫ぶよ。居候にだって叫ぶ権利ぐらいはある。

　高野橋さんはまだ叫びの尾を引きながら不思議な小股後ろ歩きで廊下を高速移動し、

「奥さーんっ！　旦那ーっ！　大変だーっ！　セックス中すまん！」

　夫婦の寝室のドアを激しい連打でノックする。荒っぽくそのドアが内側から開き、

「セックスなんかしてないわよ！　うるさいなあもー！」

「高野橋さん、自由な発言は慎んでね。うちそんなにレイティングゆるくないから」

「慎んでる場合じゃねえんだ！　あれを見てくれ！」

　すちゃっとこちらを指してみせる。

「エイトがやばい！」

なによ、なんだよ、と両親は揃ってぶつぶつ言いながら寝間着で廊下に出てきた。そして高野橋さんの指し示す先、玄関で泥まみれのカメみたいに重なり合う息子と知らない女を見つけた。らしい。一息分たっぷりと絶句してから、「きゃー!」「うわー!」夫婦仲良く絶叫する。

「どうしたんだおまえ! こんな時間に、って、もはや時間の問題じゃないぞ⁉」

「いやー! 瑛人に背後霊がくっついてるー! 押し潰されてるー! パパ早く剝がしてー!」

……違うから。霊じゃないから。まだその段階には至ってないから。こう見えても一応この人、生きてるから。

そう説明したかったが、まともな声を発することはまだできない。なにしろ数十キロの荷物を背負って、家まで全力疾走してきたのだ。元から有り余っているとはいいがたい体力を、最後の一滴まで絞り出し尽した。息をするのがやっとの有様で、ちがう、ちがう、と必死に呻いても、ウィスパーボイスは床に虚しく吸い込まれるばかり。やがて父親がすごい形相で近寄ってきて、

「とりゃー! とりあえずうちの子から離れろー!」

靴べらをテコのように使い、瑛人の背中に重なったままの女の身体をどさっとひっくり返す。瑛人の背中から引き剝がされて、その人は廊下に仰向けに転がり落ちた。瑛人

は肘をついて上体を起こし、明かりの中で改めて、自分が掘り返した人の姿を見た。ヒッ、と変な声が出た。

ひどかった。思っていたよりも全然ひどかった。

泥まみれなのはわかっていたが、さすがにここまでおぞましいビジュアルだとは――長い髪が海藻のようにべたっと廊下の床に貼りついて広がる様はまるで浜辺に打ち上げられた深海生物の死体だ。年齢は謎。わかるのは、とりあえずサイズ的に子供ではないということぐらい。髪の隙間からは白目を剝いた顔が見える。口は半開き。体型を隠すようなたっぷりしたコートも、ロングスカートも、元の色さえわからないほど黒く汚れている。床に放り出された力のない手足は趣味の悪い作り物のようで、汚れの下にわずかだけ見える肌は異様なほど白い。生きてる感ゼロ。腐乱していないことだけが救いといえば救いだが、腐乱していないことしか救われるポイントがないといえばない。

うわあ……と思わず目を逸らしながら、瑛人はやっと自分がしでかしたことのとんでもなさを理解した。どうやら、ものすごく大変なことに関わってしまった。しかも自分はそれを家庭にまで持ち込んでしまった。やばい。まずい。どうしよう。ようやく追いついてきた確かな実感に全身が震えた。

「し、死体だーっ！」

女の顔を覗き込み、父親が改めて高らかに叫ぶ。きゃあきゃあ言っている母親とがっちり抱き合う。高野橋さんは抱き合う両親を邪魔そうに壁際に押しのけて、のしっと瑛人に近づいてくる。どアップ顔で迫ってくる。

「んなモン、どこから拾ってきやがった⁉」

「し、死体じゃ、……な……ごほっ！」

何度かこみ上げる様な咳をして、やっとまともに声が出た。振りかぶるように主張する。

「死体じゃ、ない！ ……生きてるんだよ！ まだ生きてるんだ、その人！」

「どこがだよ⁉」

「見りゃわかるだろ⁉」

瑛人が指さす女の方を一度見る。すぐに向き直り、高野橋さんは瑛人の頭を一発どつく。

「見れば見るほど死んでんじゃねえかよ⁉」

「それは見解の相違だ！」

「つかコンビニ行くんじゃなかったのか⁉ てめえ、どこでなにしてたんだよ⁉」

「どっ、どっ、どこでなにをって……」

あからさまにどもってしまう。そりゃ、「前々からこっそりくまをぶっ殺していた秘密の場所で偶然見つけて掘り返したのさ！」とは、なかなかあっさりと言える話ではない。瑛人は嘘をつくしかない。

「コ——コンビニ、行ったよ！　そ、そう！　ローソンで見つけたんだ！」

「マチのほっとステーションに⁉　コレが⁉」

「そうそうそうそう！」

ガクガクガクガク、と顎を震わせるように激しく何度も頷いて見せる。あとはもう勢いで乗り切るしかない。

「いたいたいたいた！　いたの！　コレが！　触ってみたら生きてたから、ついお持ち帰りを……」

多分、瑛人の作り話などあっさり見抜いているのだろう。高野橋さんの両目はみるみる逆上を孕んでさらに鋭く吊り上がるが、その背後。

「ね～、さっきからみんななにやってんの？　うるさくて眠れないんだけど」

パジャマ姿の歓路《かんろ》が目を擦りながらぺたくたと階段を降りてくる。そして泥まみれで倒れている兄と、その他付随する諸々の状況を見て、

「えぇ⁉　なにそれっ、すげえっ、あーっ！」

さぞかし驚いたのだろう。そのまま足を滑らせて五段ぐらい転げ落ちる。しかし前転でしゅたっと起き上がってノーダメージ、

「ブラクラだー！　ぎゃー閲覧注意！」

死体みたいに廊下に倒れている女を指さす。ブラウザ、という言葉の意味を理解しないままここまで育ってしまった妹だった。

「つかなんか汚ねえー！」

泥まみれの兄も指さす。そしていきなり盛り上がって「あっひゃっひゃっひゃっひゃ！」大爆笑し始める。正直、一番面倒な奴に見つかってしまったと瑛人は思う。こいつには知られないまま事を処理できればよかったのだが、もう遅い。

「おまえ明日五時半起きだろ⁉　いいからうるせえ！　寝ろ！」

「は⁉　うるさくしてんのあたしじゃないじゃん！　みんなじゃん！　仲間はずれはやだよ、なになに、教えてはやくなにがあったの⁉　あたしなにを見逃したの⁉　ていうか、えっえっ、どこの誰的な存在⁉　なぜうちでお亡くなり的な状況⁉」

「ローソンで見つけたらしいぞ」

高野橋さんの言葉に「うっそ⁉　まっじ⁉　どこの⁉　え、一番近くのあそこ⁉　同じ顔したバイトが三人いるとこ⁉」歓路は即、食いついてくる。やばい。店舗の話題にまで話が及ぶと嘘がどんどん大きくなる。元からあってなきようなリアリティがさらに失われる。答えあぐねて肯定も否定もできないまま、瑛人はおどおどと女の方に目をやり、

「あー！」

驚いていきなり叫んでしまう。ついさっきまでほぼ死体だった女が、いつの間にか毛虫のように動き出し、這って玄関から外に出て行こうとしていた。

「逃げてる逃げてる！　捕まえろ歓路！」

「っしゃあ！」

兄の声に、電光石火。体育会系の哀しい反射で、命令形には考えるより早く肉体が反応してしまう歓路だった。通過駅のホームで見送る特急電車みたいな速度で、見事なタックルを女の腰のあたりに決める。そもそも半死半生の女がそんな突撃に耐えられるわけもなく、あっけなく二人して玄関に折り重なるように倒れる。

「捕まえたー！　けど、これどうすんの⁉　飼うの⁉　エサは⁉　なに食うの⁉」

女を押さえこんだまま喚く歓路に、父親は首を横に振ってみせ、

「だめだめだめ！　うちは生き物は飼わない主義！　死んじゃうとかかわいそうだから！とか言ってる場合じゃなくて……そうだ、警察を呼ぼう」

やっと我に返ったみたいにくるりと踵を返す。居間に電話をかけにいこうとしているのだろうか。そう思った瞬間、

「待ってくれー！」

瑛人は脚をすり合わせるようにスニーカーを脱ぎ落とし、父親の背後からジャンプ一番、跳びかかっていた。その勢いで二人して前方につんのめりかける。

「なにすんだおまえは⁉」

「警察、だめ！　通報するなって言ってた！　通報するなら捨てていけって！」

「ばか！　通報するなって言われる時ほど、一般的には通報しないといけない時なんだ！」

「でも俺、拾っちゃったんだよ！　あのまま捨ててなんかいけなかった、どうしても！」

どうしてこんなに必死なのか自分でも意味がわからないまま、瑛人は父親の寝間着のズボンのゴムを引っ張って動きを止めようとする。だが裸足の父親の方が足裏のグリップが強い。パンツまで息子に引き下ろされて、半ケツになりつつも前進してゆく。瑛人は廊下をずるずる引っ張られていきながら、そして父親の尻を見ながら、懸命に声を上げる。

「拾っちゃったからには責任っていうか、約束っていうか、交換条件を飲んだっていうか！　こっちもそういう仁義みたいなものが生じるだろ⁉　なにかわけがあるんだよ！　通報されたら困る事情があるんだよ！　悪い奴に追われてるとか、脅されてるとか！　それを確かめてからでもいいじゃん！」

「あーあ」

高野橋さんが首を大きく横に振っているのが視界の端に見えた。

「こりゃーやばいフラグがビンビンだ。うん。確実に関わっちゃいけない系だ。よし、アホ妹、解き放て！　そのままお外に逃がしてしまえ！」

「うおっしゃーー！」

歓路はやはり条件反射、普段は散々バカにしくさっている高野橋さんなんかの指令を受けて、押さえ込んでいた女の上から跳ね起きる。が。

「……あれ？」

さっきまで蠢《うごめ》いていた女は、なぜか今、ぴくりとも動かない。あれあれあれ、と歓路は這いつくばり、うつぶせになったその顔を覗き込み、

「……やべえー」

両手で大きくばってんサインを作り、家族みんなに見せてくる。「どういう意味だ、それは……」嫌な予感に貫かれ、瑛人は思わず息を飲む。歓路はらしくもなく渋い表情を作って首を横に振っている。ウサギの耳もふるんふるん揺れている。

「あたし仕留めちゃったくさい」

一斉に、全員の視線が女に向いた。歓路が「ほら」と仰向けに再び転がした女は、相変わらず白目だが、口の端から泡をブクブク吐いている。つーっと泥まみれの顔を伝って床のタイルへ垂れていく、その黒い流れの禍々しさよ——なんだか明らかにさっきの状態から悪化しているではないか。というか——というか。

家族一同、無言になった。女の顔から視線を剝がす。お互いの目を見つめあう。多分みんな、瑛人と同じことを考えている。歓路がおそるおそる指先で顔をつついても反応はない。その指をずぼっと鼻の穴に第二関節ぐらいまで突っ込んでも、まったくぴくりとも動かない。さすがの歓路も緊迫した面持で、突っ込んでしまった指を引き抜く。その指をどうするつもりだ、と瑛人は訊きたかったが、そんな場合ではもちろんない。

言うなれば、「死んでいるみたい」だった女が、今、「本格的に死んだ」という雰囲気だった。というか、より直截に言えば……両親も瑛人も口に出せずにいることを、

「……こ、殺しやがった！」

高野橋さんが言ってしまう。築二十年の木造家屋にシン、と満ちる静けさを、母が
「とも、言い切れないわよ！」決死の形相で遮る。

「でも奥さん、こいつ犯行を自白したぞ」

「ばかなこと言わないでよ！　無効よ無効、今のはなし！　歓路が殺したとか、だめよそんなの絶対！　死んでた、と、殺した、じゃ、意味が全然違うんだから！　ていうかやだやだ、困るわよちょっとほんとになによあんた！　図々しいわね生きたり死んだり人んちで！　いい加減にしゃっきり起きなさいよー！」

母はつかつか歩み寄るなり、女の頰をびしゃっと鋭くビンタする。さっきまで近寄れもしなかったくせに、娘を殺人犯にしたくない一心なのだろう。「起きろー！」さらに

胸元を引っ掴み、乱暴にゆさゆさと揺さぶり始める。支えのない頭がぐらんぐらん揺れて、玄関の縁にがつんがつんぶつかっている。

「母さん！　ちょっと落ち着いてくれ！」

あまりに乱暴な母の手を脇から押しとどめ、瑛人は二人の間に割り込んで座る。動かない女の身体を膝に抱え上げる。首を支え、息がしやすいように上体を起こしてやる。まさか本当に歓路がとどめを刺したなんて、そんなの冗談にもならないが。

しかし改めて肌に触れてみて、う、と言葉を失った。手も、首も、頬も、氷のように冷たいまま。瑛人の方はすっかり指の先まで血流が戻ってきているのに。もしかして、本当に凍ってしまっているのだろうか。こんなに冷え切って、人間は生きていられるものなのだろうか。耳を口元に触れるほど近づけてみるが、呼吸は確かめられない。あるのかないのかわからない。

「……どうしよう……」

力なく呻いて、瑛人はもう一度女の顔を覗き込む。うん、白目だ。一体どうして我が家でこんなことに――なんて言っても今さらなのだが。なにもかも今さら、もう遅い。この人を見つけ、掘り出し、連れて帰って来てしまったのは他の誰でもない、瑛人自身だ。瑛人は自ら進んで、こんなわけのわからない事態に関わってしまった。

でも、後悔はない。なかったことにしたいとは思わない。連れて来なければよかったとも思わない。本当に。

どう考えてみても、やっぱりあそこに置き去りにするという選択肢はなかった。それだけは絶対にありえない。何度やり直したって、自分はこの人を連れて帰って来てしまうと思う。たとえ全然違う場所で生きる人生を与えられていたとしても、どうにかしてあの時、あの場所に辿りつきたいとさえ思う。

だって自分が掘り出さなければ、この人はあのまま、冷たい土の下で静かに死んでいたのだ。あんな寂しい静かな場所で、ゴミと一緒に捨てられて。誰にも気づかれないまま、たった一人で命を落としていた。そんなことがあっていいわけがない。

知らない人だが、なんの義理もない相手だが、それでも選べるならば自分は「生かす」方を選ぶ。「助ける」方を選ぶ。当たり前だ、そんなの。

「……生きてくれ！　頼むよ！　頑張れ！　頑張ってくれ……！」

どうしていいかわからないまま、とにかく必死に氷のような身体を両手で擦ってみる。ゴシゴシと手を擦り、頬も擦り、首も擦り、息を吹き返すようにただ願う。瑛人の脇から高野橋さんも手を伸ばしてきて、泥まみれの顔に軽く触った。

「つめてえ。まじでほぼ死んでんな。ダメ元だ、とりあえずあっためてみるか。風呂、ちょうど俺が入ろうと思って追い焚きしてたから」

「はあ!?　居候のくせに追い焚きしてんのかよ!?　あたしぬるいまま入ったのに！」

「うるせえ！　おめえがぶっ殺した女をボイルする湯になったろうが！」

「こんな時に追い焚きのことなんかで揉めんなよ！　父さん、運ぼう！　せーの、」

妹と高野橋さんを引き離し、瑛人は父親と二人で泥まみれの女の身体を抱え上げ、風呂場に運び込む。

「服はどうしよう」

「緊急事態だ、このままいこう。ママ、ちょっとそっち支えてくれる？」

沈んでしまわないように母親が頭を支え、瑛人と父親は、浴槽に張られた湯の中にゆっくりと意識のない女を浸けていく。わざとらしい入浴剤の緑の湯が、たちまち泥で茶色く濁る。

ふわりと湯の中から意志のない両手が浮いてきた。濡れるのも構わず、瑛人は風呂場の床に膝をついて、その手を強く握った。指をしっかり絡めて握り、もう片方の手で顔に絡まって貼りつく髪をかき分けてやる。その髪も額も鼻筋も口許も、どこもかしこも泥だらけだった。埋められていたのだから当たり前か。

（あんなとこに……一人ぼっちで……誰があんなこと……）

ひどい。ひどすぎる。

発作のように泣いてしまいそうになるのを、唇をぎゅっと噛んで堪える。ただ繰り返し、心の中で唱え続ける。

（……頑張れ。生き返れ。どこの誰かも知らないけれど、あんな終わり方をしちゃいけない。俺は絶対に置いてなんかいかない。そんなことできるわけない。どうか、生きてくれ。俺のためにも、息をしてくれ。助けられたって思わせてくれ）

すこし熱いぐらいの湯に浸けられて、しかし女の手はまだ冷たく凍ったままだった。瑛人はその手を、さらに強く力を入れて擦る。必死になって、血流を呼び戻そうとする。血を温めて心臓に送りたかった。どうにかして命を取り戻したかった。

（掘り返してすぐ、俺に向かって、大丈夫？　とか言ったよな。……なにがだよ。大丈夫じゃないのはそっちだよ）

女が発した声は、聞き取れたのが不思議なぐらいにか細かった。なぜこの人はあんな状態で、あんなことを言ったのだろう。自分はそこまで頼りないザマを晒していたのだろうか。

確かに色々些細なことが重なって、情緒不安定な夜だった。

架空のごっこ遊びみたいなものとはいえ、自分は確かに、他者の命を奪うためにこの家を出た。走りながら、誰にも知られてはいけない正体を晒した。くま殺害の儀式を経なければ、月岡瑛人の顔には戻れないはずだった。

しかし秘密の場所は不法投棄されたゴミで蹂躙されていて、埋めたくまを見失ってしまった。

あの時は、もうこの家に帰ることもできないような気分でいたのだ。決定的な破滅の時がついに訪れたのかと思った。「いつもと変わらぬ日常」なんて、本当はとても脆いもので、いとも簡単に終わってしまうものなんだから——ずっと前から、なぜかそんなふうに思い込んでいたし、そのとおりになったんだと思った。そんな思い込みから、抜け出す方法を完全に見失ってしまっていた。もう戻れない。どこにも帰れない。それしか考えられなくなっていた。

でも気が付けば今、自分はちゃんとここにいる。

（……帰ってきてるよ。帰ってこられたじゃん俺）

家にいる。いつもの暮らしの空間に、帰りつくことができている。

この人の命を助けたくて、生きていてほしくて、ただひたすらに走った。余計なことはなにも考えられず、無我夢中で走り続けた。殺意だけを抱えて駆けた暗い道をそうやって戻ってきたのだ。

今ここにいる自分は獣などではない。鬼でもない。化け物なんかじゃない。ただの人間だ。この家の長男で、高校二年生の、ただの月岡瑛人。

（俺はこの人を連れて帰ってきたって思っていたけど、逆かもしれない。家に連れて帰ってもらったのは、実は俺の方だ）

湯の中でまだ冷たい氷の手に自分の手を重ね、触った部分から命を分けるように気持ちを送る。頑張れ、生きろ、目を覚ませ。

（そういえばくまはどうしたんだっけ……いや、どうでもいい。そんなことより、今は）

生き返れ。全力で念じるようにそれだけを思い、瑛人は浴槽にへばりついていたが。

「エイト」

高野橋さんに肩を叩かれて振り返る。

「狭いし、ここはひとまず衛生兵に任せておこう。ちょっとこっち来い」

気が付けば家族全員が風呂場にぎゅうぎゅうに詰めかけていて、確かに狭かった。両親の手に後を委ね、瑛人はひとまず廊下に出た。濡れた靴下を脱いで足を拭くと、タオルが泥で黒くなってしまった。さりげなく折り畳み、急いで洗濯機に放り込んだつもりだったが。

「足の裏から上着まで、全身泥だらけじゃねえかよ。どうしたんだよこのザマは」

高野橋さんは汚れたタオルの行き先を見ていたらしい。足先では瑛人がさっき脱ぎ捨てた泥だらけのダウンをつついている。答えなければ、と瑛人は口を動かす。

「あの人を背負ってきたから、かな。土が、俺にもついたんだと思う」

「あぁ？　ふざけんなよてめえこのタコ野郎」

舌打ちとともに蹴られたダウンは、壁際までふわりと情けなく飛んだ。

「それでこんな汚れ方するわけねえんだよ。一体なに隠してんだよ、え？　あの女、どこで見つけたのか言えよ。本当のこと言ってみろ。それとも親きょうだいにも言えねえようなことコソコソやってんのかてめえは？」

答えに窮して、瑛人はとにかく誤魔化そうと、

「……だとしても、高野橋さんには関係ないでしょう」

反抗的になってみた。その瞬間、高野橋さんの目の色が変わった。底なしの洞穴みたいに真っ黒い目で瑛人を見たまま、ぐりっと顔の下半分だけを浴室の方へ向ける。

「旦那ぁ！　こいつぶっ殺していいすかぁ！」

いつものうざったいまでのかわいがりはどこへやら、その声は本気にしか聞こえなかった。眼鏡を曇らせた父親が濡れた手を拭きながら風呂場から出てくる。

「なに、なんでよ。だめだよそんなの」

「だってむっかつくんすよ！　こいつぜってえなんか隠してるし！　こんなの変すぎんだろ！　くっそ腹立たしい！」

「隠し事なんてねえよ！」

一応言うだけ言ってはみた。もちろん嘘だ。隠し事はある。そんな怪しさ満載の今夜の瑛人を、高野橋さんだけではなく父親も、そう簡単には信じてくれない。

「確かにおまえ変だよ。瑛人、ちゃんと説明しろ。おまえは本当に、こんな時間に一人

でどこに行ってたんだ？　一体あの人はなんなんだ？　どういう知り合いだ？　どうしてうちに連れてきたんだ？」

さらに母親までやってきて、いつにない強い口調で瑛人に詰め寄る。

「そうよ！　説明しなさいよ！　なにからなにまでわけがわからないんだから……あ、歓路、キッチンの灯りもったいないから消してきて」

「はーい。もう一時かぁ。五時間後には学校にいんのかよあたし。あーあ、さみー」

とことこと妹が廊下を歩き去っていく。そのときふと思うところあって、瑛人は首を捻った。

「……全員いるな」

居候、父、母。そして自分がここにいて、妹は今キッチンの方へ行った。

「……ってことは、誰があの人の面倒を見ているんだろう」

素朴な疑問に答える声はなかった。気まずい沈黙が数秒続く。「――え、」高野橋さんが虚空に叫ぶ。

「衛、生、兵ーっ！　どこだー！　ていうかそもそも誰が衛生兵だー！」

そのときだった。

ぐぱっ、と音を立てて浴室のドアが開き、高野橋さんの背後にその姿は現れた。

立っている。脱いでいる。濡れている。さっきまで大人しく死んでいたのに、今はこんなことになっている。

　誰もなにも言えない。もう、悲鳴すら出ない。父親は慄《おのの》いて後ずさった拍子に眼鏡を鼻からずり落とし、母親は我先に逃げようとして廊下の先でコケているし、高野橋さんは振り向いた勢いのまま尻から床に崩れ落ちているし。そして瑛人は直立不動。

（はだかだ）

　ほぼ石像。

（……はだか、だ……）

　ピーン、とまっすぐに突っ立って静止したまま、瞬きも呼吸もやり方を忘れた。普段はわりと思考量多めな脳にも、今は四つのひらがなしか浮かばない。「は」「だ」「か」「だ」。

　その人は、裸だった。

　長い髪をべっとりと上半身に絡みつかせ、脳天と肩を結ぶ髪の直線が閉じた傘のようになっている。髪の隙間からは焦点の定まらない片目と鼻の先がかろうじて見えていて、口はぎゅっと結ばれている。でもその端から泡が一筋垂れてしまっていて、なにかもっとより本番的なものをこらえているような印象もある。濡れた髪はうまいこと胸の膨らみを避けるように肌に貼りついていて、乳輪と乳首はしっかりダブル、フルサイズで見えている。そしてぬめっと濡れた白い腹。へそ。へそ直下には、

（……けだ）

手持ちのひらがなが二文字増えた。けだ。漢字も浮かんだ。毛だ。毛が、見えている。それから足が二本あって、片方の足首に脱いだタイツとパンツらしきものがまだ絡みついている。

衛生兵に見捨てられて、浴槽に沈み、溺れて、気が付き、もがきながらつい自分で服を全部脱いだ——のだろうか。訊ける雰囲気では到底なかった。まだグリンと白目だし、ずっと小刻みに震えているし、なによりも、

「……がぶ、ごっ、ごぶ……っ」

腹を波打たせて変な音を発しているし。詰まっていた排水溝がやっと通った、という感じの音だった。ごっ、ごぼっ、ごぶっ、ごぶっ、ごぶっ……やがて身体が前後に揺れ始める。窄《すぼ》めた唇から謎の液体がピュッ、ピュルッ、ピュー！　細く、綺麗に弧を描いて発射され始める。この魚知ってる。鉄砲魚だ。そう思いかけて瑛人は気づく。これは人間だ。魚じゃない。

「あっ、お手洗いはこの廊下を曲がったところの突当りになりますー！　やだーママ、居酒屋の店員みたいになっちゃったー！」

母親が謎の作り笑いで指さす方向に、女は大きくバンクしながら歩き出した。濡れたタイツを片足分、尾のように長く引きずり、ふらつく身体を廊下の壁の両側に思いっき

り何度もぶつけて、それでもトイレまでどうにか辿りつく。そして便器を抱え込むなり、裸の背中と尻を見せつけながら激しく嘔吐し始めた。凄まじい音声が響き渡る。的を外したゲロがばしゃっとトイレの床を汚す。固形物はなし、濁った水だ。高野橋さんがぼそりと呟く。

「……こいつさあ。これで死んだら、死因は溺死だよな。まあ、うん、事故死……？　アホがどつき殺したっつーのよりはマシかもしれねえ……」

本当に、シャレにならない。

あまりにすごい勢いでガボガボ吐き続ける全裸の女に、瑛人はもはや近寄ることすらできずにいた。直立不動の体勢のまま、生白い後ろ姿をただ見つめていることしかできない。心配を通り越して、怖いも通り越して、今。純粋に不思議だった。一体そんなに、なにを吐く。胃という臓器はこんなに大容量なのだろうか。もう内臓が全部出てしまうんじゃないだろうか。そういえばナマコは内臓を吐き出すことがあるという。コノワタか……食ったことないな。とはいえ、でも、でも。

「生き、てる、な……」

一応。確かに生きている。動いて、脱いで、吐いている。よかったじゃないか。よかったと思う。よかったと感じている。嬉しかった。この人、生きてるよ。生き返ったよ！

我知らず、瑛人はその場で一人、拍手していた。「おめでとう……！」冷たい穴から掘り出してきたというこれまでの来歴を伏せてある以上、感動は誰とも分かち合えないが。でも嬉しい。よかった生きてて本当におめでとう！

「ありがとう！」

なぜか父親が瑛人の拍手に答えて軽く片手を上げた。そしてトイレを恐る恐る、へっぴり腰で覗き込む。一家を代表して改めて質問する。

「さて、というわけで……あのー、おたく、どちらさま？」

女は、

「……わ……」

喋った。そのこと自体に瑛人は驚いた。喋れるんだ。こんな状態になってもまだ、人間って声を発することができるんだ。ていうか、意思疎通ができるんだ。ここまで色々ハードに驚かされてきたが、まだ驚けた。

「……わ、た、し、……は……」

吐き出す動きで背中を大きく震わせながら、女は首をゆっくりと捻って振り返る。長い髪の毛のかなりの部分がトイレの中のゲロに浸かっているのが見える。顎は口から垂れる泡でぬろぬろ怪しく光っている。

宙を彷徨っていた視線が、瑛人の目にぴたりとあった。居並ぶいくつかの顔の中に、の瑛人を見つけたみたいに止まる。喘《あえ》ぐ唇の端から泡立つゲロがまだ流れている。

もしかして、わかっているのだろうか。掘り出したのが自分だと、背負って走ったのが自分だと、この人は理解しているのだろうか。

ごぼっ、とまた排水溝の音がして、女は引き絞るように口を閉ざす。何度か頰が不穏に膨らむ。口元を押さえようとするみたいに、左右の腕が交互に上下する。苦しげに動く両手の指の先には、

「……へ。あたしっすか」

いつの間にか歓路がいた。歓路の手には、

「え。これっすか。アイスっす……」

なぜかアイスが一本、握られていた。歓路を、ではなくて、女はアイスを指さしたのだろうか。わたしは、から繫げると――「私はアイス」。そう言いたいのか？

歓路は持っているアイスと女の方を交互に見やって、瑛人の代わりに訊ねてくれた。

「アイス、って……名前？　アイスっていうの？」

それに女はかすかに頷いたのか、もしくは頭部を支える力を失っただけなのか。そのままぐらりと身体が傾いて、トイレの壁に思いっきりぶち当たりながらひっくり返った。白い裸体も濡れ濡れと、仰向けのままでぐんにゃりと床に伸びる。両親が慌ててトイレに同時に突っ込んでいき、「うっ！」「ぐっ！」戸口に二人分の肩がつかえてじたばたし

ている。コントか。

「……ていうか、おまえはなぜアイスを持っているの……？」

「え、食おうと……」

「……真冬の深夜一時に？　さむいとか言ってなかった……？」

「え、でも、ソーダ味好きだから……」

頬をてかてか光らせてアイスを舐め始める妹を眺めながら、瑛人は辺りに強烈に漂っているにおいに今さらながら気が付いた。いわゆるゲロ臭さ、だけじゃない。これは多分、酒のにおいだ。

ゲロの海になったトイレから、両親が女を引きずり出す。穴の底に埋められていた氷の女。瑛人に掘り出され、生き返った女。

自ら名乗ったその名はアイス。

＊＊＊

静かに夜は更けていった。

それまでの大騒ぎで、この家に積んであったすべての燃料を使い切ってしまったかのようだった。

静寂が、ひそかに闇の底に降り積もる。瑛人の上にも、アイスの上にも、幾重にも降り重なっていく。

瑛人はアイスを見つめていた。

女――自称アイス、は、一階の仏間に敷いた布団に寝かされていた。全身を汚していたゲロも拭かれ、清潔な寝間着を着せられて、今はのんきにも軽いいびきをかいている。瑛人が見る限り、多分、安らかに眠っている。

要するにこの人は、重度の酔っ払いらしい。

一家がそんな結論に落ち着いたのは、裸のままのこの人をトイレから引きずり出してすぐのことだった。嘔吐物の凄まじい酒臭さには、瑛人だけではなく家族みんなも気づいていた。両親は救急車を呼ぶかしばらく悩んでいたが、吐くだけ吐いて伸びたアイスは、随分ましな顔色になっていた。気絶している、とかではなく、ただ酔って眠り込んでいるようにしか見えなかった。胃が空になるまで吐いてしまっただろうし、図らずも家族全員が見てしまった裸にはケガもなかったし、未成年にも見えないし。とりあえず、目が覚めるまではうちで寝かせておこうということになった。

瑛人は改めて、なにが起きたのかを説明させられた。作った話はこうだ。

――勉強の息抜きがしたくて外出したところ、コンビニの前の路上、植え込みのところで、泥だらけになってうずくまっていたこの酔っ払い女を発見した。親切に声をかけたら通報するなと言われてしまい、でも放置していくこともできず、つい家まで連れて帰ってきてしまった。抱き起こした拍子に自分も植え込みの中に転んでしまい、服が汚れた。気が動転してなかなかうまく説明できなかった。

両親も高野橋さんも、それでようやく納得してくれたようだった。

布団に寝かされて、アイスの頬はどんどん血の気の赤みを取り戻していった。手足も触れば温かくて、瑛人は安心した。無事に解凍できたようだ。しばらく眠れば酔いも醒めて、そのうちに目も開くだろう。

トイレの片付けと風呂の掃除は瑛人が責任を持って完遂した。自分もシャワーを浴びて、泥汚れをさっぱり落とした時には、母親以外はみんなもう寝ていた。その母親も、アイスが脱ぎ捨てた服を汚れたままハンガーにかけ、「やっと寝れる、おやすみー」と寝室に入っていった。ちなみに居候の高野橋さんは、二階の子供部屋の隣、いずれ兄妹どちらかの個室になるはずだった物置の隅で寝起きしている。

そうして、家族はみんな深い眠りに落ちているはずの丑三つ時。

瑛人はずっと仏間にいた。

仏間に敷かれた布団の傍らに座り込んだまま、闇の底に沈んでいるようなアイスの寝顔をずっと見つめて、すこしも眠くなどならない。多分気温は一桁台。自分のベッドから剝がしてきた毛布一枚だけを身体に巻きつけて、いつまでもアイスから目を離すことができずにいた。

もう大丈夫だろうといくら自分に言い聞かせても、目を離すのが怖いのだ。酔っ払いなのは事実だろうが、埋められていたことを知っているのは自分だけ。あんな寂しい、冷たい穴の中に、アイスは一人で埋められていた。ゴミみたいに置き去りにされ、捨てられていた。

生きていたのが奇跡に思える。いや、発見できたのが奇跡か。自分があの時あの場所にいたのは本当にたまたまの偶然だった。結果を考えれば、それは奇跡としか表現のしようがなかった。

というか、すべて奇跡だ。

他のいつでもないあの瞬間に、他のどこでもないあの土の下から、アイスは自分の指を摑んだ。そうだ。アイスが先に、自分を見つけたのだ。ほんの数秒でも、ほんの数センチでも、すこしでもなにかがずれていたら、自分たちは出会えなかっただろう。アイスも助からなかっただろう。

指を摑まれたとき、最初は驚いて逃げ出そうとした。あのまま逃げてしまわなくて、本当によかった。アイスの手を離してしまっていたら、あそこに置き去りにしてしまっていたら、多分、自分は人間として終わっていたはずだ。

アイスと出会えたから、二人して今。こうやってここにいる。この家の屋根の下で生きている。二人とも生きて息をしている。自分がいたからアイスはここにいるし、アイスがいたから自分はここにいる。どちらが欠けても、成り立たなかった「今」だった。瑛人は改めて、この現実に息を飲む。本当に、なんという奇跡だろう。出会いはまさしく奇跡的な瞬間だった。

しかし、どれほどありえない奇跡が起きてこうなったのか、知っているのは自分とアイスだけだ。出会ってしまったあの場所の秘密を、他の誰にも知らせる気はない。どう説明しても死ぬほど心配をかけるに違いないと思うし、それにああいう場所にフラフラと向かっていってしまう自分の気持ちは、多分誰にもわかりはしない。なにしろ自分自身でさえ持て余しているのだ。

誰かが階段を降りてきた。重みのありそうな足音は高野橋さんだろう。静寂の中に、トイレを流す音が響く。瑛人は自分がここにいることに気づかれたくなくて、壁際にいざっていって息を潜めた。

足音が廊下を通り過ぎていく。この部屋のドアは開けっ放しだ。高野橋さんがこの部屋の中を覗いていったかどうかはわからない。ゆっくりとまた階段を上がっていって、ドアを閉める音が聞こえた。

そのまましばらく時が経った。瑛人はずっと身じろぎもせず、アイスの寝顔を見つめ続けていた。

やがてカーテン越しに、外の気配がわずかに騒がしくなってくる。通りから聞こえるバイクの音は新聞配達だろうか。そのバイクに犬が吠えて、だめ！　とか叱っている誰かの声も聞こえる。夜の静けさがどんどん薄くなっていって、新しい朝の忙《せわ》しなさが部屋の中に侵入してくる。

瑛人は一つあくびをして、立ち上がった。よろめきながら思いっきり伸びをする。寒さのせいか、ずっと同じ格好で座っていたせいか、全身が固まって関節が痛い。

アイスは枕に長い髪を散らして、横向きになって身体を丸めている。寝息はさっきからずっと、一定した間隔で聞こえている。

音を立てないよう、気をつけて部屋を出た。老人みたいに腰を曲げて二階に上がり、子供部屋に入る。アコーディオンカーテンを開いて、さも今目が覚めた、という感じで歓路を揺り起こす。

「起きろ。朝練だろ。おい歓路」

いつもよりも数段ブサイクに落ちたツラで、妹はもっそりと目を開けた。

「……まじかよ……」

ちょうど鳴り始めた目覚ましを叩き止め、気怠そうに身を起こす。パジャマに手を突っ込んであちこちボリボリと掻きながら、瑛人の顔をぼんやりと見返す。

「……なんでお兄ちゃん、起きてんの……？　まだ早くない……？」

「目が覚めた。おはよう」

「そっか……ぅぁぁあああーっ！　うおーっ！　おはよう！」

急激に力強く覚醒し、「とう！」とベッドから跳び降りる。歓路は今朝も元気いっぱい。部屋を出て行く足取りも寝起きとは思えないほどいきなり軽い。こたつでのうたた寝を除けばこいつも四時間ほどしか寝ていないはずだが、このタフさはなんだ。基礎体力が違うのだろうか。

一方、徹夜明けの瑛人は足元がふらついている。目に膜が一枚かかったようで、なんだか世界にリアリティがない。目に見えるもの、耳に聞こえるもの、肌が感じるもの、すべてが濁ってクリアじゃない。脳の活動があからさまに通常よりも低下している。一晩ぐらいなら寝なくても平気なつもりでいたが、自分で思っていた以上にダメージを受けてしまったのかもしれない。色々なことが起こりすぎたせいだろうか。

少しでも頭をすっきりさせようと両手で頭皮を揉みながら下へ降りていくと、ちょうど母親も起きてきたところだった。父親が起きてくるにはまだ早い。高野橋さんはいつも瑛人が学校に行くまで一階に姿を見せることはない。

「おはよう歓路、ジャージ洗濯したから忘れないでよ。それとサポーター、あんたいつもそこらにポンポン置きっぱなしで……あら？」

エプロンをつけながら、母親は瑛人に気が付いたらしい。

「珍しい、瑛人まで起きてる。随分早いじゃない、おはよう」

「はよ。昨日の騒ぎのせいで眠りが浅かったかも。……あの人、どうしてるかな」

ずっと寝ないで眺めていたくせに、白々しくも訊ねてみる。

「さっきちらっと覗いたけど、まだ寝てるみたいだったからそっとしておいた。あんた、せっかく起きたならお茶碗とかお箸とか出してよ。ママ、これから朝ごはんと弁当三つ、同時進行で突貫工事するから」

「俺、朝ごはんはいいや。まだメシ入んない」

「いいや、とかじゃなくて。手伝ってって言ってんの」

「ちょっとその前にあの人の様子見てくる」

「えー？　レディーよ、一応。遠慮しなさいよ」

「レディーか……レディーねえ……ゲロ吐き全裸レディー……」

母親の声をかわし、仏間に再び入っていく。さっきまでと同じポジションで、布団の傍らに改めて座り込む。アイスはまだ眠り続けている。特に様子は変わっていない。

古びたカーペットになんとなくごろりと寝転がると、壁に掛けられたいくつかの遺影が目に入った。一番端の、小学生の頃に亡くなったおじいちゃんしか瑛人は知らない。父親の父親だ。実の孫でもない瑛人を、随分かわいがってくれた。酒も煙草も一切やらない堅物で、でも本当に優しい人だった。父親は長男ではなくて、月岡家の本家でもないが、この家を建てたのはおじいちゃんだった。亡くなる前、最後の入院まではここに一緒に住んでいた。

おじいちゃんは家を建てたとき、この屋根の下にこんなにも多くの他人が眠ることを予想していただろうか。

自分もだし、高野橋さんもだし、アイスもだし……と、間違いに気が付く。高野橋さんは一応父方の親戚だから、他人ではないのか。

でもおじいちゃんと高野橋さんは全然似てない。むしろ自分の方が、おじいちゃんと似ている気がする。遺伝子よりも環境、というか、一緒に過ごした時の長さがものを言うのだろうか。そういえば事情を知らない人に、自分が養子であると気付かれたことはなかった。知るとみんなびっくりする。そのびっくりに付き合うのは少々しんどくて、瑛人は基本的に自分の出生については話さないようにしている。考えてみれば歓路とおじいちゃんも全然似ていない。まああいつは母親似だからな、などと意味ないことをあれこれ浅く考えながら、アイスの方へまた目をやろうとして——

「瑛人！」

「ん……？」

はっ、と目を開けた。

「妙に静かだと思ったら、なにしてるのよ！　支度しないと！」

「……え？　あ……！」

——しまった。がばっと跳ね起きて、暗かったはずの窓の外がすっかり明るくなっているのに驚く。

いつの間にか眠り込んでしまっていたらしい。アイスはまだ同じポーズで寝ているが、

「か、歓路は⁉」

「とっくに出たわよ！」

よろけながらリビングに向かい、テレビを見て時刻にまた驚く。二度寝、やばい。一瞬にして時を超えてしまった。いつもならとっくに朝食もすんでいる頃だ。なのにまだ顔も洗っていない。

「遅刻しそうだ……これはどうしたことだ……！」

「他人事みたいになに言ってんだか。まったく、あんたらしくない」

瑛人はバタバタと慌てて洗面所に駆け込み、顔を洗おうとして思い出す。そういえば歯も磨いてないではないか。歯ブラシと洗顔フォームをなぜか同時に取ろうとしてしまい、両方とも音を立てて取り落とす。拾おうと身を屈めて、洗濯機の角に頭をぶつける。しばし声も上げられずに蹲《うずくま》り、（しっかりしろ、俺……！）顔を上げる。両頬を自らびしゃっと挟むように叩く。目を覚ませ、&急げ。なにもかもが遅れている。ペースが乱れている。

自分に活を入れながら階段を駆け上がり、急いで身支度を整え、制服姿でバッグを持って、再び階段を駆け下りる。呆れる母の顔を尻目に「もう食う時間ない！」と朝食もパスして、弁当だけを受け取って玄関に走る。ローファーを履こうとして、でもやっぱりもう一度だけ。廊下をバックで後戻り、仏間のドアの隙間からアイスの様子をちらりと見る。まだ寝ている、みたいだが。

「瑛人！　まーだグズグズしてる！　どうしちゃったのよ今日は！　ほら、遅れるよ！　バーッと行きなさいよバーッと！」

「行くよ行く行く、でも、なあ、あの人、アイス、どうすんの？」

「さあね！」

「さあねって、そんな思いっきり……そんなんでいいのかよ？」

急かす母親に背中をドンと叩かれて、無理矢理に玄関まで押し出される。

「だってママわかんないもん。とりあえず起きるのを待つしかないいんじゃないの。はい、いいからいってらっしゃい！　車に気を付けて！」

「……いってきます！」

後ろ髪を引かれながら、でも遅刻するわけにはいかない。吹っ切るように玄関から飛び出して、自転車に跨る。最初からフルパワー、猛然とペダルを漕ぎ出す。時間はギリギリ、信号待ちする数秒も惜しい。いつもの通学ルートなんて完全に無視だ。とにかく急げ。息を躍らせて学校を目指しながら、冬場は毎日しているマスクを忘れたことに気が付く。乾ききった冷たい風を思い切り深く吸い込んで、喉も胸も痛い。でもコンビニに寄る時間なんてあるわけがない。

なんとか遅刻寸前で校門に飛び込んだが、出だしからして微妙だった一日は、ずっと微妙なままだった。

マスクの他にも手袋、ハンカチ、ティッシュ、忘れ物はいくつかあったが、英語のノートを家に忘れてきたのは特に痛かった。せっかく予習の訳も随分先までやったのに、手元にないんじゃ意味がない。へこんだついでにぼーっと窓の外を眺めたりしてしまい、当てられた質問もまともに聞いてはいなくて、しどろもどろになってしまった。現国ではうとうとしたのを見つかって注意されるし、数学の小テストに至ってはボロボロ。全然、解けなかった。答案返却が恐ろしい。

集中力が続かないのはどう考えても徹夜のせいだった。とにかくずっと眠いのだ。教室移動ではペンケースを落として階段に中身をぶちまけてしまうし、昼休みには弁当のおかずを机に落としてしまうし（食ったが）、極め付けに、

「あっはっはっは！　月岡、セクシーだな！」

「は？」

去年の担任と廊下ですれ違いざま、いきなり大笑いされた。油断、油断、と言い残して、今年また一年生のクラスを受け持っている元担任は歩み去っていった。——はっ、と見下ろすと、スラックスの前ファスナーが全開になっていた。トイレに行ったのは随分、本当に随分前のことで、

「……！」

恥ずかしさのあまり、火が点く勢いでファスナーを上げる。いや、男なら誰にでもよくあるミスだ。そんなに驚くようなことじゃない。でももしここが男子校じゃなかったらどうなっていただろう。痴漢扱い大決定か。王子の所領は変態ランドか。公然わいせつ罪でしょっ引かれるのか。それとも自意識過剰な女どもに私刑のタコ殴りか。じゃあ、よかった。ラッキー。男子校で本当にほんとうによかった。よかっ……

「おや？　どうした瑛人、頭からロッカーに突っ込んで。パラレルワールドの女子高に続く秘密のドアでも見つけたのか？」

「……いや、落ち込んでるだけ。間抜けな俺には男の園がお似合いだよ……」

瑛人の背中に声をかけてくれたのは藤代《ふじしろ》だった。

「今日のおまえ、なんか変だぞ。やっぱり昨日のアレでどっか打ったんだったりして」

気怠く振り向く瑛人の頭に触ってくるのは車谷《くるまや》。ここかー、やめろよー、ここかー、

よせよー、ここかー、などとしばしふざけあうが、すぐにどっと疲れてしまう。

「いやあ……なんか昨日全然眠れなくて、寝不足なんだよ。ずーっと頭がぼーっとしてる状態」

瑛人が言うと、あら、と友二人は顔を見合わせる。

「なら放課後はどうする？　俺と藤代はいつも通り勉強して帰るつもりだけど」

「俺はやめとく。今日はもうとっとと帰る」

「なんだ。もしかしてまだ昨日のことなんか気にしてるのか。自習室じゃなくて、教室に残って勉強してもいいんだぞ」

藤代に言われてみて、昨日の一件など忘れ果てていたことに改めて気が付いた。あの後に起きた出来事が大きすぎて、とっくに押し潰されて記憶から消えていた。

「違う違う、そうじゃない。純粋に、体力の限界」

「千代の富士かおまえは」

車谷がそう言うと、藤代はなにを思ったのか、突然ロングヘアを一つに縛っている黒ゴムをぐっと毛先の方に滑らせる。そして緩んだ髪の束を上に摘まんで持ち上げ、真剣な顔で「大銀杏」と。

そんなの全然大銀杏ではなくて、車谷は「は？」、怪訝な表情で偽力士を見つめ返す。そんな二人のコントラストが妙に笑えた。瑛人は一人、ばかみたいに笑い過ぎてしばらく苦しく悶絶しながら、徹夜のテンションの恐ろしさを知った。

学校が終わると、友人たちに別れを告げて、瑛人は一目散に家へ帰った。アイスがどうしているか、とにかくずっとそればかりが心配だった。

「ただいまー!」

「おかえりエイト! 今日も早かったなあ! どうだった⁉ 学校楽しかったか⁉」

母親はいつも通りパートに出ていて、瑛人を出迎えてくれたのは高野橋さんだった。でもその相手もそこそこに、瑛人はさっさと靴を脱ぎ、

「アイスは⁉」

手洗いとうがいをするのも忘れてまっすぐ仏間へ向かう。しかしそこには畳まれた布団だけが残されていて、誰もいない。毛が逆立つほど驚くが、

「あの女か? 帰ったよ」

高野橋さんはしれっと言う。

「帰ったって……どこに⁉」

「そりゃ自分んちにだろ。あの女、ずーっと寝てやがったけど、ついさっき起きて『どーも』とか言って、ふらっと出てった」

「いつ⁉」

「だから、ついさっき。三十分ぐらい前か」

「なんで⁉」

「なんでって、なにが」

「なんで行かせちゃうんだよ！」

「はあ？　なに言ってんだおめえはよ。そもそもうちにいられても困るだろうが」

高野橋さんは話にならない。瑛人はバッグを廊下に放り出し、さっき脱いだばかりの靴を再び履く。

「どっち行った⁉」

「そんなの知るかよ！　おい、どこ行くんだよ！　ほっとけよ！　おいエイト！」

放っておけないのは、なぜだろうか。自分でも理解できないほど強い衝動に突き動かされ、瑛人は帰ってきたばかりの玄関からまた飛び出す。とにかくどうしても、なにがなんでも、アイスを放ってはおけない。帰った、そうか、では済ませられない。

「おまえどうかしてんぞ⁉」

高野橋さんの声は無視して、家の前の通りまで出る。左右を見回し、勘だけで右に行く。走り出す。目に見える範囲に、アイスらしき人物の姿はない。当たり前だ、出て行ってからもう三十分も経っているんだから。

走りながら考える。頭の一部分ではちゃんとわかっている。なぜ追いかける。なぜ探す。この入れ込み方は確かにどうかしている。高野橋さんの言う通りだ。それでも追いかけずにはいられないのはなぜなんだ。どうしてこんなにも、消えたあの人のことが心配で、不安でたまらないのだろう。全然知らない人間なのに。ほぼ無関係の人間なのに。放っておけばそれで済むことなのに。助けた、帰った、それで終わりでいいはずなのに。礼が欲しいなんてことも思ってはいないのに。

——アイスが、あまりにもなにも持っていなかったからだろうか。

白い息を吐きながら、瑛人は立ち止まってまた辺りを見回す。手がかりなんてあるわけがなくて、闇雲にまた走り出す。

アイスは財布も携帯も持っていなかった。身分がわかるようなものも、なにかを買う金も、なんにもなし。この現実世界をまともに渡っていくための手段を、本当にただの一つも持っていなかった。

持っていたのは一本の鍵だけだ。ありふれた銀色の、恐らくは家かアパートの鍵。キーホルダーもなんにもついていない、裸のままの鍵だった。

そしてそれは今、瑛人の制服のポケットの中にある。朝、家を出る時に、スマホと一緒に摑んでそのまま持ってきてしまっていた。

鍵を失くしたことに、果たして本人は気づいているのだろうか。家のドアの前で気づいて、困るんじゃないか。それとも迎えてくれる家族がいるから、鍵を失くしても問題ないのだろうか。……いや、納得いかない。

アイスは昨日の夜、自分に掘り出された後になんと言った？　置いていけ、と言ったのだ。通報するなら捨てていけ、と。

家に帰れる奴なら言わないセリフだと瑛人は思う。家で誰かが帰りを待っているなら、あんなこと言うわけがない。帰りたい場所、帰るべき場所があるのなら、普通は助けを求めるはずだ。

（多分、アイスには。）

凍えてかじかむ指を握りしめ、瑛人は通りをひたすら走り続けた。アイスを探して暗い路地裏も覗く。見つけるまでは諦められない。

（帰る家なんか、どこにもない）

アイスには行く宛なんてきっとどこにもない。

（――でも、俺の指を摑んだんだ。あのときアイスは生きたがってた。どこにも帰れなくても、行く宛がなくても、それでも生きることを確かに選んだ。誰かに埋められて、でも生きるために、土の中から手を伸ばした。だから俺も見つけられた。助けることができたんだ。なのに、結局あっさり置いていくのかよ？）

助けておいて、生かしておいて、その後は知らんぷりなんて自分にはできない。生きると決めた選択の結果を、自分だって見届けたい。あの「奇跡」を簡単に投げ出してほしくはない。無意味だったなんて思いたくない。

しかし探しても探しても、アイスの姿は見当たらなかった。一体どの道を歩いていったのだろうか。昨日出会ったばかりの、会話もまだまともにはしていない女の姿を求めて、瑛人は夢中で足を動かし続けた。

怖いのは、行き場のないアイスが、再びあの冷たく凍ったような夜の底に戻って行ってしまうことだった。自分をここに置き去りにして、また手の届かないところへ消えてしまったらどうしよう。

奇跡はさすがに二度は起きない。次は助けられない。

またこの先、いつかくまを殺したくなったら……想像してしまう。クレイジーな夜がまた来て、またあの場所に戻ると、今度はそこにアイスの死体が埋まっているのだ。自分を置き去りにしたものと、そうやってまた何度も出会う。アイスを掘り出して、そして殺し直す。置き去りにされたという受け入れがたい事実を塗り替えるために、そうやって今度はこっちが置き去りにしてやる。

やがて現れるおばけは、アイス、おまえの二つの目なんだろう？　おばけになって「だいじょうぶ？」とか、何度も訊ねてくるんだろう？

大丈夫なわけがない。わかって訊いているくせに。だめだ、終わりだ、と音を上げるのをずっと待っているくせに。そんなおばけに見張られて、一人ではもううちに帰れない。全然、大丈夫なんかじゃない。

「アイス……アイス！　アイス！」

走りながら声を上げると、「ワンちゃんですか？　迷子？」親切そうな女の人が話しかけてきてくれた。賢そうな犬を連れている。いや、まあ、などと曖昧にごまかして、瑛人はさらに先を急ぐ。先、なんてどこのことだかわかってもいないのだが、とにかく前へ進むしかなかった。今はそれしかできなかった。

日は短くて、もう夕暮れが迫っている。ひたすら走って、ふと後ろを振り向く。いつの間にか随分遠くまで来てしまっていた。胸にじわっと心細さが滲む。迷子になったような気分だった。迷子になんて、もう何年もなってはいないのに。

寒くて震える顎を食いしばる。そういえば、今日は勉強も全然していない。予習、復習、試験勉強……。一体自分はこんなところで、なにをやっているんだろう。時間をこんなに無駄にして、知らない女の姿を探して。打ち消せない不安はただの妄想みたいなものだ。本当にどうかしている。どうかしないでいる方法がわからない。みんなにはわかっているんだろう。でも、自分にはわからない。

考えながらも足は止まらず、方向を変え、行きつ戻りつ近所を探し回る。時間ばかりがさらに意味なく過ぎていって、ずんずん深く途方に暮れる。

どうしようもなくてついに立ち竦みかけた、そのときだった。

通りの向かい、地元の人もあまり使わない廃れた路線のバス停に、ぽつんと一人で座っている人影を見つけた。

背中を覆うほど長い髪と、丸めた背中。黒っぽく汚れた、元は恐らく薄いピンクのコート。横顔を俯《うつむ》けて、荷物はなにも持っていない。あれはアイスだろうか。確かめないと、と思ったのと同時にバスがつく。慌てて通りを渡ったところで、お年寄りを一人下ろしたバスが走り去っていく。

しかしバス停にまだ座り込んでいるその姿を確認して、

「……見つけた……！」

瑛人はそれがアイスだと確信した。ベンチをまたいで正面に回り込む。「アイス！」と声をかける。

「……は？」

女は顔を上げて瑛人を見返し、不思議そうに唇を開いた。

＊＊＊

そっけない、ふてぶてしい、真っ白な顔。細い鼻梁。感情の見えない暗い瞳。

たっぷりとした長い髪は風に散らされて、ゆるくうねりながらふわふわと柔らかに揺れている。

　ずっと寝顔を見ていた瑛人にはわかる。やっぱりこの人はアイスだ。コートはしわだらけ、汚れているし、中に着ているブラウスの襟も袖もまっ黒でよれよれになっている。湿ったウールの独特なにおいもしている。こんな状態で外をうろついている人間はそういない。それこそ土に埋められて、そのあと風呂に水没でもしなければ、こんな風にはならない。

「なんでこんなところに？　バスなんか乗れないだろ。お金持ってないんだから」

　アイスはまだぽかんとしている。顔立ちは整っているが、その表情は硬い……というか、ない。目。鼻。口。……以上。そんな感じだった。ただ顔があり、そこにパーツが揃っている。それ以外の情報を洩らすことを全力で拒絶しているような、やたらと頑なな顔だった。そして視線はあからさまに虚ろで、今も瑛人の方を向きながらもゆらゆら危なっかしく揺れている。まだまともに頭が働いているようには見えない。

「とりあえずアイス、一旦うちに戻ろう」

「……なに？」

「なにもなんでもなくて。どこにどうやって行くつもりなんだよ」

　アイスは緩慢な動きで瑛人の顔を指してくる。ああ、とか、低く掠れた声で言っている。

「もしかして……昨日の子？　あの、さっきの家の……」

そして首を傾げ、眉間にしわを寄せ、同じ指で自分のことを。

「……アイスって……私……？」

「自分でそう言ったんだろ」

「……へー」

その手をコートのポケットに深く突っ込む。寒そうに肩を竦め、そのままアイスはすべての興味を失ったみたいに、瑛人から視線を外した。どこを見ているのか全然わからない。立ち上がる気配はとにかく確実に微塵もなくて、瑛人はこの先が不安になる。

「俺、アイスをずっと探してたんだけど」

無視されながら続ける。

「……連れて帰るために」

片眉だけ、ぴくりと上がる。氷のように冷たい無表情を保っていたアイスの顔に、かすかな苛立ちが過《よぎ》る。

「なぜ」

「まだ具合、よくないんじゃないかと思って。昨日のことは覚えてる？」

アイスはなにも答えない。なにを考えているのかわからない。昨日、自分になにがあったか覚えていない、ということだろうか。

「埋められてたのは？　俺が連れて帰ったこととか、そのあとうちの風呂で溺れてまっぱになって、トイレで吐きまくったことは？」

冷たい苛立ちを顔に薄く貼り付けたまま、アイスは眼球だけを横に滑らせるように動かして瑛人の方を再び見た。そのまま静止し、不安になるほど静かに瑛人の顔を見続ける。なにも言わず、じっと見つめて、やがてその目を不穏に細める。口の端をわずかに引き上げ、

「……まっぱ？」

と。「うん、全裸」頷きながら瑛人は言い直す。さすがに少しは動揺するかと思ったが、そうでもなかった。アイスは鼻の奥から、ふん、とかすかに笑うような音を立てただけだった。特に恥ずかしそうでもない、どしっと据わり切った暗い眼差し。

この人物が自分よりも明らかに年上であることに、瑛人は改めて気が付いた。顔立ちは若いが、少なくとも少女という歳ではないだろう。学生という感じでもない。かといって勤め人という感じもしない。

ピンクのコートの下は白のブラウスと花柄のロングスカート。タイツに華奢な皮の紐靴。アクセサリーはなし。

「いろいろ、迷惑かけたみたい。ありがとね。でも私、なにもお礼できない」

社会のどんな階層に属している人物なのか、この見た目からでは想像もつかなかった。

「……いいよ礼とか、そんなの」

「じゃあ、これっきりで」

アイスの視線がまた遠くなる。そして顎をわずかにしゃくり、

「どっか行って」

「……」

すぐにはなにも返せなかった。黙り込んでしまった数秒が悔しかった。

どうにか息を継いで、態勢を立て直す。アイスの隣に座り込む。バス停には他に誰もいない。無視されながらも、発言は続ける所存だ。

「そんなのできるわけないでしょう」

冷たい風が真正面からまともに吹き付けてきて、咳き込みそうになる。マスクの代わりにせめて、と、マフラーを口元まで引き上げる。乾いた枯れ葉がカラカラと踊りながら、二人の足元に吹き寄せられてくる。日はもう暮れる。

「あんなふうに埋められてるところ見て、アイスはあれからずっと眠ったままで……それでこのままさよならなんて、ほっとくなんて、俺には絶対できない」

アイスは瑛人の存在を認めないとでも言いたいみたいに、身じろぎもせずに黙っている。

「ていうか」

なにを言っても冷たく凍ったままの横顔は、眠っているときよりもずっと死体に似て見える。

「……アイスが通報するなって言うから、通報してないよ」

ぱさりとアイスの頬に風で舞った髪がかかる。横顔ももう見えなくなる。

「犯罪だ、って思ったけど、市民としての良識よりもアイスの希望を優先させた。俺はアイスを助けて、うちに置いて、目が覚めるのをずっと待ってた。うちの家族にも、この人埋められてたなんて言わないで、うそついてごまかしたよ。そんなこと言ったら絶対に警察沙汰は避けられないから。それはダメなんだろ。困るんだろ」

恩着せがましいことを言ってしまいながら、たちまち自己嫌悪のおつりももらう。なにを言っているんだ自分は。事実を話さなかったのはアイスのため、というわけじゃない。自分の秘密を守るためでもあった。家族に言えない自分の姿を隠すためだった。この、んなの欺瞞だ。でも取り消せはしなくて、言葉を継ぐ。

「少なくとも、俺には事情を訊く権利ぐらいあると思う。どうしてあんなことに？　誰があんなことをしたんだよ？　なんで通報しちゃいけないんだよ？」

アイスは答えの代わりに短く、低く、

「私、助けて、とか言った？」

質問を返してきた。

「……言った」

――まあ、正確には言っていないけれど。

でも言ったも同然だと瑛人は思っている。決して、頼まれてもいないのに無理やり助けたわけじゃないのだ。先にこの手を摑んだのはアイスだ。アイスが先に、自分を見つけたのだ。

「そうかな。私のぼんやりした記憶とは、ちょっと違うんだな」

アイスは髪をかきあげて、瑛人の方にもう一度顔を向ける。

「泣いてたでしょ」

翳りの中、目だけが二つ光って見える。やたらと強く、透明にきらきらと。星とか宝石、そういう綺麗なものみたいに。

「私を見つけた時……いや、その前からか。泣き声がずっと聞こえてた気がする。どうして、とか訊くんなら私も訊くけど、そっちこそどうしたの。そもそもあんたって誰なの」

誰、と問われたら――一瞬だけ答えに迷って、

「月岡瑛人」

瑛人はポケットからスマホを取り出し、ケースに入れてある顔写真付きの学生証を抜

いて見せた。これ以外に自分の身分を証明できるものといったら、保険証ぐらいしか思いつかない。顔写真付きの分、こっちの方がいいかと思った。

しかしアイスはせっかく出した学生証をちらりと見もしなかった。瑛人がどこの誰かなんて、本気で知りたいわけではなかったらしい。

「ここ、どこよ」

暗くなりゆく空を見上げ、独り言みたいに呟く。

「もしかしてアイス、自分がどこにいるかもわかってない？」

「……とにかく大通りを目指そうと思って歩いてきただけ。そうしたらたまたま、なんか知らないバス停を見つけた。寒いし足も疲れたし、座りたかった」

それで金もないまま、とりあえずベンチに腰を下ろしていたのか。虚しくないか、それはあまりにも。

「これ。うちの住所」

瑛人はめげずに、見てもらえなかった学生証をまた見せる。裏面に手書きした住所の欄を指さす。マイナーな町名の住所を見てどこにいるのかわかるなら、ある程度の土地勘があるということになるが。

アイスは学生証を覗き込む。暗い中でしばし小さな文字に目を凝らし、すぐに脱力したようにそっぽを向く。

「……ああ。なんだ」

「ここがどこかわかった？」

瑛人のさりげない問いに、しかし引っかかりはしない。アイスなんて明らかな偽名のまま、自分はどこの誰なのか瑛人に知らせる気はないらしい。

「あのね。昨日のことだけど」

片手で髪をかきあげて、瑛人とそっと視線を合わせる。

「ところどころはちゃんと覚えてる。ただ私、だいぶ飲み過ぎて……」

口許にはうっすらと嘘くさい愛想らしきものも浮かべて、いろいろごまかしておきたいことはあるようだ。相変わらずかさつく低い声で、曖昧なことを話し始める。

「……襲われたとか、なにか盗られたとかじゃないの。本当に。でも、まあ、あんなことになっちゃって……。苦しくて、息ができなかった。とにかく顔のところに隙間をつくらなきゃって必死にもがいて、そうしたらほんの少し、息がギリギリできるだけの空間ができたけど」

土をかぶせられたアイスが顔を押し付けていたものを思い出す。瑛人が埋めた、くまの死体だ。それも奇跡の一つかもしれないし、単純に、くまを埋めたところに瑛人がシャベルを置いていたから、そのシャベルで同じ場所にアイスを埋める穴を掘った、それだけの理由かもしれない。確かめる術はない。

「どんどん身体は冷えていくし、重たくて、全然動けなくなってきて……やばい、って思った。気が遠くなっていって、こうやってほんとに死んじゃうのかって……怖かった」

アイスはポケットに深々と両手を突っ込み直し、おもむろにベンチから立ち上がる。なすべきことを思い出したように、バス停の時刻表を眺め始める。ここがどこかわかって、バスの行先に興味が出たのだろうか。

「でも、助かったからいいのよ。ええと、君の、」

「……瑛人」

「そう。瑛人くんのおかげで」

いいのよ、なんてあっさり言い切られて、瑛人はベンチから前のめりにぶっ倒れたくなる。

「いいわけがないでしょう……。犯人は？　知ってる人？」

「さあ。なんでもいい。誰でもいい」

アイスの自暴自棄な言い分は到底理解できなかった。というか、瑛人が理解できないように煙に巻こうとしているのだろう。ちょっと待て、とか言おうとするが、「とにかく」と言葉をかぶせられてしまう。

「通報なんて、大げさなことにはしたくないだけ。だってあれはあくまでも弾みみたいな……事故みたいな、運悪くああなっちゃった、みたいなことだから。私はこの通り無事だったし、嫌なことはもう忘れることにする」

弾みとか、事故とか、運の悪さとか。そんな理由で埋められて、死にかけた女が、瑛人をくるりと振り返る。長い髪がふわりと動きに合わせて揺れる。

「というわけで。次のバスが来たら乗りたいんだけど、お金、貸してくれない？　運賃だけでいいから」

「……いつ返してくれるんだよ」

アイスはほんのわずかに黙り込んで、すぐに、

「お金、くれない？」

身も蓋もなく言い直す。このロウなテンションと気怠い掠れ声に、瑛人も脱力してしまいそうになる。

「返す気ないのか。ていうかどこ行くの」

もちろん、金のことなんかよりも、アイスの行先の方が気になっていた。アイスは鍵のことを気にしている様子もない。

「うちに帰る」

嘘だろうそんなの。

さっき、たまたま見つけた知らないバス停だと言っていたではないか。なぜその知ら

ないバスに乗ろうとする。なぜそれで家に帰れると思う。

それにアイスは、さっき瑛人がスマホを持っているのを見たのに、借りようとしなかった。一晩家に帰らなくても、アイスには連絡をしなければいけない相手はいないのだ。今から帰る、と伝えたい相手はいないのだ。

鍵は自分が持っていると言おうか。鍵がなくてどうやって帰るつもりだと、はっきり訊いてみようか。本当はどこにも帰る場所なんてないんじゃないか、と。そうしたらアイスは、うっかりしてた、とか言うんだろうか。落としていたなんて気づかなかった、とか。

アイスは迷う瑛人に背を向けて、時刻表を眺めたままで、

「高校生に小銭たかるとか……堕ちるとこまで堕ちたよな」

後ろにばばくさく手を組んで、一人で勝手にしみじみしている。こうやって小銭を手に入れて、瑛人の前から消えようとしている。

しかしどうしても、瑛人はアイスを放っておけない。どこにも帰れないアイスを、このまま一人で行かせることなんかできない。またあの冷たい世界に戻っていくなら、どうやってでも引き止めなくてはいけない。嘘をついてでも、どうにか時間を稼がなければ。手を離したら終わりだ——実際には触れてもいないけれど、この指を絶対にほどいちゃいけない。

「あ、だめだ。俺、財布持ってないんだった」

尻ポケットに入っている財布は、コートの裾に隠れて見えないはずだった。

「バス代恵みたいけど、一旦うちに戻らないと。それか交番に行けば多分、ちょっとぐらい貸してくれるんじゃないかな」

「交番?」

呻きながらアイスは振り向く。その冷たい表情がはっきり嫌そうに強張っている。通報されたくない人間が、交番になんか行きたがるわけがない。もちろんわかってそう言った。やっぱりアイスはどうしても、身元を確かめられるようなシチュエーションを避けたいらしい。

「まあ、借りたらまた返しに来ないといけないから面倒かもな。もし歩くのが嫌じゃなければ、うちに戻るのが話早いと思うけど」

十秒以上の逡巡の後、

「……じゃあ、そうしよう……かな」

アイスはようやくそう言った。

「うん、それがいいよ」

頷いて見せて、すこし先に立って歩き出す。会話もできないまま考える。とりあえずの道筋だけはつけた。さあ、ここからだ。次はどうする?

「わあ！　戻ってきやがった！」

高野橋さんは玄関先に出てくるなり、二人の姿を見て嫌そうに仰け反る。まだ歓路も、母親も帰って来てはいないようだった。

「ただいま」

「おかえりっていうかあのさあ、エイト⁉　なんでなの⁉　おまえはなんでこの女、また連れてきちゃったの⁉　ていうかあんたもあんたださぁ！　なにしに戻って来たの⁉・いや、まじで！　さっき帰るって言わなかったか⁉」

「……私はお金をもらいに来ただけ。その子が、お金をくれるからもう一度来いって言ったのよ」

「エイト、おまえなあ……いや、やっぱあんただよ⁉　おかしいだろ⁉　高校生から金せびろうとかロクなもんじゃねえぞ⁉」

アイスにつかつか歩み寄りながら思いっきり唾を飛ばし、さらに文句を続けようとする高野橋さんを押しとどめ、

「まあまあ、ちょっと話したいことが。ごめんアイス、そこですこし待っててくれる？」

アイスを玄関で待たせておいて、瑛人は靴を脱ぎ、高野橋さんをリビングの奥にぐいぐい押しやる。内緒話の声のトーンで言う。

「高野橋さん、お願いがあるんだけど」

「なんだよ⁉　金ならねえぞ！　あるわけねえだろ働いてないんだから！」

「俺、アイスを帰したくないんだ」

「……は⁉　な、なに⁉　ちょっと待って俺には意味がわからない！　無職だから意味がわからない！　金もないし家もないし意味もわからない！　こんな俺ですまん！」

「しっ、声大きい！　……ってわけで、どうすれば帰さないですむと思う？」

高野橋さんはちょっと黙り、目頭を指先で強く押さえる。何度か首を振り、瑛人を見て、やっぱり首を振り、

「……あのな、エイト。人間は、レンタルDVDじゃねえんだよ」

ソファの背もたれにどさっと腰を落とす。むっ、と瑛人は返す。

「そんなの知ってるよ」

「じゃあなんだこのザマは？　DVDだって、返さなけりゃ延滞料がつくだろうが。あんなわけのわかんねえ女なんか引き止めて、どんな面倒がついてくるかわかったもんじゃねえぞ？」

「でも心配なんだ」

「おめえが心配なんかしてやる筋合いねえってんだよばかたれ」

ついにばしっと頭を叩かれる。

「ほっとけあんなモン。わけわかんねえ。関わんな」

「アイスをこのまま帰したら、誰かに殺されるかもしれない」

「……よし！　なるほど、わかった。勉強しすぎて頭がおかしくなったんだな！　うん、じゃあ遊ぼう！　とりあえず一杯遊んで、そして奥さんに相談して、頭の病院に連れて行ってもらおう！　な！　脳みそにぶすっと一本ぶっとい注射を刺してもらえ！　よく効くぞ〜、そしたらすべて解決だ！」

「本当なんだって！　アイスには多分、帰る場所がない。俺はアイスのこと、どうしても放っておけない。どうしても、うちに引き止めたいんだよ」

「はっ……おまえ、まさか……裸見たから……？　あんなんであっさりと……」

「え⁉　違うよ！」

慌てて言い返す瑛人の脳裏に、昨夜の場面が蘇る。ぬっと突然現れた、女の裸。修整もなしのリアルな異性の肉体は、嬉しい方向性のものではまったくなかった。ただ生々しく、衝撃的で、見とれるようなノリでもなくて、ひたすら見てはいけないものだった。ありがたくもなく、セクシーでもない。もっと見たいなんて思わない。

「そういうことじゃや、全然ない！　気持ちのジャンルが全然違う！」

と、声が大きすぎただろうか。口を押えて振り返り、玄関の方をこっそり見やる。アイスは玄関の端に立ち、ぼんやりとした半眼で足元に並ぶ靴を見下ろしている。こちらのやり取りは聞こえていないようだった。ドアにもたれて、冷たい無表情。汚いコートにふんわりと打ち掛かる髪の輪郭が白く光って見える。そのまま音もなく透明になって、消えてしまいそうにも見える。焦りにも似た気持ちが、瑛人の胸を苦しくする。

「……ただ、なんていうか……助けたいんだ、あの人を」

声を抑えながら、瑛人は必死に高野橋さんの顔を見つめた。自分には大甘のこの人は、本気で頼めばきっとなんでもどうにかしてくれる。そういう人だと、瑛人はこの居候のことを信じている。

「あの人は俺の手を掴んだんだ。それを振り払うなんて絶対できない。どこにも行けないならうちにいてほしい。このまま離れるなんて俺にはできない。うちにいてほしい。ここにいてほしいんだ。どこにも行かないでほしいんだ。どうしても、どうしても、俺はアイスを帰したくない」

「……どうしても、かよ」

「どうしても」

まっすぐに見合ったままで二人は膠着《こうちゃく》し、ややあって。

「……本当に、どうしても、なんだな」

根負けしたように、高野橋さんはチッと一度舌打ちした。瑛人は大きく頷く。

「なら、しょうがねえ……。おいババア！」

玄関に大股で歩き出しながら高野橋さんが言う声に、アイスはしばらく反応せずにいた。ドアにもたれて突っ立ったままぼーっとしていて、

「やい！　ババア！　っつってんだろうが！」

「……は？」

やっと、ちらりと目を上げる。どてら姿の高野橋さんを見て、元から荒《すさ》んだ目の色が、砂漠みたいに荒み果てる。

「はあ、じゃねえんだよ！　ったく、それなりのババアのうえにその自覚もねえのか⁉　あー図々しい！」

「……」

「やかましい！　黙れ！」

アイスはなにも言っていないのだが。

「いいから聞け、てめえに話があんだよ」

「……」

なにも言わないまま、アイスはくるりと高野橋さんに背を向けた。そのままドアを開けて外へ出て行こうとするコートの袖を、まあまあまあ、と瑛人は摑む。

「ちょっと待ってくれ！　むかついて当然だけど、もうすこしだけ耐えてくれ！　こう見えても高野橋さんは、こう見えても、こう見えても、」

「……」

「ご、ごめん、やっぱり俺にもよくわからない！」

「……」

「でもとりあえず待ってくれ！　高野橋さんから話があるんだ！」

ずいっと高野橋さんが二人の間に割り込んできて、アイスの鼻先にまっすぐ指を突き付ける。実際、なにを言おうとしているのか瑛人にはまだわからないのだが。

「よく聞けよババア。おめえはここんちにもうしばらく世話になれ」

「……は……？」

「さもなくば即通報するぞ。おまわり呼ぶぞ。いいのかよ？　昨日の感じじゃあ、さぞかし調べられちゃ困る身の上なんだろ？　あ？　このエイトがなあ、おめえをここに置きてえっていうんだよ。俺はなあ、エイトのお願いならなんだって叶えてやりてえんだよ。っつー話だ、わかったな？」

呆然と目を見開いて、アイスはやがてゆっくりと瑛人の方を見る。瑛人はごまかし笑いで肩を竦めて、とりあえずどうぞ、とスリッパを勧めた。

「……は……？」

「うっせえ！　いいから黙って言うとおりにしやがれ！　ったく、なんつー陰気なツラした女だよ！　んっとにとんでもねえな！」

とんでもない度でいえば、恐らく高野橋さんがこの中では抜きん出ている。人一人脅迫するのがこんなに簡単だとは、さすがの瑛人も驚きだった。そしてやっぱり高野橋さんに頼んだ自分は間違ってはいなかった。

「……は……？」

アイスが自分を見る目は恐ろしく鋭いし、ものすごく怖い。ちなみにここまで言葉はほぼ「は？」しか発していない。でも、しょうがないのだ。間違ってはいない。多分。放っておくことができないなら、ここにいてもらう他に方法はないのだから。

3

そういえば初めて高野橋《たかのはし》さんと会った時、野良人間、なんて考えたっけ。瑛人《えいと》がそんなことを思い出したのは、その日の夜のことだった。

歓路《かんろ》が帰って来て、母が帰って来て、父が帰って来て。みんなそれぞれ、まだ家にいるアイスを見て、「あれ?」と不思議そうにしていた。アイスは昼の内に目を覚まして、とっくに帰ったと思っていたらしい。実際のところその通りなのだが、長男は独断で彼女を勝手に連れ戻していた。ちなみに居候は脅迫していた。

家族全員が揃うのを待って、午後七時。瑛人は居間にて改めて、アイスをこの家にしばらく置きたいと思っていることをみんなに切り出した。正座で話を切り出したのは高野橋さんだった。

「まあだから要するに、ババアはこの家の居候二号って感じで。どうすか、奥さん、旦那」

瑛人たちからすこし離れて、黙って座っているアイスの顔。

その荒み方は、いかにも「野良」の動物っぽい。かつての高野橋さんの姿を彷彿とさせ、瑛人はつい、数年前のことを思い出したのだ。

野良のアイスは不機嫌だった。ふんわり豊かな長い髪だけが妙に優雅で、激しく汚れた服装と相まって、まるで捨てられたペルシャ猫のようだ。宿無しの野良に落ちぶれて、手入れをしてもらえなくなった哀しい長毛種。きっと元々は綺麗だっただろうに、今はひたすら荒み、ささくれ、恐らくは爆発寸前の不満一杯。皮のめくれた唇を、前歯でギリギリ噛み締めている。

母親はエプロンを手に持ったまま、

「つまりアイスを、このままうちに住まわせるってこと？」

困ったように父親の方を見やるが。

「どうしてそういう話になったんだよ」

ついさっき帰宅したばかりの父親は、まだスーツ姿のままで、アイスの方を見て眉を寄せる。紛うことなき世帯主にしては遠慮がちな視線だった。

アイスはふてぶてしく黙ったまま、視線を自分の膝のあたりに落としている。一応服の汚れを気にしているのか、こたつには入らず、カーペットに座り込んでいる。

うーん、とうなりながら母親は両手を頭の上で組んだ。ダイニングテーブルの椅子の背もたれに体重を預け、

「二号ってことは、じゃあ高野橋さんの手下か。へぇ～、なんかこう、人生いろいろっていうか……」

なにかちょっと勘違いしている気がしないでもない。

「手下とかじゃありません」

低い声できっぱりと訂正しながら、アイスの野良面は一層ふてぶてしさを増した。逆さのかまぼこ型に両目が吊り上がり、大きな眼球がぐりっと動く。高野橋さんを睨み付けている。「私は！　この男が！　大っ嫌いだ！」と、その目が明確に言っている。もちろん高野橋さんはそんなのまったく気にしている様子などなくて、「いらねえわこんな陰気な手下」などと嘯いている。

この状況、実は瑛人にしてみれば少々ありがたくもあった。アイスの負の感情は、今、わかりやすく感じの悪い高野橋さんへ集中的に向けられている。おかげで瑛人は安全地帯だ。高野橋さんを盾にして、アイスの恨みを買わずにすんでいる。でも実際にアイスを無理矢理にこの家に留めようとしているのは瑛人だ。主犯は他ならぬ、自分。高野橋さんは従犯。瑛人に協力してくれているだけ。

アイスの恨みは、すべて瑛人に向けられているはずだった。

「いや、しかしなあ。ちょっとわからんぞ、どうなのママ」

「パパこそどうなの。どうするべきなの」

そう簡単に納得できるわけもなく、両親はしきりに首を捻っている。沈黙の中、くっちゃくっちゃくっちゃくっちゃ……歓路がミカンを食う音だけが響き渡る。

歓路は口を挟むべきではないと判断したのか、それとも単に眠いのか、話に加わろうとはしなかった。うつ伏せになってこたつに首まで埋まり、さっきから猿のようにミカンを食い続けている。ちなみにこいつがミカンを食う音は、昔から本当に鬱陶しい。一種の才能かと思えるほどで、瑛人はこれまで何度もやめさせようとしてきたが、「ぶへえ～！　どうしても音が出ちゃうんだよ～！」と口の中全開で泣かれるのがオチなので、今はもう放置している。

歓路がミカンを食う音をＢＧＭに、高野橋さんは改めて言葉を継いだ。「ていうかこのババア、今ちょっと込み入った事情があって、自分ちには帰れないんだってさ」くっちゃくっちゃくっちゃくっちゃ……。

「でもまあ、あくまでも一時的な事情だから、今だけとりあえずここに身を寄せさせてはもらえないだろうか、っつー話で。あっ、もちろん俺は居候だから特に意見とかないけどね、ほら、なんていうかこう？　人として？　困ってる女を無視するってのもどうかなー？　とは、思うよね。うっすらとね。向こうが透けるほどの色合いでね」

よく言うよ、と瑛人は思う。すらすらとまあ、作り話のうまいこと。母親は少し心配そうにアイスを見やる。

「その一時的な事情っていうのはなんなの？　もしかしてストーカーとか、そういう系のトラブル？」

アイスは数秒置いてから、やがて重々しく頷いてみせた。なるほどね、と母親は考え込む。高野橋さんはいける流れと踏んだのか、ニヤリ、と口の端を上げ、「そうなんすわこいつ」と馴れ馴れしくアイスの肩を強めに叩く。「痛いな……⁉」アイスが鋭く睨むが、高野橋さんは気づきもしない。

「まあこのツラ見りゃわかるでしょ。ほら、すんごいの、負のオーラが。引き寄せるの、世の禍々しきものどもを。どうよ旦那、今時なかなかいないよこんな暗い女。ドス黒の闇属性。ほっといたら家の裏で死んでる系だ。そして祟る系だ」

「うーん、言われてみるとそんなふうにも見えてくるな」

勝手なことを、と瑛人は呆れるが、高野橋さんは止まらない。

「とりあえず未成年じゃねえし。だよな？」

アイスは頷く。

「なにがあっても自己責任、迷惑はかけないって誓うよな？」

アイスはさらに頷く。俺がこう言ったら頷けよ、と事前に高野橋さんに強要されている。しかしまだ父は陥落し切らない。

「いやあ、うーん、困ってるのはそりゃ気の毒だけど、でも仕事とかは？」

「……働いてないんで。生活費は後日、支払います」

「うーん、でもなあ……人一人預かるってそんな簡単じゃないし、居候も二人目となると……そうだな、そしたら高野橋さん、入れ替わりに卒業する？」

「えっ⁉　そういう話じゃねえから！　俺のことはおいておこう！　こいつの話だから！　ここにいさせてさえもらえればこいつはそれでいいんだって！　なんならなんにも食わないし、うんこもしないし、酸素も吸わないって！　なあ！」

それにはアイスは頷かない。「吸ってるでしょ」「吸ってるよね」と両親も言い交す。

「いや、そんぐらいの覚悟でいますってことよ！　もうなんだろう、ハエ以下、みじんこ以下、空気以下の存在でいます、って！　だからどうかここに置いて下さい、さもなくば……おら、続きは自分で言え！」

「……あの子に絞め殺されそうになったこととか」

いきなりアイスに指差され、歓路は「ふぁ？」と口を半開きにする。その唇にミカンの皮が張り付いている。

「……浴槽に沈められたこととか。警察に全部言いますよ」

もちろん、そう言え、と高野橋さんに言われているから言っているのだが。効果はそれなりにあったのかもしれない。「まずいわね」と母親が呻く。「うん、まずいね」力なく父親も頷く。

「ま、とりあえず面倒は全部エイトが引き受けるから！　そうだよな!?」

水を向けられて、瑛人はこっくりと首を縦に振って見せた。そうなの？　と母が訝しんでくるのにも、

「そう」

親指をくいっと立てて答える。

「アイスに関しては、俺がちゃんと面倒みる。な、アイス」

アイスには華麗に無視されるが、高野橋さんがフォローしてくれる。

「そもそもババアを最初に連れ込んだのはこいつだからね」

「そう。俺には責任があると思う。ちゃんとその責任を全うするって約束する」

「どうよ？　このエイトがこう言ってるんだぞ。くっそくっそのくそ真面目、約束なんか破ったことないこのエイトが、ちゃんと面倒みるっつってんだ。だからどうしても、ここに置いてやりたいんだって」

瑛人は膝でいざって両親の前に進み出て、

「頼む。一生のお願い」

改めて正座する。両手をぴしっと揃えて頭を下げる。

「アイスをしばらくこの家にいさせてやって下さい。俺はどうしても、この人のことを放ってはおけない」

「そうは言ってもな、動物拾ったのとはわけが違うんだぞ？」

「そんなのわかってるよ！　でも、みすみすアイスを危ないところには帰せないだろ？　お金もなんにもないんだ、この人。俺にバス代たかろうとしたぐらいなんにもないんだ。返すあてもないから、お金くれって言うんだ。いい大人が、高校生の俺に向かって。こんなの気の毒すぎるだろ？」

「……それは別に言わなくてもいいんじゃないの」

きまり悪そうに呟くアイスの方をそっと振り返ってみる。アイスはもはや呆れたような、諦めたような目をして、父親に熱弁を振るう瑛人を見つめている。

「でも瑛人、他人をそんな簡単に……」

「他人でも、うちは受け入れてるじゃないか！」

本心がつい、ぽろりと零れてしまった。

「うちはずっとそうやってきたんじゃないか！　それがうちだろ⁉　だから俺はアイスのことも、うちにいればいいって思ったんだ！　他人でも、居候でも、俺んちなら大丈夫だって思ったんだ！　うちなら、ここなら、絶対に安全だから！　だからアイスはここにいればいいんだよ！　ここは安全だ！」

後半はアイスに向かって言い、それから両親の顔を交互に見やる。ちょっと息をして冷静さを取り戻す。

「俺がそう思うのは、間違いじゃないよな？　俺は信じてる。だからどうしても、アイスにはここにいてほしい」

両親は顔を見合わせてから、アイスを呼んで立ち上がった。

三人だけで廊下に出て、ドアを閉め、なにやら低い声で話し合っている。なにを話しているのかはわからない。瑛人はこっそりと聞き耳を立てようとするが、高野橋さんに「よせ」と引き戻された。

やがて母親が出てきて、決定を言い渡した。

「アイスは、これから何日かうちに泊まります。歓路の部屋で、寝起きします」

ほっ、と瑛人は息をついた。歓路はまだミカンを食っている。目をパチパチさせて瑛人の方を見ながら「え？　ねおきって誰？」とか言っている。だめだ、全然わかっていない。あとでもう一度説明してやらないと、この妹には永遠に事態が理解できないだろう。

アイスは居間には戻って来ず、そのまま廊下をものも言わずに歩いていった。

後を追うと、仏間に入っていく。まだ畳んだ状態で出したままになっていた布団を、二階の部屋に上げるように言われたらしい。

「俺が運ぶよ」

畳んだ布団を抱えるが、さすがに冬のフルセット。重くて一度で全部は運べず、結局枕と毛布はアイスが自分で運ぶ。階段を先に上がらせて、

「子供部屋は手前のドア。……怒ってる？」

恐る恐る尋ねてみる。まあ、怒ってるもクソもないか。脅迫されているのだ。意に反して、無理矢理ここに留められるのだ。アイスが今、楽しい浮かれ気分でなどいるわけがなかった。

布団を歓路のスペースの隅に置き、アイスはゆっくりと振り返る。荒んだ目をして、

「変わってる。ここんち。相当」

低く呟く。

「まあ、かも。あ、ちなみにこっち側は俺の部屋で、そこから向こうが歓路の部屋。うちの妹はアホだけど、基本的には全然有害な奴じゃないから。合宿とかで共同生活も慣れてるし、気を使わないでくれ」

「なんでもいいよ。……ていうか私、ここでなにしてるんだろう。わけがわからない。ほんとに現実なの、これは」

心底不思議そうに簡素な造りの子供部屋を見回して、アイスは気怠げに長い髪をかきあげた。そのままぼんやりと俯き、しばし棒立ちになって、静かに顎を上げる。透ける

瞳を瑛人に向ける。

「どうして私に構うの。私をどうしたいの。本当に、全然意味がわからない」

「……放っておけなくて」

「なんで」

「なんででも。どうしても。……俺、どうしてもアイスにここにいてほしかったんだ。どこにもいかないでほしかった」

首を傾げて鼻先にかかる髪を払い、アイスは瑛人をじっと見つめる。その表情は相変わらず冷たくて、視線は射抜くように鋭い。

「なんで」

「……心配だから」

ちょっと迷って、でもその続きも口に出してみることにする。

「だって、アイスには、帰るところなんかないんだろ」

アイスの瞳は揺れもしない。瑛人を見たまま、瞬きもしない。皮肉っぽく片目だけをほんのわずかに眇《すが》めて、

「……変なガキ」

吐き捨てるように落とした呟きには、かすかな笑みの気配があった。それはすこしも柔らかくない。むしろ鋭く研ぎ澄まされた明らかな攻撃の手段だった。

「いかにもおりこうそうな、おぼっちゃんみたいな、大人しそうな顔してるよね。あんたみたいな子が一番危ないんだよ。ある日いきなり洒落にならない事件起こして、まさかあの子が、いいこだったのになぜ、とか言われちゃうタイプ」

さっき言われたことについて、否定はしないんだ、と瑛人は思う。やっぱりアイスには帰れる場所も待つ人もないということか。

「そういうタイプだっていう自覚はある。一応」

「変な家。変な家族。変な居候。それにあんたみたいな変なガキ……とりあえずみんな変すぎ。どうかしてる。私みたいな怪しい女を簡単に家に入れちゃうなんてね」

「……それを受け入れるアイスも十分変だと思うけど」

「あんたたちが脅すからでしょ。通報なんかされたら面倒なの。困るの私、本当に」

弱みを隠そうともしないのは「あえて」なのか、「うっかり」なのか。瑛人にはアイスの意図がわからない。

「ここにいなけりゃ通報するって言われたら、私はここにいるしかない。けど」

ふいっと逸らされる視線に宿るのは、もしかしたら純粋な自暴自棄、それだけなのかもしれない。埋められたけど忘れる。脅迫されたから従う。金もなし。力もなし。帰る場所もなし。なにかに抵抗するほどの気力もなし——アイスには、瑛人が思っている以上に、本当になんにもないのかもしれない。通報されるなんて『面倒』さえ避けられれば、後は全部どうでもいいのかもしれない。

「私にはそれ以外、なにも期待しないでよ」

瑛人はふと、バス停に一人でぽつんと座っていたアイスの後姿を思い出した。アイスはあのときなにを考えていたのだろう。いつまでああしているつもりだったのだろう。埋められて死にかけていた時の姿よりも、なんだかもっと悲しく感じる。

＊＊＊

異様に緊張した雰囲気の中、夕食は手巻き寿司だった。

こたつを総勢六名で取り囲み、一家プラス居候二人で、カサカサと海苔を巻きまくる。会話は弾まず、ただ黙々と各々マイ手巻きを作っては口に運ぶ。序盤、かいわれをごそりととった高野橋さんに「かいわれを一気にそんなに使ってんじゃねえよ！」と歓路がキレた、それが唯一にして最高の盛り上がりだった。アイスは視線をテレビの方へ固定したまま、もそもそとずっとつまらなそうに酢飯と海苔ばかりを食べていた。なにか具をのせろよ、とか、言える感じの空気でもなかった。

やがて問題が起きたのは、夕食の後片付けも終わった夜九時頃。

風呂場から手を拭きながら母親が出てきて、「今日はだめだわ」などと言うのだ。

「なにが?」

「お風呂。バスタブの排水口が詰まっちゃったみたいで、排水できないの」

昨日、アイスを浸して泥が混ざった湯を抜いたのは瑛人だった。浴槽と床の汚れはちゃんと掃除して、自分はシャワーで済ませた。その時は特に問題なかったはずだが、確かめてみると母親の言う通り、浴槽の排水ができなくなっていた。今夜の風呂の湯を張ることはできるだろうが、その後さらに面倒なことになるに違いない。

母親が業者に連絡すると、修理は明日になるという。

「そういうわけだから、今日はみんなシャワーだけで済ませてね」

えぇー！　と真っ先に騒いだのは、思春期乙女の歓路でもなく、昨日もシャワーだけだった瑛人でもなく、高野橋さん(無職)だった。

「なに言ってんすか奥さん！　そんなの俺ぜってえいやっすよ！　シャワーだけなんて風呂じゃねえ！　あんなのしゃーしゃーザバザバシャカシャカ、忙しねえだけじゃん！　しかもなんだかんだで俺、昨日入りそびれたし！　ちゃんとした風呂に入りてえ！　我慢できねえ！」

なんて自由な大人なんだろう……。瑛人はほとんど尊敬にも似た気持ちを抱くが、

「それ同感、シャワーだけってやだよなあ」

父も無職の肩を持った。

「俺も最近肩こりひどいしさ、やっぱざばーっと熱いぐらいのお湯に浸からないと一日の疲れがとれないんだよ」

「そう言われても、明日にならないと業者さん来てくれないのよ」

「うーん、じゃあ、よし！　久しぶりにみんなで銭湯いくか！」

そんな父の提案で、家族プラス居候一号二号は銭湯へ向かうことになった。


なにしろ月岡《つきおか》家はそれなりに築古、以前にも風呂が故障したことがあり、地元の銭湯に全員で行くのは初めてのことではなかった。それでも数年ぶりの珍しさはある。

「じゃあここでお別れ～！　パパ、お兄ちゃん、また後ほど～！　居候はお湯に溶けとけ！」

到着した銭湯の入り口で手を振る歓路は完全にテンションが上がりきっていて、母親も楽しげだった。

「やだ歓路！　とけとけ、だって！　とけとけ！　あはは！」

「え、ママなにに受けてんだろう。やべえ、笑いのツボがわかんねえ」

昔ながらのシステムとは違い、この銭湯にはいわゆる番台がない。自販機で買ったチケットを持って、歓路と母親は騒がしく女湯の暖簾をくぐる。その後を、アイスもチケットを持たされて、暗く冷たく押し黙ったまま「無」の顔で虚ろについていく。アイスの下唇に海苔がかなり大胆に貼りついていることを、瑛人も他の家族も結局ずっと言い出せなかったが、きっと鏡を見て気づいてくれるだろう。

「ぺっ！　なにがとけとけだようっせえんだよあのドブスはよ！　こちとらとっくに浮世の狭間に溶けて沈殿してるってんだ！　ねえ旦那！」

「高野橋さん、うちの娘、あんまりブスブス言わないでね……」

「ブスじゃないっすよ！　ドブスっす！　やいドブス！　頭くせえからよく洗えよ！」

ああ……と悲しそうに父は呻く。うっせえ！　と女湯の方から歓路の返事が聞こえてくる。

男湯チームも三人して、仲良く脱衣所に入っていった。中はさすがに暖房がしっかり効いていて、その温かさと湿気に瑛人も人心地ついた。寒い夜の町を、家から十数分も歩いてきたのだ。身体は芯から冷えていた。

すいているのでそれぞれ離れてロッカーを取り、服を脱いで、白く湯気がこもる浴場に向かう。カランも使っている人はおらず、選び放題。プラスチックの椅子を思い思いのところに置いて、風呂に浸かる前に頭と身体をめいめい洗い始める。家の風呂場から持参したシャンプーとリンス、ボディソープはどうしようもなくフルボトル。それらをそれぞれ洗面器に入れ、床をつーっと滑らせて、見事な連携で共用する。「父さん、シャンプー」「ヘイ。あ、じゃあ先にボディソープをくれよ」「ヘイ、ソープ。エイト、シャンプー次こっちな」「ヘイ」、他に客がいないのをいいことに、勢いよくパスを回しまくる。女たちは旅行用のミニサイズを持ち込んでいるはずだった。

最初に身体を流し終わったのは父。迷いのない足取りで、怪しい茶色の薬湯に浸かる。瑛人と高野橋さんは軟弱なチョイス、ぬる湯に並んで入っていく。浴槽は狭い。

「んだよ、真似すんなよ。おまえ熱い方入れよ」

「やだよ、高野橋さんこそあっちにどうぞ」

結局二人とも、熱い湯は苦手なのだ。薬湯もいやだ。となれば、肩を並べて仲良く裸の付き合いをするしかない。

「……あー、あったかー……」

顎までぬる湯に浸かって、瑛人はうっとりと脱力する。冷え切っていた身体が強制的に温められて、末端まで血液が通っていく。

「……なんか、なにもかも、夢だったように思えてくるな……」

白く立ち上る湯気の中に浮かぶのは、バス停でふてぶてしく押し黙るアイスの顔や、徹夜でボロボロだった今日のこと——開きっぱなしだったファスナー、大銀杏、零点確実の小テスト、等々。そして。

あらゆる記憶の現実味が、不思議なぐらいに薄かった。一連の出来事が、全部嘘のよう。今日へと続く昨日からの自分の行動が、どれほどクレイジーだったか改めて思い知らされる気がする。

こっそりと河川敷に向かった。アイスを必死に掘り出した。家に連れて帰った。徹夜で見守り続けた。それらすべて、自分が本当にしたこととは思えなかった。でも、したのだ。現実味ゼロでも、信じられなくても、壁で隔てられた女湯にアイスがいるのは事実だった。あんなに冷たく凍っていた女は、今一体どんな顔をして風呂に浸かっているんだろう。

「……昨日と今日、俺、今までの人生で一番わけがわからないことをしたのかもしれない……」

思わず零《こぼ》した呟きは、浴場によく響いた。父が薬湯の中で低く笑っている。高野橋さんも笑って、湯が小さく波立つ。

「俺もそう思うわ。おまえほんと狂ってたよ、あんなの連れて帰ってきちゃって」

高野橋さんはそう言いながら目を細めて、気持ち良さそうに両足を伸ばした。湯の中に揺らめく股間の黒い影が視界に入るのが嫌だったが、まあ仕方ない。お互い様だ。

「とんでもないこと、してしまった気がするんだよな」

「この期に及んでなに言ってんだ、ばーか。やる前に気づけ」

「ほんと、そうだよな」

「ま、今更遅いだろ。よかった、って思っとけよ。おまえがそう思ってなきゃ、あの女も浮かばれねえよ」

「そんな、死んだみたいに……でもまあ、そうかも。確かに」

脅迫までして、嫌がるアイスを引き止めたのだ。濡れた手で熱い頬をこすり、瑛人は天井に目をやる。

うちにいれば大丈夫、うちにいれば安全だと、当たり前のようにまっすぐ思った。だからこんなことをした。

これでアイスは大丈夫なはずだ。もうたった一人で闇の中、ゴミのように捨てられることもない。冷たい土の下に埋められることもない。アイスは安全だ。それは確かだ。自分はアイスを、助けることができたのだ。じんわりと巡る実感は温かかった。

「……よかった。ありがとう。高野橋さんのおかげだ」

瑛人の言葉ににこにこ笑って、高野橋さんは嬉しそうに頷いてみせる。すっかり血色がよくなり、ゆで卵みたいにつるっとその輪郭が光っている。

「いいってことよ。俺、おまえが欲しがるもんはなんでもあげてえからさ」

「……熱い方、いってみる？」

「おし、いくか」

二人して、隔てる壁を跨ぎ越え、隣の浴槽にそっと片足を入れてみる。だが予想以上の熱さに、膝まで入れたところで「あっつー！」「はい、無理ー！」揃ってその足を即はね上げる。

おまえらだせえな、と父親が茶色の湯の中からゲラゲラ笑ってそれを見ていた。

下駄箱の前で女性陣を待っているうちに、せっかく温まった身体がまた冷えてしまいそうだった。

「お待たせー」

暖簾をくぐって、やっと母親が出てくる。父の「遅いよ」の声に「ごめんごめん」などと言いつつ、瑛人の髪をわしゃわしゃ触ってくる。

「ちゃんと髪、乾かした？　温まった？」

「乾かしたってば、ちょ、やめろ、ガキじゃないんだから。歓路とアイスは？」

振り向くとちょうど二人が暖簾をくぐって出てきたところで、

「……な、なにそれ!?」

思わず瑛人は訊いてしまう。手巻き寿司の段階ではろくに目も合わさずにいた歓路とアイスだが、

「えっへっへ～！　あたし、でかい風呂すき！　超～すき！　また来たいな～」

なぜか今、二人はしっかりと手を繋いでいるのだ。脳のパワーがひかえめな歓路はともかく、アイスが謎だ。さっきまで自分にはあんなに冷たい態度でいたくせに。なぜ、歓路とは仲良く手など繋いでいる。文句も言わずにぴったり並んで。端から見ればまるで姉妹だ。風呂で一体なにがあった。つい探る視線になった瑛人に、

「いや、なんか……」

アイスも気まずそうに小首を傾げてみせる。

「つながれちゃった……なし崩しに」

相変わらず汚い恰好のまま、しかしその顔の血色は別人のようだった。肌が真っ白なだけに、頬や鼻の付け根が鮮やかなピンクに茹だっているのがよくわかる。やたらとぴかぴか、つやつやしている。掘り出されてからアイスはこれまで、ずっと芯から冷え切ったままでいたのだ。風呂、には一応昨日も入ったはずだが、やはり「入る」と「溺れる」では温まり方が違うのだろう。

じゃあ帰ろうか、と歩き出しながら、母親も妙にフレンドリーに「ねえねえアイスー」などと話しかけている。

「あんたさあ、着替えしてくればよかったよねえ。せっかくのお風呂上がりなのにその服じゃなんかやだよねえ」

「そうすね」

アイスはそっけないが、

「帰ったら服、着られそうなの出してあげる。私と歓路はほとんどサイズ一緒なんだけど、アイスも同じぐらいだよね」

「そうだ！　制服着なよ！　あたしの中学の時の」

歓路とまだ手を繋いだまま、振り払いもせずに歩いていく。「着てもいいけど多分犯罪だよ」などと軽口も叩いている。その唐突に牧歌的な感じ、高野橋さんも胡乱《うろん》に思ったらしく、

「……女湯でなにがあったんだ？　ババア、いきなり馴染んでやがる」

後をついて歩きながら、アイスの背中を苦々しい表情で見やる。並んで歩いて、瑛人も頷く。

「ちょっと裸の付き合いしたぐらいで、あっさり絆が生まれたのかも」

裸なら俺だって見たのに、などと言ったら高野橋さんになにを言われるかわかったものじゃないので言わないが。

「くそ、暗いだけかと思いきや案外コミュ力ありやがるんだ。このままじゃ俺の第一居候としての立場が危うい……こうなったら俺も！　くっ、エイト！　受け止めてくれ俺の熱い想い！」

突然手と手をがしっと繋がれ、思わず反射で「うわ」と離す。女同士ならともかく、

男同士のなかよしこよしお手々にぎにぎはさすがに厳しいものがないか。

「んだよ！　じゃあおまえはもういい！　俺にはまだ旦那がいる！　旦那ー！」

父親の手を握ろうとして、もちろん「え！　なんだよ！」とかわされる。

「いいじゃねえかよ！　それなら俺は奥さんと手を握り合うぞ！　細胞が互いに壊れて溶けあうほどじっとり密着してやるぞ！」

「じゃあ、しょうがないな。俺でよろしく！」

父と高野橋さんが、ぶらぶら歩きながら手を繋ぐ。でもすぐに気持ち悪くなったのだろう、「ああ、湯上りのおっさんのホットでソフトな手の感触……きちい！」と高野橋さんの方から振り払う。「強引に誘っておいてこんな捨て方を？」夜道に虚しく響く父の声が哀しい。

途中、母親がティッシュが切れていたことを思い出し、そのままみんなでコンビニに寄ることになった。

「余計なものは買わないからね！　お菓子とかドリンクとか、絶対勝手に買わないでよ！」

ぞろぞろと一列になって店内に入っていく。そのアイスの汚いコートの袖を、瑛人は後ろからちょっと引っ張った。

「アイス」

「なに。やめてよ、あんたも手を繋ぎたいとか」

「違う、そうじゃなくて……少々内緒の話が」

みんなとは離れて二人だけで、店には入らずに駐車場の隅へ行く。声をひそめてこっそり話したいことがあった。

「改めて言っとくけど、俺は昨日、酔っぱらって寝てたアイスをコンビニの前で見つけたってことになってる。本当は埋められてたなんて今さら言えないだろ？　だからもし、うちの連中になにか訊かれることがあったら、その時は話合わせてほしいんだ」

「……コンビニって、ここのこと？」

「いや、ここじゃなくて、一応設定としては」

もっと向こうの方の、と通りの先を指差そうとしたそのときだった。

極端に車高を下げた車が駐車場に入ってきて、ヘッドライトに目を射られる。慌ててよけると、若い男が車を停めて降りてきた。そのままコンビニに入っていこうとして、しかしなぜかこちらを二度見し、

「うわっ⁉」

突然大声を上げた。それに驚いたのは瑛人の方だ。顔を上げて男の方を見る。オーバーサイズのスウェットをだらしなく着た、できれば関わりたくない感じのスキンヘッドの強面。

「昨日の……うそだろ⁉」

つけすぎのシルバーアクセをチャラチャラ鳴らしながら、男が指差したのは――アイス。

「なんで生きてんだよ⁉」

男は目を見開き、口も開いて、アイスを見ながら転びそうな勢いで後ずさりしていく。降りたばかりの自分の車に飛び乗る。ドアを閉めるなりバックしようとして、タイヤを軋ませる。

「え、もしかして」

思いついて瑛人はアイスの顔を見た。アイスは黙ったまま、首を傾げて車の方をぼんやりと見ている。

「あいつ、犯人なのか⁉」

昨日の、と男は確かに口にした。アイスを見て、なんで生きてんだ、と言った。アイスの反応を待つまでもなく、瑛人は確信する。そうなんだ。そうに違いない。あの男が犯人だ。あいつがアイスを埋めたんだ。帰る場所もないこの人に、あんなひどいことをしたんだ。

考えるより早く身体が動く。瑛人は猛然と走り出し、車を追いかけようとする。しかしその足元に縁石があるのは見えていなくて、

「うわ⁉」

駆け出した足が引っかかって思いっきり転んだ。とっさに右手を地面につくが、支えきれず、そのままアスファルトに横倒しになる。目だけは車の方からまだ逸らさず、すぐに立ち上がってさらに追いかけようとするが、「いっ……！」右手が鋭く痛み、思わずその場に膝をついた。動けずにいる間に、車はまごつきながらも切り返し、駐車場を出て行ってしまう。道路を斜めに遮って、他の車にクラクションを鳴らされる。アイスが駆け寄ってくるのがスローモーションみたいに見える。慌てた顔、初めて見た。

「瑛人くん！」

くん、だと？　うそくさい呼び方を。そう思いながらも「……っつ……！」腕を抱えて、その場に蹲ってしまう。「エイト⁉」高野橋さんの声も聞こえた。

「大丈夫⁉」

「俺のことより、あの車……！　あいつ……逃がしていいのかよ⁉」

車は猛スピードで去ってゆく。店から飛び出してきた高野橋さんが、驚いたように車道の向こうに目をやる。

「あんな奴知らない！」

「でも向こうは絶対アイスを知っ……ああもうくっそ！　超、いてえ……！」

「どこ痛いの⁉」

アイスがしゃがんで顔を覗き込んでくる。痛みのあまり息も詰まり、平気なツラなど見せられない。指は動くが、手首をひねることはできない。小指側が変にひんやりして、肩から肘の辺りにまで強い痛みが沁みるように響く。

高野橋さんが瑛人の肩を抱き起した。

「エイト！　どうした⁉　どこやった⁉」

「て、手首……こけてついて、すっげえ痛い……！」

両親と歓路も異変に気づいて、慌てて店から出てきた。手首を押さえて顔を歪めている瑛人を見て、みんな血相を変える。「お兄ちゃんどうしたの⁉」「大丈夫か瑛人！」せっかく銭湯で温まった身体が、為す術なくどんどん冷えていく。

転んだ、と説明しながら、本当のところは自分でもよくわからない。あの車を追いかけて、一体どうするつもりだったのだろう。問い詰めて、警察にでも突き出そうとしていたのだろうか。アイスに謝罪させたかったのだろうか。アイスはそれを望むだろうか。そもそも本当に犯人だったのか。なにもわからない。ただ痛い。すごく痛い。

長い長い、自分にとっては人生最長にも感じた完徹二日間の幕切れがこれ——瑛人は高野橋さんに支えられて立ち上がり、手首の痛みにぎゅっと目を閉じる。こんなのあんまりな話ではないだろうか。

＊＊＊

「……あーあ。これ、ひどくない？」

夢とも現実ともつかない、淡い光の中。

いつになくずっしりと重い目蓋を上げると、二つの人影が自分を見下ろしていた。ヒソヒソ話のトーンで喋っている声の主は、歓路だろう。上半身がいきなり寒い。べろんと布団を剝がされているらしい。

この状況はどうやら夢でもなさそうで、瑛人は声を出そうとするが、喉が乾燥して貼りつけられたようになっている。

「……うわ。ひどいわ」

今のはアイスか。アイスの声だと思う。

なんなんだよ、とか言いたいが言えない。目が開かない。身体が動かない。眠いし、寒い。

「起こす？」

やめてくれ……。

「いや、お兄ちゃんが起きるにはまだ全然早いよ。学校、近いから」

「じゃあ、まだ寝かせておこうか」

「それがいいと思う」

耳だけで聞いていた話の結論に、瑛人はとりあえず一安心した。

改めて深い眠りの底へ沈み戻ろうとしながら、その寸前、ほんのわずかに片目だけ開いた。制服姿の歓路の背中と、黒っぽい恰好をした長い髪の背中が、部屋から出て行くのが見えた。

時計にその目を向けると、まだ六時前だ。歓路はもう家を出るのだろうが、なぜ自分まで布団を剝がれたのだろう。めくれた布団を摑んで引っ張り上げようとした瞬間、

「……っ」

右手に鈍い痛みが走る。そうだった。昨日の夜、銭湯の帰りに痛めたんだった。怪しい車を追いかけて、すっ転んで、反射的に手をついてしまって。

あのあと母親は心配して、そのまま救急病院に瑛人を連れて行こうとした。でも一晩寝ればましになるだろうと思って断ったのだ。ものすごく痛かったが、指は一応動いたし、捻挫や打ち身に効く痛み止めの湿布なら歓路がたくさん持っている。今までだって多少の身体の不具合は、よく眠りさえすればたいがい治った。

家に帰って湿布を貼ると、猛烈な眠気が襲ってきて、もう頭は働かなくなっていた。話もできずにベッドへ倒れ、瑛人はそのまま布団に潜った。自分に責任があるから、な

ど大見得切ったわりに、アイスの面倒も見られなかった。必要なものはないかとか、不都合はないかとか、色々聞かなくては……と思いながらも、すぐに眠りに落ちてしまった。前日の徹夜の分も取り返すように、夢も見ないでずっと深く眠っていた。

アイスはよく眠れただろうか。歓路に付き合って、こんな時間に起きたのだろうか。なんにしても、まだあと一時間は眠れる。目を閉じて二度寝を貪ろうとしながら、なんとなく左手でそっと右手首に触ってみる。

（……うおお……）

ぶよっと熱を持って腫れている感じが触っただけでわかって、瑛人は心底うんざりした。よく寝たはずなのに、治ってない。

歓路とアイスはこれを見てなんだかんだ言っていたのか。動かさなければさほど痛くはないが、まだ疼《うず》くような違和感がある。ちょっと転んだだけなのにこんなことになるとは……ドジ。間抜け。

腫れっぷりを目で確かめてしまったら余計に落ち込みそうな気がして、瑛人は頑なに手首を見ないまま、布団の中に深く潜った。

そして、それからどれほど時間が経ったのか、

（……まだ起きなくていいのか？）

もう一度目を開く。頭がぼんやりとする。

今まで自分が寝ていたのか寝ていないのかすら曖昧で、とりあえず時計を見て、

「えっ⁉」

ぎょん！　と一気に目が大きく開いた。あっという間に眠気も吹っ飛ぶ、朝八時。どうりで部屋が明るいと思った。とっくに家を出ていなければいけない時間だ。

寝坊、遅刻、やばい、皆勤賞が！　右手をかばいながら跳ね起きて、階段をダッシュで下りていく。

「あ、起きたの？　おはよー」

母親はのんきにテーブルにトーストなどを並べていて、

「おはよーじゃねえよ、なんで起こしてくれないの⁉　時間、もう間に合わないじゃねえかよ！」

ガキ丸出しに力いっぱい、母へ寝坊の責任転嫁を始めるが。

「……騒ぐんじゃない」

朝の爽やかな風景にはまったく似合わない、低い声。弾かれたように瑛人は振り返る。洗面所の戸口に、不吉な影のようにアイスが立っていた。じっと瑛人の方を眺めながら、

「あんた。今日は遅刻だから」

顔を指差してくる。その、黒ずくめの姿。

薄暗いところにそんな恰好でいるから、真っ白な顔がさらに白く際立って見えた。ア

イスの瞳の色は黒よりもだいぶ淡くて、綺麗なブラウンに透けている。その服は、歓路がロードワークに出る時に着ているややタイトな冬用のランニングウエアだった。ハイネックのファスナーを首元まできっちり上げて、ボリュームのある長い髪をところどころわざと崩したようなルーズなアップにしている。

「いや、遅刻だから……って言われても、まさに今、意に反して遅刻してしまいつつあるんだけど」

「手首。やばいのよ」

見ろ、というように顎をしゃくりながら、アイスはゆったりとした猫みたいな足取りで瑛人の前を通りすぎる。ふわふわとした髪が瑛人の鼻先をからかうようにくすぐっていく。母親からコーヒーのマグカップを受け取って、しれっとした顔でダイニングのテーブルの席につく。

話についていけない瑛人にも、母は「飲む？」とマグカップを差し上げてみせた。

「だから俺、コーヒー飲んでる場合じゃなくて、」

「いいのいいの。ママ、連絡しておいたから」

「は？　なに、連絡って」

「さっき先生に電話して、『ケガしちゃったので診察受けてから登校させます』って伝えたの。整形外科、開くの九時からだって。だからコーヒー飲んでる場合だし、とりあえず朝ごはん食べなさい」

「え⁉　そんな大袈裟な！　なんで勝手に決めるんだよ！　たかが捻った程度、わざわざ遅刻してまで病院なんか……わあー！」

振り上げた右手を見て驚いた。昨日湿布を貼った部分、手の甲の特に小指側半分付近が、見たこともないほどにパンパンに腫れ上がっている。寝る前はまだ指も動いたのだが、

「うおおすげえ痛い！　指が、うまく動かない！　なんだこれ、どうなってんだ⁉　明らかに悪くなってる気がする！」

見てしまった右手を腹に抱え、瑛人の動揺は収まらない。なぜだ。寝たのに。睡眠こそ最高の治療だと信じていたのに。

「ね。病院、行きたくなってきたでしょ」

「うん！　なってきた！　かなり激しくなってきた！」

「ママもびっくりしたわよ、歓路に『お兄ちゃんやばい』って言われて、布団はぐってそれ見てさ。うわー、って。もう絶対これおかしいって思って。だからすぐ、近くの整形外科調べて学校にも連絡したってわけよ。ねえアイス、驚いたよね」

コーヒーを飲みつつ、母の言葉にアイスもこっくりと頷いてみせる。

「ところでなぜうちの女性陣は、俺が寝込んでいるところになにも言わず入ってきて、

勝手に布団の中を覗くんだよ」

「女性陣だけじゃないわよ。高野橋さんも一回起きて、あんたの手首見て、病院連れていかなきゃだろーって言ってた。それにしてもあんた、全然起きないね」

「え、うそ。それいつのこと？　全然覚えてない、え、さっき？　何時ごろ？　俺一回六時ぐらいに起きたけど、そのときは全然、え、あれってさ、」

「……うるさい。いちいち騒ぐんじゃない、って言ってるの」

その声の低さ。テンションの低さ。アイスに暗い横目で睨まれて、う、と瑛人はつい黙る。

「歯磨き。したの」

「それは……まだだけど」

「してきて」

有無を言わせぬ、レーザービームみたいな強い視線。睨み付けられているというか、監視されているというか。それ以上本腰を入れて己のケガの大きさに驚くことも許されず、急かされるままに歯を磨きに洗面所に向かう。

右手はしかし力が入らず、歯ブラシがうまく持てなくて、左手で不器用に磨くしかない。洗顔も左手で、洗面台をびしょびしょにしてしまいながら済ませた。トイレにも行く。その間ずっと、見てしまった手首が恐ろしく疼いていた。ただの捻挫でこんなに腫れるものなのだろうか。とりあえず確かなのは、一晩眠るだけで治るような軽いケガではないということ。

居間に戻り、時計を見る。八時二十分。ちょうど始業時間だ。アイスの隣に座りながら、はあ、とため息をついてしまう。

「皆勤賞がこれでパーだ……」

部にも委員会にも所属していない瑛人が高校生活でもらえそうだった唯一の賞の可能性が、今、なくなった。結構本気で狙っていたのに。優等賞はもちろん無理だし、こうなったら残るは精勤賞のみ。うん、明らかにしょぼい。

母が用意してくれていたランチョンマットには、トーストの皿とカップスープ、コーヒーが並べられていた。これを左手だけでうまいこと食べるには、と体勢を思案していると、なぜかアイスが隣から手を伸ばしてくる。瑛人のトーストを掴む。

「あっ、ケガ人の食い物を！」

奪われた！　と一瞬思うが、

「……」

アイスは無言のまま、そのトーストを半分にちぎって、

「え、なに……？」

「……」

「いや、ちょっと……！　うそだろ……！」

「……」

瑛人の口元に差し出してくる。

おととい出会ったばかりの居候二号が、世に言う「あーん」を仕掛けてきたのだ。さすがに驚き、素直に口を開くのには抵抗があって、

「か、母さーん！　アイスがこんなことを、し、新婚みたいなことを俺にしてくるー！」

キッチンで洗い物をしている母親に救いを求めるが、

「あらよかったじゃない、右手痛いんでしょ？」

ちょっと振り向いただけで軽く流される。あははー、とかのんきに笑っている。

「痛いけどさあ！　でもやり過ぎだ！　俺はこんなの恥ずかしい！　母さんからもなんとか言ってくれ！」

「まあまあそう言わずに。アイスも心配してるのよ。ね、そうだよね」

うんうんと暗く頷きながら、アイスはトーストの端を瑛人の唇にぐいっと押し付けてくる。香ばしい耳のコーナーの部分を、無理やり上唇と下唇の間に捻じ込んでくる。そうしてそのまま力ずく、前歯と歯茎をぐりぐり擦るのだ。何が怖いって、その目が初対面の時と寸分たがわぬ冷たさなのが怖い。凍った無表情のまま、アイスの考えは瑛人に

は読めない。

「いや、ちょっと、まじでやめてく……ぐ！」

荒っぽいやり方に抗議しようとしたその隙をつかれ、口にトーストを押し込まれる。熱々のスープまでこの半分ぐらいをそのまま指で深々突っ込まれ、必死に顔を背ける。

このノリで口に流し込まれたら、整形外科だけでは済まなさそうな気がした。

「……もう、いいから！　自分で食えるから！　ありがとう！」

ランチョンマットごと引きずるようにして斜め向かいの席に逃げ、ようよう朝食を無事に食べ終えた。

二階に戻って制服に着替える。痛む手首をかばい、シャツやブレザーを着る時もそろそろと慎重に。ネクタイを結ぶのにもいつもより随分時間がかかってしまった。さすがに着替え中にはアイスも踏み込んでは来なかった。

その代り、「おっはー」とスーツ姿の父親が部屋を覗き込んでくる。出かける前にわざわざ二階に上がってきて、息子の手首が見たいらしい。

「うわ！　これはほんとに痛そうだな。ちょっと素人にはどうにもできない感じ」

「おはよう。これから母さんと病院行くけど、一緒に出る？」

「もう時間ないんだ寝坊しちゃって。しっかりお医者さんに診てもらえよ。じゃ、お先！」

父親は、どうやら本当に起こすのを忘れられていたらしい。忙しない足音を立てて、先に階段を下りていく。

月岡家には、昔から車がなかった。そもそも家には車を停めるスペースもない。住宅密集地であるこの辺りでは特に珍しいことでもなく、車を持っている家庭でも、月極めの駐車場を別に借りていたりする。ずっと昔から軒をくっつけ合いながら、小さな町にたくさんの家々が建っているのだ。

瑛人はコートを着てマスクをつけ、マフラーを左手だけで襟元にたくしこみ、玄関を出た。母親は自分の自転車を、そしてなぜか一緒に出てきたアイスは、瑛人の自転車を引いている。

「それ、俺のチャリ」

「貸して」

きょとんとしていると、ずっしり重いバッグを奪われた。アイスはそれを自転車のカゴに放り込む。そのまま三人並んで歩き出し、近所の整形外科に向かう。

「なぜアイスまで一緒に？」

母親に訊ねると、それが聞こえたのか、

「別にいいでしょ」

アイスは瑛人の自転車を引いて歩きながら、短くそれだけ答えた。歓路のウエアの上には、やはり歓路のベンチコートを着込んでいる。

中手骨骨折。

「はいここね。ぽっきり綺麗に折れちゃった」

整形外科の診察室で、レントゲン写真をペン先で指しながら、医者はそう言った。

にわかに信じられない診断結果に、瑛人は何度か目を瞬いた。瑛人の背後に立ったまま話を聞いている母親とアイスも、揃ってしばし無言になっている。ひどい腫れ方から軽いケガではないだろう、と覚悟はしていたが、さすがにこれは――骨折とは。まさか、と思う。たったあれだけのことで骨が折れるなんて。

医者が指し示している箇所を見れば、確かに手の甲に並ぶ小枝みたいに細い骨の一番小指側、手首に近い部分が斜めに折れている。

「こ、骨折……？　本当に……？」

「そうだな、三週間ぐらいかな。しっかり固定します」

「転んだ拍子にちょっと手をついただけなんですけど……」

「よかったね、折れ方がうまい。折れた端がほとんどずれてないよ」

「骨が折れてるなんて、そこまでの感じは自分じゃ全然……」

「手術とかも必要ありませんからね。お母さんもお姉さんも安心して下さい」

「あ、この人は姉とかでは……」

「右利きか。んーまあしばらく不自由だけど、そのうちすぐ元通りにくっつくから大丈夫。その制服、北高だね。卒業生たくさん知ってるよ。今何年？」

「二年生です」

「ああ、じゃあ本当によかった。受験生だったらこの時期かなり悲惨だけども」

瑛人がなにを言おうと、診断が覆ることはなかった。そんなの当たり前か。レントゲン写真という動かぬ証拠を前に、「そんな簡単に俺の骨が折れるわけがありません！」などと強弁しても仕方ない。

がっくりきた。ショックだ。このケガは三週間も治らないのか。いくら「よかった」とか「うまい」とか言われても、全然嬉しくないし救われない。

一人、瑛人は処置室に案内される。丸椅子に座らされ、右腕だけを台にのせられる。その時点ですでに悪い予感しかしなかったが、実際に始まったことは予感を遥かに上回っていた。ただでさえ痛いところをものすごい力でぐいぐい折り曲げられ、押さえつけられるのだ。たちまち涙と悲鳴が出た。「簡単な整復でーす」などと言われても、痛いものは痛い。簡単なんて嘘だろと思う。こんなに痛いことをするのに、麻酔的なものは本当に使わなくていいのか。世間にまいる骨折経験者は、みんな本当にこれを耐えたのか。というか人間は、ほんとにこんなにいたいおもい、を、してもい、いい、いいのだ、ろ、あ、あああー！

「いだいいだいいだいぃぃぃぃぃっっっ！」

「はい終わりでーす」

やっと痛めつけられ終わったと思ったら、そのままあれよあれよと言う間に小指と薬指を巻き添えに束ねられ、手の甲から手首まで覆うように固められてしまう。これでき手はしばらくまともに使えなくなってしまう。

会計を終えてやっと病院を出た時には、瑛人の右手はずっしりとした異物のようになっていた。どうだ、この、これにて一丁上がり感。どこから見ても立派な怪我人の出来上がりだった。

自転車置き場まで三人は無言のままで歩いてきて、しばし揃って佇んでしまう。重い空気の中、口火を切ったのは母親だった。

「骨折なんて……信じられない。ああもう、いやだもう、やっぱり昨日のうちに救急行けばよかったじゃない」

息子の怪我に、母もすっかりショックを受けてしまったらしい。会計の順番を待っている時から、しきりに瑛人の肩やら背中やらをさすろうとしてきて、今もまた「瑛人～」と抱き付いてくる。心配してくれる気持ちはわかるのだが、外だし、アイスもいる

し、高二男子としてはかなり恥ずかしい。身体を捻ってなんとか母の腕から逃れるが、

「ママ、今日はパート休もうかな……」

そんなことまで言い出す始末だった。それはさすがに、「そんな必要ないから」と瑛人もはっきりと断る。

「このまま俺、学校行くし」

「えー、今日はもうお休みしたら？　だって骨折だよ骨折。大変なことよ。骨が折れてるのよ、あんた」

「骨が折れてても授業は受けられるよ。母さんだって急に仕事休んだら職場の人に迷惑かかるだろ。俺なら大丈夫だって」

「そうだけど……でもママ、心配よ。それなら学校まで一緒についていく」

「そんなのいいよ、仕事行ってくれ。じゃあ、アイスに学校まで送ってもらうから」

アイスは、さっきからずっとなにも言わずに押し黙っていた。瑛人のバッグを付き人みたいに自分の肩にかけ、相変わらずの無表情をさらに暗く静かにしていたが、瑛人の言葉に頷いて、

「送っていく」

短くそれだけ言う。それを聞いて、やっと母親も、瑛人の方を何度も振り返りながら自転車でパート先へ向かって行った。「気を付けなさいよー！」とか繰り返し言ってい

るが、そんな母こそ前方不注意で危なっかしい。

自転車置き場に、瑛人はアイスと取り残された。病院は混んでいたし、なにより思ってもみなかった骨折の処置に時間がかかってしまったが、今から自転車で学校に向かえば四時間目の数学には間に合うはずだった。

「……とか言ってな。帰っていいよ、アイス」

アイスの透ける瞳が、音も立てずに瑛人の顔を見返す。

「母さんの手前、ああ言っただけだから。うちまでの道はわかるよな？　チャリは返してもらうけど」

自転車にいつも通りに跨ろうとする。が、ハンドルを摑めない。固められた手首が曲がらないのだ。どうしようかと思案しているうちに、アイスに再び自転車を奪われる。

まあ、どうせ乗れないならいいか。瑛人は徒歩で学校に向かうことに決め、左手でカゴからバッグを取ろうとするが、

「送るって言ったでしょ」

アイスはそれを押しとどめ、ゆるい速度でペダルを踏み込む。

「学校、どっち？」

「この通りを右だけど……でもいいよ、本当に」

「送る」

瑛人の言うことに構わず、アイスはバッグを人質にとってどんどん自転車を漕いで行ってしまう。瑛人はそれを追いかけるしかなく、慌ててその後について走り出す。これでは送る、送られる、というよりも、

「なんか、ボクサーとトレーナーみたいになってるんだけど」

アイスはさらにスピードを上げる。瑛人は固められた右手を揺らさないように気を付けながら走って必死に追いかけるが、

「ちょっと待てって！　速いよ！」

声をかけると、やっとアイスは止まってくれた。先に行き過ぎていたことに気づいたらしく、自転車から降りてしばらく待ってくれる。追いついた瑛人と並んで、自転車を引いて歩き出す。

「ていうか……本当に一緒に来てもらわなくても全然いいから、家に帰ってなよ」

アイスは再び自転車に跨った。そのまま立ち漕ぎで猛然と先に行ってしまう。「待て待て待て！」また追いかけて、無傷の左手でどうにかサドルを後ろから摑む。体重をかけて引き止める。

「わかった、わかった！　わかったから、置いていくのはやめてくれ！」

荷物全部が入ったバッグを、登校前に見失うわけにはいかないのだ。

「送るって言ってるの。素直に送られればいいのよ」

「はいはい……」

結局二人して横並び、歩けば三十分ほどはかかってしまう瑛人の学校へ向かった。

瑛人の骨折はクラスメートたちにちょっとした衝撃を与えたが、藤代《ふじしろ》と車谷《くるまや》をさらに驚かせたのはその日の帰りのことだった。

怪我を負った瑛人を心配したのか、二人も今日は放課後の勉強を取りやめ、一緒に帰ろうと学校を出た。

その校門を出てすぐのところに、アイスがいたのだ。瑛人の自転車に跨って、暗い目をして無言のまま、片手を小さく上げて見せる。下校する生徒たちの流れはいわゆるモーゼの海割り状態。男子校の門前に現れた黒ずくめの若い女を意識して、ちらちら振り返りながら左右に分かれる。

「……うそだろ」

まさか、迎えにくるとは思わなかった。驚いて瑛人はその場に立ち止まってしまう。自転車に跨ったまま、アイスは瑛人が近づいてくるのを待っている。車谷がそんな二人の顔をすごい速さで見比べる。

「えっ、えっ、えっ⁉ もしかして、あれって瑛人の関係者⁉ 二人はなに、どういう関係⁉　母ちゃんじゃないし、もしかして……えーっ⁉　妹かよ⁉」

「落ち着けい車谷！」

ふくよかな車谷の脇腹をずん！　と手刀で突き、藤代が眼鏡を捻り直す。

「勘違いだ愚か者。瑛人の妹ならば高一のはず。だがこの人は到底高一には見えなかろう。全身黒、身軽な様子、うむ……貴女はおそらく、どこかのくのいちなのでは」

したり顔の藤代をいかにもどうでもよさそうに見やって、アイスは「髪、なが」とか呟いている。

「……いや、この人は、なんていうか……うちの居候で」

瑛人の説明に、「居候だと⁉」「居候だと⁉」友二人の声がイントネーションまでぴたりと重なる。

「しかも、二号」

付け足すと、「二号だと⁉」「二号だと⁉」と再び奇跡の二重唱。仲良し二人は揃って仰け反り、大いに驚いた様子だった。

車谷は豊かな頬肉をぷるぷる揺らしながら、ぽん、とじじむさく手を打つ。

「そ、そういえば前に、親戚のおじさんが一緒に暮らしてるとかなんとか、確かに言ってたような気がするな」

「ああ。俺たちにはあまりにも関係のない情報だったから忘れ果てていたが……しかし二号か。なかなか、いいものだな。このくのいちめいた人と、瑛人は一つ屋根の下……うむ、さすがエロいな」

「おお、さすがのエロさだよ瑛人。進んでるっていうかなんていうか、置いて行かれちゃった感があるぜ」

「エロさと居候は関係ないから」

友人たちにからかわれている瑛人の肩から、アイスはバッグを奪い取る。自転車のカゴに放り込むと、そのまま素知らぬ顔でペダルを漕いで、男子三人の先へ行ってしまう。真冬の午後の陰りの中、濃い色の髪がふわふわと解けかけて風に踊っている。慌てて瑛人が走ってその後を追うと、なぜか車谷と藤代もついてきた。

「綺麗めだけどさ。ちょい怖いな」

小さくひそめられた車谷の言葉に藤代も頷いている。

「迫力がある。こう、ずしり、と鳩尾に重く響く視線だ」

瑛人もそれに深々と頷く。

「あんまりいないだろ、ああいう感じの人」

埋められている系というか、凍っている系というか――実は脅されて居候している系というか。通報されたら困る系というか。

「……あながち、くのいちっていうのもそこまで的外れじゃないかもしんねえ」

とりあえずなにか忍んでいるのは事実だろうし。

「でもいいな〜瑛人、うちから学校までこうやって毎日送り迎えしてもらえるんだ。治るまでずっと」

車谷の声が聞こえたらしく、アイスはちらりと後ろを振り向いた。クールな目をしてマラソン状態の男子高校生トリオを見やり、

「そうよ。ずっと」

と答える。ずっと、って。

前へ向き直るアイスの背中を、瑛人は思わず足を止めて見つめてしまう。結構重大な言葉のような気がするが、アイスはどこまで本気で発したのだろうか。「置いていかれるぞ」と藤代が振り返り、瑛人は慌てて再び走り出す。


家に帰ると、珍しくも高野橋さんは留守だった。

玄関に入ってきた瑛人とアイスを出迎える人はいなくて、家は無人、静まり返っている。瑛人は右手のギプスに気を使いながら、一苦労して手を洗い、どうにかうがいまで済ませた。この不自由があと三週間続くなんて、想像するだけで気が滅入る。

アイスが階段の下に置いたバッグを自分で持って、階段を上がっていく。部屋のクロ

ゼットからハンガーを片手で出していると、アイスも部屋に入ってきた。

ベンチコートを脱ぎ捨てて、「貸して」とハンガーを瑛人の手から奪う。そして背後に回り、袖にギプスの手首が引っかからないよう、うまいことコートを脱がせてくれた。

「あ、ありがとう……」

礼の言葉には無反応のまま、ハンガーをもう一つ出してきて、今度はブレザーを脱がせてくれる。脱がせた上着をひょいっとハンガーにかけるその動作は、妙にうまいというかなめらかで、板について見えた。そしてアイスは瑛人の正面に立ち、シャツの襟を立ち上げ、ちらりと目を合わせ、

「ひどい締め方」

呆れ声で呟く。ネクタイも外してくれるつもりらしい。至近距離で気恥ずかしいが、恥ずかしがっているのを悟られることはもっと恥ずかしくて、瑛人はされるがままになる。

オレンジ色の西日を浴びて、伏せた長い睫毛がアイスの頰に影を落としていた。その頰の輪郭も、ふわふわとした髪の輪郭も、光の加減で不思議なほど優しい銀色に縁どられている。

「……右手、動かすとやっぱり痛くて……」

沈黙が重くなる前に、喋ってどうにか空気を動かす。

「……ちゃんと結べなかった。朝。タイ」

「明日から私がやる」

「えっ！　いや、いいよそんなの！」

「やるって言ってるの」

しゅるっとネクタイを襟から外し、ブレザーをかけたハンガーに引っかける。

「次はシャツ。ボタン外せないでしょ」

「は、外せるし！　ズボン関係も自分でできる！」

黙っていたらこのまま服を全部脱がされてしまいそうだった。それはさすがに無理、耐えられない。慌てて拒否すると、アイスも繊細な男子心をわかってくれたらしい。軽く肩を竦めてくるっと背を向け、瑛人のクロゼットから適当なTシャツとジップパーカー、スウェットパンツを手に取り、

「これでいい？」

着替えを出してくれた、のか。「あ、うん」と頷くと、もう一枚長袖Tシャツを手に取って、「これ貸して」と。「あ、どうぞ」アコーディオンカーテンの向こうへ歩いていく。かちっと音を立てて、部屋が隔てられる。アイスも服を着替えているらしく、衣擦れの音が聞こえてくる。でも向こうは上をロンTに替えるだけ、瑛人の方は上下だし、しかも右手はうまく動かないし、

「きゃあああー！」

出てくるのが早すぎるアイスに、下着のケツを見られてしまった。悲鳴を上げながら必死に片手でスウェットパンツを引き上げる。そんな瑛人の様子をゆったりと眺め、

「……あんたの方が、よっぽど心配よ」

アイスは優雅な仕草で、鼻先にぱらりと零れてくる前髪をかきあげた。

「あんたは私のことを心配だとか言うけど。あんたの方が、ずっと危なっかしいのよ」

瑛人に向けられた眼差しは、とろりと流れる緩い液体のよう。

「一人でわあわあ泣いてたり。しつこく後をついてきたり。挙句に無理矢理居候させたり。しかもいきなり骨とか折っちゃうし。一体どうやってその歳まで無事に生きてきたわけ？」

「そう言われてもな……。まあ、さすがに骨折は生まれて初めてだよ、俺も」

窓の外に目をやって、アイスは無表情のままどこか遠くを見やる。その隙になんとか着替えを完了できて、瑛人はパーカーのジップをきっちり上まで上げる。セーフ。なにがセーフかは自分でもわからないが。

「私のせい、か」

骨折の話だろうか。

「とりあえず、そのケガに関していえば確実にそうだよね。私のせい。……あんな男、

どうでもよかったのに。ていうか、知らないのよほんとに、あんなヤツ」

「……あいつ、アイスを埋めた犯人なんじゃないの？」

ゆっくりと歩いて、アイスは瑛人のデスクの端に行儀悪く腰かけた。組み合わせた白い手の指先だけが、落ち着きなくトントンと関節のあたりを叩いている。

「わからない。覚えてないし、どうでもいいの。関係ないの」

顎を上げ、アイスは視線を尖らせる。睨むように、瑛人を見る。

「なのにあんたは話も聞かないで飛び出して、こけて、骨折って。なんなのよ。なにしてるの。どういうことなの」

「あんまり運動神経には自信がなくて」

「そもそも追いかけてどうしようと思ったわけ？」

「うーん、それが自分でもわからない。ミステリーだな」

「なに言ってんの？　バカじゃないの？　ほんっとに、あんたみたいなバカな子、見るの生まれて初めてかも」

冷たい視線を向けられながら、なぜかおかしくなってきて、「ふふふ……」とか瑛人は笑ってしまう。そんなことを言われるのこそ、自分は生まれて初めてだった。

「……笑ってるし……。なんなの本当に」

「これでも一応、ずっと優等生とか、いいこキャラでやってきたんだけどなぁって」

「私にはその方がミステリーよ。あんたみたいな、こんな変なバカなガキ……目の前で骨まで折られたら、さすがに逃げる気力もなくなるっていうの」

ベッドに座った瑛人を見つめて、アイスは低くため息をつく。瑛人が貸したTシャツの首元からは、真っ白いなめらかな肌がわずかに見えている。斜めに差し込む光の中、色のない埃だけが自由にゆっくり、アイスの上にも瑛人の上にも音も立てずに降ってくる。

「そもそもバカだなって思うのは、私を監禁しないところからだけど」

あまりに突飛なことを言われて、「か、監禁？」とつい訊き直してしまった。

「なんでいきなりそんな話になるわけ？」

「思いつかないのがバカの証。通報されたくなけりゃうちにいろって脅しても、私がこっそり逃げたら終わりの話でしょ。親の許可とってそれで安心して、あとは監禁するわけでもなく、どうしてあんたは私が大人しくずっと居候でいるって信じたの」

「……確かに、言われてみれば……」

その通りだった。

ただ、アイスには帰る場所なんかないのだから、と。瑛人はそればかり考えていた。だからとにかく脅迫してでも居場所を提供して、ここが安全だと納得させられれば、アイスを留めておけると思い込んでいた。

「私はね、あんたたちの脅しに乗ったフリして、適当なところで黙って出て行くつもりだった。そうしたら銭湯に行くって話になって、じゃあひとっぷろたかってその後にでも、って思ってた。あんたの妹に捕まってなければ、帰り道の途中でさりげなく消えて、それっきりのはずだった」

「そしたら、俺がこけて……」

「そうよ。痛そうな顔してるあんたを見て、さすがに責任感じたの。私のせい、っていうか、私がいなけりゃこんなことにはならなかったのに、って。だからせめて一晩ぐらいは大人しくいてやろうかと思ったら、骨折っていうでしょ」

「……なあ。我ながらびっくりだけど」

「だから、治るまではここにいてあげる。送り迎えもしてあげるし、ネクタイもやってあげる。あんたが嫌でも、今は私がそうしたいって思ってる。高校生に重傷負わせてそのまんま、とか、さすがに寝覚めが悪いのよ」

「でも――」

治ったら、じゃあその後は？

しつこく聞こうとしたその時だった。階下から玄関のドアが開く音が聞こえてくる。

ただいまー、と声が響く。

「おっと、歓路だ。うがいと手洗いさせなきゃ。言わないとあいつ、やらないから」

ひとまずアイスを部屋に残し、歓路を出迎えに降りる。歓路は瑛人が思った通り、うがいも手洗いもせずに玄関から居間に直行したらしい。まだバッグも下ろさず、コートも着たままで、いきなりこたつに入っていた。「おかえり」と瑛人が声をかけると、

「あっ、骨折した人だ！」

つけたテレビのリモコンを、怪我人デビューした兄に向けながら騒ぐ。電源をいくらオンオフされても、さして愉快なリアクションはできない。

「知られていたか、俺のこのしょうもないザマを」

「ママから緊急通信が来たから！　びっくりしたよ〜、手首のどこらへん？」

「中手骨の五番っていうのがぽきっといったらしい。折れ方がうまいって褒められたけど」

「ひゃあ！　しゅうちゅこちゅかぁ！」

「中手骨」

「うん！　ちゅうこししゅ！　あたしも知ってる！　うちの部の先輩が前に折ってた！　試合になかなか勝てなくて、不甲斐ない自分自身に憤って、うおおぉ！　って泣きながら部室の壁を全力パンチしたら折れたんだって！」

「かっこいい折れ方だな、女子高生……」

「壁ももちろん無傷ではないよ。拳の形に今も割れたまま、嘆きの壁って呼ばれてる」

「……それに引き換え俺なんか、コケた自分の下敷きになっただけでこんな……」

「コーチがね、その壁を直さないのはバカの見本にするためだって。八つ当たりでてめえがケガする奴はバカそのものだからって」

「そのごもっともさ、容赦ねえ……」

だらしない猫背に丸まりながら、歓路は顎で「ん！」と、こたつの上に置いた白いビニール袋を指し示す。なんだろうと中を見ると、煮干しが一袋入っていた。パッケージに曰く、『おやつにぼし』だそうだ。

「あたしからお兄ちゃんにお土産です。骨が折れたらにぼしを食べましょう。起き上がりにぼしっていうしさ」

「おまえ……！」

アホでもなんでも、こんなふうに気遣いしてくれる妹はかわいいものだった。つい微笑みが零れてしまう。じわっと速攻で目にも沁みる。なんて優しい妹なんだろう。

「ありがとうな。俺、食うよ。わしわし食う」

「ところで居候は〜？　一号も二号もいないじゃん！」

「一号はどこだろう、出かけてるみたいだな。二号は部屋にいるよ」

「そっかぁ。二号はいるのか、よかったねお兄ちゃん。一号はなんなら永遠にお出かけでいいけどな」

「ところでおまえ、手は洗ったのか？　まだ洗ってないだろ？」

「えへ！　まだだよ〜ん！　外寒かったんだも〜ん！　こたつだ〜いすき！」

こたつの天板を抱えるようにして、歓路は嬉しそうにすりすりと頬ずりしている。ミカンを見つけて、なぜか頭の上に乗せ、

「あたしミカン王！」

「いいから手を洗え。うがいもして来い。な、ほら、そんな柑橘類なんかを嬉しそうに頭に乗せてないで。コートも脱いで」

「でもこのミカンは脳みその一部なのです。外すと中身が垂れます」

「そりゃ大変だな。じゃあそのまま洗面所に行け」

そこに高野橋さんが帰宅してきた。珍しく瑛人が出迎える方になる。

「おかえり」

「ただ……うおお⁉　エイト、おまえその手首……！」

父親のお下がりのダウンを脱ぎながら、高野橋さんは瑛人を見て激しく仰け反る。

「おっと。気づかれちゃったかな」

「当ったり前だろ⁉　めっちゃくちゃ大仰なことになってんじゃねえかよ⁉　えっ、えっ、やばくない⁉　ギプスだろ⁉　もしかして⁉　まさか⁉　か、ら、のぉ⁉」

「そう。まさかの骨折。中手骨っていうのが折れてるって」

「はああーっ⁉　骨折て⁉　うっそだろ⁉　最っ悪じゃねえかよ！　見せてみろ！」

「いたいいたいいたいいたい！」

右腕を荒々しく持ち上げられる。そのまま高野橋さんはチッ、と舌打ちをし、

「くっそ、まじか……あの野郎……」

などと言う。どこか遠くを睨むような目。瑛人のケガを、アイスのせいだと思っているのかもしれない。

「いやいや、誰のせいでもないから」

転んだ自分が悪いのだということは、自分が一番わかっている。しかし高野橋さんはまったく納得いってなさそうで、歓路の頭から荒々しい手付きでミカンを奪い、皮を剝いて一口で頰張る。手も洗っていないのに。

「あー！　あたしの脳みそが食われたー！　くそっ、返せ！　あたしの外付け脳みそドライブを返せ！　試験前になんてことしやがるこの外道がぁ！」

こたつから抜け出すなり、歓路は高野橋さんに綺麗な大外刈りを食らわせる。高野橋さんは回転しながら床に倒されて「ふご！」とか言っている。

こんな身の上になった今、乱暴な二人の争いには巻き込まれたくなかった。瑛人はそそくさとさりげなく、おやつにぼしを摑んで階段を上がり、部屋へ戻る。

アコーディオンカーテンは半分ほど開いていた。その向こうで、アイスは布団を敷き、

昼寝を決め込むつもりらしい。瑛人からは、だらっと脱力して伸びる下半身だけが見えている。

「アイス。歓路、帰ってきたよ。そのうち着替えに上がって来ると思う」

そっと声をかけると、低い声で「うん」とだけアイスは答えた。

片手で机に教科書やノートを広げて、瑛人は勉強を始めるつもりだった。歓路はまだ上がって来ない。階下からは「てめえ！」とか「ドブス！」とか、猛々しい大声が聞こえている。やがてアイスの寝息も、かすかに聞こえ始める。

不自由な右手を見下ろして、瑛人はしばし眉を寄せた。授業中からわかっていたことだが、右手が使えないと勉強するのはかなり難しいのだ。親指を使えばシャーペンを握れなくもないが、いざ字を書こうとすると痛みが走って、力を入れることができない。思考力にも影響なしとはいえない。

参ったね、などと独り言を呟きながら、しかし瑛人は自分がなぜだか微笑んでいることにも気づいていた。心は安らかで、どんなことがあってもそれほど悪いことには思えない。不思議に焦りも感じなくて、苦しくもないし、つらくもない。なぜこんなに楽でいられるのか、自分でもわからない。おやつにぼしのパックだって左手と前歯だけで簡単に開けられた。

しかしただ一つ、静かに凪いだ瑛人の脳裏になおも頭をもたげてくるのは、あのコンビニの男の件。

部屋の仕切りの向こうへそっと目をやる。投げ出されたアイスの足が見える。あんなヤツ関係ない、とアイスは言い切ったが、本当なのだろうか。逃してしまった以上、瑛人がいくら考えても答えはわからないのだが。

＊＊＊

責任を感じている、といったアイスの言葉に嘘はなかった。

冷たい無表情やふてぶてしい態度は相変わらずだったが、それでもアイスは本当に毎朝ちゃんと起きて、瑛人の食事を助け、ネクタイを締め、ブレザーを着せてくれ、コートも着せてくれた。

登校するのに自転車で付き添い、下校する時には校門まで迎えに来た。六時まで自習室で勉強するといえばちゃんと六時に現れたし、すこし遅れても黙って待っていてくれた。

顔を何度も合わせるうちに調子に乗り始めた車谷と藤代に「くのいち姉さん」とか呼ばれても、それを無愛想に放っておきながら、瑛人から二メートルも離れようとはしなかった。利き手がギプスになってしまった瑛人のために、荷物は全部運んでくれた。

学校から自宅への道すがら、母親から買い物を頼まれて、瑛人を連れてスーパーに寄ることもあった。買い物のために多少の金を預けられても、そのまま持ち逃げなんてこともしなかった。瑛人の病院にもついてきて、長い待ち時間にあからさまな不機嫌ヅラになりながらも、ずっと同じソファの傍らに並んで座っていてくれた。

そうして何日にも渡って、アイスは月岡家の家族みんなと本当に仲良く楽しく……とまではいかないか。アイスは多分、誰に対しても、陽気に楽しさを振り撒くようなタイプではない。でもそれなりの距離感で、アイスなりに馴染み、仏頂面で居候生活を続けていた。アイスが家にいる日々がこんなにも平穏に続くとは、瑛人自身も予想していなかった。

ある日、母親の帰りが遅れて、アイスが夕食を作ってくれたこともあった。メニューは歓路がリクエストした親子丼。果たしてテーブルに並べられた料理は、まるで店で出てくるような見事な出来栄えだった。味噌汁もお浸しも即席漬物も、全部がびっくりするほどおいしくて、月岡家の面々が勝手に抱いていたアイスの印象は大きく変わった。どれだけとはいえアイス本人は、すこしも自分の料理に満足している風ではなかった。どれだけみんな（高野橋さんを除く）に褒められても、冷えた無表情を崩しはしなかった。

アイスは昼間、寝たり、掃除や洗濯を手伝ったり、瑛人の迎えの時間まで適当に過ごしているらしい。高野橋さんはアイスと二人で家にいるのが嫌なのか、いつも昼前にぷいっとどこかへ出かけていって、日が暮れるまで戻ってこないという。そういえばこのところ、瑛人がアイスと帰宅しても、高野橋さんが出迎えてくれることはなかった。

「あの男、なんなの」

アイスが訊ねてきたのは、いつもと変わらない帰り道のこと。

「高野橋さん？　あの人は親戚だよ。父方の」

「それは知ってる。そうじゃなくて、人としてなんなの、どうなのっていう話」

もう十二月もとっくに後半、期末試験直前。日の落ちた空は暗く、下の方から夜の黒さが浸みてきている。冷えた空気は乾ききって、向かい風は斬りつけてくる刃物のよう。今日の自習は五時までにして、瑛人は友人たちと別れ、アイスと二人で家へ帰る途中だった。

「なんで。なにかあった？」

「さっき、あいつが玄関から出かけようとしてるところにたまたま遭遇したんだけど。別にこっちは気にも留めてなかったのに、いきなり『見てんじゃねえ』とか怒鳴られて、鼻かんだティッシュ顔面に投げつけられた」

高野橋さんがいかにもやりそうなことで、瑛人はつい笑ってしまったが。アイスは本気で腹を立てているらしく、いつにも増して冷たく凍ったような表情をしている。いかにも憎々しそうに、薄い唇を歪めて言う。

「あいつって普通に人格破綻者でしょ。妹にはやたら闘争的なのに、あんたへの態度だけ妙に甘いのも変だし。どうしてあんたんち一家は、あんなわけわかんないヤツを好き勝手のさばらせてるわけ」

「いや、確かに変わった人だけど、そんなに悪くいうほどのもんじゃないって。歓路と俺への態度の違いも理由あってのことだと思うし」

「理由ってどんなよ」

自転車に跨って、アイスは両足で地面を蹴って進む。瑛人はその横に並んで、自分の足で歩いていく。家までの道のりはあとおよそ三十分。特に急ぐ必要もない。高野橋さんを擁護する言葉を探しながら、瑛人は真冬の夕の青く凍る空をちょっと見上げる。

「俺の勝手な考えだけど、高野橋さんが歓路にあんな感じなのは、ただもうひたすら、『こいつを異性として見ることは永遠にない』ってアピールじゃないかな」

「誰に対して？」

「親とか俺とかみんな。世界中に対して」

そうすることで、高野橋さんは恐らく、ある種の信用を自ら引き寄せようとしている。少なくとも瑛人はそう思っているが、本人に聞いたら否定されるだろう。俺は何にも考えてない、ドブスだからドブスをドブスと呼んでるだけ、とか言って。

アイスはしばし考え込むように眉を寄せていたが、やがて白い息を小さく吐く。ほんの少しだけ横顔の表情を緩める。納得してくれたのだろうか。

「そして俺にだけ甘いのは、俺がかわいそうだからだよ。同情してくれてるんだよ」

「同情⁉」

今度ははっきり、納得いかなかったらしい。驚いたように目を見開いて、瑛人の顔を見上げてくる。

「あんたに、あいつが？　まさか！　あっちの方こそかわいそうで、あんたに同情されていい立場でしょ。何年もずっと居候状態で、金なし家なし仕事なしとか……まあ私も今は、人をどうこう言える立場じゃないけどさ」

「でもそうなんだよ。そもそも高野橋さんがずっとうちにいるのは、俺のためなのかもしれない。高野橋さんがうちにいてくれると、俺、なんか寂しくないんだよ。俺がそう思ってるのがわかるから、いてくれてるのかも。かわいそうだと思って同情して、とにかく俺を甘やかしたくて」

「だからなんでよ。そんなわけないでしょ」

「そんなわけあるんだ。俺、養子だから。家族の中で俺だけ本当は他人だから」

「え」

アイスの脚が、いきなりぴたりと止まる。ハンドルを握ったまま、本当に凍ってしまったみたいに瑛人を見上げて固まる。相当驚かせてしまったらしい。しまった、と思う。

微妙な話題を考えなしに、ひょいっと披露してしまった。そりゃアイスも驚くだろう。申し訳ない。でも別に秘密にしていたわけじゃなく、今まで特に話す機会がなかったから話さなかっただけなのだ。そんなに大層なことではないのだ。

そう思うのだが、アイスが衝撃を受けている様子に瑛人も飲み込まれてしまい、そのまま二人して黙り込んでしまう。でも「出生の真実をついに告白！」みたいな重々しい雰囲気に突入するのは絶対にいやで、

「あのさ……とりあえずここ、道の真ん中だから。とりあえず、前進しない？」

瑛人はできるだけ普通の表情でアイスを促す。アイスはぎこちなく頷いて、再び地面を蹴り、瑛人が歩くのと同じ速度で進む。しかしなにも言ってくれないし、聞いてもこない。瑛人もなにを言えばいいのかわからない。二人の間の沈黙は果てしなく気まずくて、白々しく違う話を始めてもそう簡単には打破できなさそうだった。それならいっそ、自分から核心に触れてしまおうか。

瑛人はちょっと咳払いし、腹を決め、改めて口火を切る。

「その、俺が養子という件、だけど」

低い声でぼそりと「メールの件名かよ」とアイスが呟いてくれて、多少は気が楽になった。

「俺は小さい頃に引き取られて、月岡家の子になったんだ。俺を養子にした時、歓路は

まだ赤ん坊だった。乳児抱えて、さらに他所の子まで育てようとか、普通はあんまり思わないはずだけど」

「……あんたんちの親が変なのは、その頃から始まってたんだ」

「まあ、そういうこと」

ちょっと笑うと、やっと肩から力が抜けた。

古い記憶がふと蘇る。はっきりと色も鮮やかに、覚えているのは夏の季節だ。家の中にいて、扇風機が回っていて、外からは選挙演説の声が聞こえていた。

布団には、赤ん坊の歓路が寝かされていた。そっと覗きこみながら、息をするのも恐ろしかった。自分の息で歓路を起こしてしまわないように、瑛人は両手で口を覆って、いつまでもいつまでも眺めていた。小さくて、弱々しくて、どうしようもなくかわいくて――その妹がやがて鋼の肉体を持つようになるなんて、あの頃は思ってもみなかったけれど。今や腕っぷしでは負けるかもしれないなんて、信じられないけれど。

「聞いた話だと、俺の本当の親は、若いシングルマザーだったんだってさ。ありがちな話だよな。とても俺を育てられるような状況じゃなかったんだって。だから俺を置いていったんだって」

「本当のお母さんのこと、覚えてないの？」

瑛人は首を縦に振り、マスクを顎までずらした。自分の口元から立ち上る、白い息をぼんやりと見つめる。

「でも、夢を見ることはある。本当の記憶なのか、安直な想像の産物なのかはわからないけど。暗いところで俺は誰かに抱っこされてるんだ。まだ小さくて、なんにもわかってないって設定で、でもその人の肌の感じとか、あったかさとかは妙にリアルで。俺のことを守るみたいに大事に抱えてくれてるのだけは、はっきりわかる」

「……それ、ただの夢じゃないでしょ。本当のお母さんの記憶なんだよ、きっと。あんた覚えてるんだよ」

「同じこと、前に高野橋さんも言ってたな」

「うわ。まじかよ」

「ほんと。今日はこっちの道から帰らない？　ちょっと遠回りだけど」

いつも通る最短ルートではなくて、公園の外周を通る静かな道を行きたい気分だった。アイスは無言でハンドルを傾けて、瑛人が行く方についてくる。この道は暗いけれど、冬でも葉を落とさない木々が歩道の上まで枝を伸ばして、通る人を冷たい風から守ってくれる。

「高野橋さんに今の夢の話をした時、それはきっと本当の記憶だ、って。母親に抱っこされてた時のことをちゃんと覚えているんだ、おまえの母親は本当はおまえのことを手離したくなかったんじゃないか、って」

「あの無職が」

「うん、あの無職が。俺はなんか、嬉しかった。本当にそうだったらいいなって単純に思った。アイスがさっき同じこと言ってくれた時も嬉しかったよ」

どんどん暗くなってゆく空の下、ゆっくり進むアイスの横顔だけがほの白く光って見える。

「……俺、信じたいんだよな。俺の生みの親には、なにかどうにもならない理由が……たとえば経済的な事情とか、悪い彼氏に従わざるを得なかったとかさ、そういう感じのことがあったんだって。本当は俺を手離したくなんかなかった、でも若くて無力でどうしようもなくて、どうにもできなかっただけなんだって。本当はいつまでもああやって、俺を抱っこしていたかったんだって。いつまでも一緒にいたかったのに無理矢理引き離されて、きっとずっと、今も悔やんでるはずなんだって。傍にいたくて、いられないのが無念で……だから、なんだろう。こう……おばけみたいなものになって俺を見ているはず。そう思っていたくて……でも」

言いながら、続くその先を見失う。

（……あれ?）

自分で自分の言葉が不思議だった。なにを言っているんだ俺は。

おばけって——それこそ、ずっと恐れていたものじゃないか。ずっと消そうとしてきたものじゃないか。自分はずっと、おばけの視線に怯えていたはずだ。

(でも、おばけがいるはず、見ているはず、そう思いたがっていたのは……)

俺?

他の誰でもない、自分自身が、おばけの存在を求めているのか? おばけの存在を、むしろ確かめたがっていたのか?

(いや、俺はおばけを消したかった。ていうか、そもそもくまが悪いんだよ。くまが存在することが俺はとにかく許せなくて、ぶち殺してやった。そうしたらおばけが出てきた。俺はおばけを消したくて、くまをまた殺さなくちゃと思って……って、なんだそれ?)

おばけは視線だ。自分を見張る者だ。おばけにくまを殺す自分を見せると、どうしてそれでおばけが消える?

かわいそうなくまは、現実には自分と生みの母親をつなぐたった一つのアイテムだ。そのくまの存在が、自分を不安に駆り立てる。

くまを殺すと、おばけが出る。

おばけは、くまを殺すと消える。

なぜか自分はそう思ってる。

(でも本当は、おばけというのは母親の無念で、俺はそれが『ある』と今も信じたくて……）

でも――そうだ。それはあってはいけないのだ。おばけなんかいちゃいけない。

現実に存在して物理的に攻撃できるくまを殺す姿を自分のおばけに見せながら、アピールしていたのだろうか。俺はくまなんかいらない。くまの存在は許せない、と。

（……本当の親なんかいらない。本当の親の存在なんか許せない）

見てろ、くまなんかぶっ殺してやる。必要ないと証明してやる。おばけは消えろ。

（見てろ、俺と母親の絆なんかぶっ壊してやる。必要ないと証明してやる。俺をどこかで見つめている母親の想いは消えろ）

――でも、おばけがいてほしいと思っているのも消せない事実だ。

（このアンビバレンスはなんなんだ？）

呆然と、瑛人はアイスの存在も忘れ、不思議な思考の底に沈む。

自分は母親の無念を信じたがっている。自分と無理矢理に引き離された母親の想いが、自分への愛が、今もすぐ傍にあると信じたがっている。おばけになって自分を見つめる目が、いつも傍らにあると感じたがっている。

『本当のおまえを知っている』

それは、母親の言葉だ。

『おまえはもうすぐ爆発する』

それも母親の言葉だ。

『だって、えいとのそばに、ままはいないから』

——悲しい。寂しい。傍にいたい。本当は一緒にいたかった。おばけの言葉はそのまま、瑛人が信じたがっている母親の言葉だ。心の底に染み込んで、いまや瑛人自身の言葉でもある。

でも、実際には生みの親の愛なんて、今の自分には必要ない。今の家族に愛されていて、自分はなんでも持っている。それなのにそんなものまで欲しがるのなら、そんなにも強欲な振る舞いをするなら、そういう奴は「わるいこ」だ。そんな「わるいこ」は、いつかなにもかも奪われる。今あるもので満足できないなら、じゃあいらないってことだから。そういう理論ですべて壊され、ゼロに差し戻されるのだ。それは怖い。今あるものは何一つ失えない。そんなの絶対に耐えられない。

ああ、だからか。

「あんた、ぼーっとして……大丈夫？」

だから、自分はいつもずっと焦っていたのか。おばけを信じながら、信じた自分ごと、おばけを否定しなければいけなかったから。否定し続けなければ、今ある幸せがなくなると恐れていたから。

おばけにいてほしい。おばけを消したい。そんな自分と自分とでずーっと、追いかけっこをしているような状態だった。心の中は常に全力疾走で、休むこともできずにいた。走って走って走り続けて、溜まった否定のエネルギーで、今にも破裂しそうだった。何年も誰にも言えず、一人で抱えて、ずっと、ずっと――

「ねえ、ちょっと。どうしたの？」

アイスが顔を覗き込んできて、低く訊ねる。それに頷いて、なんとか答えた。

「ごめん。大丈夫」

「……昔のことを考えるのは、つらい？」

「大丈夫」

なんとか笑えた。

「恨みとか、憎しみとか、そういう感情はないから。ほんとに。ただ……難しいもんだなって。それに事実はもう変えようがないし」

くまを殺して、おばけを生んで、おばけに怯えて、またくまを殺して。くまを埋めて。くまを探して。おばけを信じて。愛着をこの手で終わらせながら、それでも本当はしがみつきたくてたまらなくて。自分の中の不合理が、引き換えになにかを奪われるという形で清算される時が来ることにひたすら恐怖を感じ続けて。

「……ははは……」

――疲れた。本当に、疲れた。自分が疲れていることにも気付かずに、一人で走り続けていたうちはよかったのだ。気付いてしまって、これからも、自分はうまくやっていけるのだろうか。いいこでいるのは本当に難しい。

今、瑛人の頭の中で結びつけられつつあるいくつかの事象は、多分アイスにはうまく伝わらない。固められた右手は髪をかきあげることもできず、ポケットにも入れられなくて、居所が定まらない。コートの袖口で、アイスには見つからないように目元を擦ることぐらいしかできない。

「あんたはさ」

アイスが前を見て、低い声で言うのが聞こえる。

「あんまりにもめちゃくちゃな、あんまりにもなんにもない私に、本当のお母さんを重ねたのかな」

思いもよらない言葉だった。

「え？　それは……いや、どうだろう……？」

アイスの方を見る。

ふわふわの長い髪。整った造りの、小さな顔。すこしも優しくなどないアイス。冷たく凍った、氷の女。母性的なものを重ねてみるには若すぎる気がする。冷たすぎる気もする。でも、アイスが自分の意識の中で重大な位置を占める存在になりつつあるのは事実だった。出会ったばかりなのに、あまりにもアイスは自分にとって特別だ。異性としての魅力に引き寄せられているのとも違うと思う。もっと安らかで、もっと静かで、もっと深くて、そして——なんだろう。とにかく不思議だ。謎だ。意味不明だ。いっそ、そんなアイスの「謎」そのものに、自分は引き寄せられているのかもしれない。

「そうかもよ。そう考えたら、私にもちょっとはあんたのことがわかる気がする。あんたは、無力でかわいそうだったお母さんをどうにかしたかったのかもしれない。本当は、お母さんを、助けたかった。……時を超えてでもね。だから私のこと『放っておけない』って、あんなに何度もしつこく言ったのかもしれない」

土の中で冷たい指が、自分の手を探り当てた時のことを思い出す。強く握られて、あの瞬間、なにもかもが繋がった。繋がって、助けて、助けられた。

時も場所もすべてを超えて、アイスは自分を見つけたのだ。そして自分も、アイスを見つけた。置き去りになんかできなかった。放ってなんかおけなかった。どうにかしたくてたまらなかった。なんだってやった。骨まで折れた。失ったものを、手離してしまったものを、そうして取り戻したのか。アイスもなにかを、あの土の中で取り戻すことができたのだろうか。そうならいいけど。

紫色に透けながら、凍てつく空が暮れていく。この空の下のどこかで、くまは死んで、埋められている。アイスの命と引き換えに、二度と掘り返されなくて済む永遠の終わりを得て、二つの目を今はきっと閉じている。

「……どうかな。そうかも。違うかも。……わかんねえ」

「私は、あんたを置いてったりしない」

急に自転車から降りて、アイスは片手でハンドルを掴んだまま、瑛人の正面に回り込んだ。瑛人の目線から何センチか低い位置で、冷たく凍った瞳が静かに瞬いている。冬の空を映した綺麗な色で、瑛人をじっと見つめている。

「泣いてるあんたを見つけたら、私はきっと何度でもこうする」

ゆっくりと片腕が伸びてきて、いきなり背中を抱き寄せられた。言葉もなしに、触れたところから声を感じる。大丈夫？　大丈夫？　瑛人も返す。大丈夫。大丈夫。俺は大丈夫。爆発なんてしないでいられる。こうして繋がっていれば大丈夫。

鼻先が柔らかな髪の中に埋まって、瑛人は強く目を閉じた。薄い、華奢なアイスの肩に、安心しきって顎をのせる。噛んだ奥歯の間から泣き声が少しだけ漏れてしまったが、アイスは知らんぷりでそれが止まるのを待ってくれている。その沈黙は、温かくて、優しい。いつもは冷たいアイスなのに、今だけはいつもと違った。

「……で、何度でも言うのよ。もう帰ろうって」

ふっと離されて、瑛人は濡れた目を開く。アイスは淡く笑っていて、また自転車に跨る。ペダルを漕ぎ出してどんどん先に行ってしまうので、瑛人は慌ててそれを追いかけた。

＊＊＊

あんな態度は、ただの気まぐれだったのかもしれない。

突然知ってしまった瑛人の身の上に、同情してくれただけかもしれない。

でも、もしかしたら、アイスはずっと傍にいてくれるのかもしれない。そういう気持ちになったのかもしれない。

アイスの真意はわからないが、そのことを考えながら、瑛人の気持ちは安定していた。もうくまを探す必要もないし、自分で自分を否定するために追い回して、焦り続ける必要もなかった。

なにも奪われていない。なにも失っていない。爆発の時はいまだ来ない。永遠に来ない気さえする。

手首の骨折はもちろんまだまだ治らない。

勉強にも支障をきたしたが、期末試験では右手が不自由な瑛人のために特別措置をとってもらえた。別室で、通常は五十分の試験時間を六十五分に延長してもらえたのだ。

その結果、二学期の成績は一学期とほぼ変わらなかった。ひどい下降を予想していただけに、それで十分嬉しかった。自分の位置に、満足していた。

冬休みが始まっても、アイスはまだ家にいた。高野橋さんは、相変わらず、昼間はどこかへ出かけていた。

4

ハロウィンの終了後から、街の景色は右肩上がりに「クリスマス感」の濃度を高めていた。それが今や限界値に近づきつつあって、明日とあさってが濃度のMAX。クリスマス本番の二日間が過ぎたら、今度は「お正月感」でおめでたく塗り替えられるはずだ。来年の今頃は、受験のことしか考えられなくなっているだろう。キラキラと輝く商店街の飾り付けの下を歩きながら、瑛人《えいと》は小さく息をついた。

きっとあれこれ悩んで目の前は真っ暗、センター試験までの日々を指折り数えて心もドス黒。今の三年生たちのように、ゾンビと化していることだろう。ただでさえ自分はメンタル弱めにできているし。

首を巡らせ、辺りを見回す。並木にかけられた電飾は無数に瞬く星のようだ。買い物客の頭上を斜めに走るブルーの光は、流れ星のよう。交互に飾られた赤と緑のフラッグ。金銀のモール。松ぼっくりのリースに、昔ながらのサンタとトナカイ。どこもかしこも、きらきら、ぴかぴか。二十四日も二十五日も特に予定なんかないけれど、輝く街の景色を眺めているだけで、気分は浮き立ってしまう。

ちょっと立ち止まって、瑛人はスマホを取り出した。イルミネーションを撮ろうとしたのだが、左手だけではうまく操作できなかった。仕方なくスマホはしまい、代わりに目で見て、記憶に焼きつけようとする。来年の分まで存分に、クリスマスの煌びやかなムードを体内に取り込んでおこうとする。

「なにしてるの」

少し先を歩いていたアイスが振り返り、呆れ顔で瑛人を見た。

「そんなとこでぼーっとして、ジャマくさい。ちゃんとついてきて」

顎をしゃくって、また歩き出す。その後を瑛人は言われた通りに急いでついていく。

午後五時過ぎの商店街は人出が多く、騒がしい喧噪の隙間を乾いた風がすり抜けていく。冬休みに入ってから、東京の寒さは一層厳しくなった。インフルエンザも流行り始めているとかで、瑛人はしばらく家に引きこもっていた。今日は母親に買い物を頼まれてしまい、仕方なく外に出てきたのだ。支度をしている瑛人を見て、アイスは「あんた一人じゃ荷物持てないでしょ」などと言って、一緒に来てくれた。

先を歩くアイスの片手には、パンやら野菜やらの入ったビニール袋。もう片手には箱ティッシュのパックと液体洗剤。一つに結んだだけの長い髪をベンチコートの背中でゆらゆらと揺らし、人の隙間を縫っていく。瑛人は左手に米袋だけ。だけ、と言っても、五キロだが。確かに一人で、というか左手一本で持てる量の買い物ではなかった。母はなからアイスを荷物持ちの数に入れて、瑛人に買い物を頼んできたのだろう。

　遠く上空を飛行機が飛んでゆく。見上げてわずかに目を細める。そういえば藤代《ふじしろ》は終業式のすぐ後に、地球の裏側で仕事をしている父親のところへ一人で行くといっていた。中学生の頃から何度も行っていて、長時間の窮屈なフライトにもすっかり慣れたらしい。その世界が広い感じは単純にかっこよく、また羨ましく思えた。瑛人には海外旅行の経験はないし、予定もない。今時そんなの、クラスでも少数派だ。修学旅行も沖縄だった。父親は海外にいくような仕事じゃないし、息子の見聞を広げるために留学させなきゃ、なんて思いつくタイプの家庭でもない。

　今年の冬休みも、月岡《つきおか》家は例年通り特になにもしない。歓路《かんろ》の部活が忙しいせいだ。歓路は今日も早朝から学校にいっているし、年が明ければ試合もある。さすがに娘一人を置いては旅行にもいけない。予定といえば、せいぜい年始に千葉の親戚の家を訪ねるぐらいか。高野橋《たかのはし》さんはついてこないし、アイスもくるわけないだろう。

　瑛人は本当ならば今頃、車谷《くるまや》ともう一人別の友人とともに、有名予備校の冬期講習に通うつもりでいた。しかし右手を骨折したことで、結局キャンセルしてしまった。ギプスはひたすら鬱陶しく、痛みこそだいぶマシになってきたが、文字を書くのがまだつらい。こんな気が散る状態で、決して安くはない費用をかけて講義を受けるのはもったいない気がして、今年は大人しくひきこもりでいることにした。

この冬休みは、瑛人にとって、本格的に受験態勢に入る前の最後の充電期間だった。もちろん今も毎日勉強はしているけれど、いうなれば、自由に勉強できるラストチャンス。来年の春からは自由なんかない。ペースも気分も関係なく、ひたすら前進、ひたすら攻撃の日々が始まる。なんのためにとか、なにがしたくてとか、そんなことを立ち止まって考えている暇すらもうなくなる。

そんなことをつらつら考えながら歩いていると、

「あ！　いけない！」

アイスが突然足を止めた。くるりと振り返り、「買い忘れた！」と。

「なにを」

「にぼし！」

「え、うそ。まだあったじゃん、一袋」

「さっき全部食い尽しちゃった！　もうストックなし！」

「なに⁉　じゃあもう一回スーパーまで戻らないと！　にぼしなしじゃ今夜は越えられないぞ！」

「ああ、私としたことが不覚……」

瑛人とアイスは二人して、歩いてきた商店街の通りを決然と戻っていく。

前に歓路が買ってきてくれたおやつにぼしに、今、二人はすっかりはまっていた。あれなしではなにをしていても口さみしく、勉強にも集中できない。ガムでも飴でも代用できず、他のメーカーのにぼしでもだめだ。あの、おやつにぼしでなくてはだめなのだ。切らせばあの味のことしか考えられなくなる。あれなしではもう生きられない身体になってしまった。

先にはまったのは瑛人で、アイスは当初、そんな瑛人を「猫かよ」などと気色悪がっていた。しかしそのうち、あんまり瑛人が夢中になっているのを見て「そんなにうまいの?」と自分も摘まむようになって、「まあ、身体にはいいよね」を経て、「なんかクセになってきた」も経て、「やめられない……!」に至った。そうなのだ。そうなるのだ。あの深みのある味、嚙むほど染み出る旨み、硬い歯ごたえ。おやつにぼしなる食品には、一度はまれば誰も抜け出せない、えもいわれぬ依存性があった。

自分のスペースで、瑛人は机に向かって勉強しながらにぼしを貪り食う。その隣、歓路のスペースで、アイスも布団でゴロゴロと読書などしながらにぼしを貪り食う。それがここ数日の常態と化していた。家族の中での評判はよくない。自分たちはにぼしを食い始めて以来、明らかに生臭いらしい。歯を磨いても言われたので、もはや口だけの問題ではなく、身体全体からにぼしの生臭さを発してしまっているようだった。瑛人は試しにアイスの肩のあたりを、了承を得てくんくん嗅いでみた。確かににぼし臭かった。

自分のにおいも嗅いでもらうと、「あんた、にぼし臭い」とアイスも言った。

歓路は部屋がにぼし臭に侵されていることに気が付いて、対抗するようにミカンばかり食べていた。段々と顔色がオレンジがかってきているが、本人は全然気にしていないらしい。ミカン王にも高い頻度で即位している。頭のミカンは王冠で、かつ外付けの脳みそだという。意味がわからない。しかもその脳を自らもぐもぐ食べてしまい、「ミカン王！　新しい脳みそよ！」などと言いながらまた乗せているし、また食うし。ますます意味がわからない。歓路の言うことの意味など、わかろうとした時点で負けなのかもしれない。

ブームのにぼしの生臭さに、柑橘の甘ずっぱさがわずかに入り混じって、今、月岡家の異臭はただならぬ状態だった。ちなみに瑛人のギプスも臭い。

初診から一週間が経った頃、整形外科で一度巻き直してもらったのだが、それでも全然、思いっきり臭い。ギプスの隙間に鼻をつけて内部のにおいを嗅いでみると、自分の仕事ながらいい出来栄えだった。風の便りで「ギプスは臭くなる」と聞いてはいたが、まさかこれほどとは。ひょろっとどこか植物的な自分でも、ここまでの高みに到達できるとは。

一度、冗談半分に「ほい」とギプスを母親の鼻に押し付けてみたら、「いきったカブトムシ」という具体的な指摘の後に問答無用で張り倒された。同じことを父親にしてみたら、「野良犬の敷物」と囁きボイスで評された。

右手はそんな感じ。かつ、ボディはにぼし。それが今の月岡瑛人がもつ、戦闘力のすべてだった。

「ねえ。あれ見て。あの店知ってる？」

アイスが顎をしゃくって見せる。商店街の一角、暖簾をかけた小さな間口の店の前には、十人近くの人々が大人しく塀に沿って並んでいた。

「なに、ラーメン屋？　あんな店、前はなかったのに。気が付かなかったな、いつできたんだろう」

歩道にはみ出た看板に、ワイルドな筆の太字でいくつかメニューが書いてあった。

「へえ、濃厚にぼしスープ、だって。ノーマルにぼ、チャーにぼ、激にぼ、ばかにぼ……ばかにぼ？」

「こんな半端な時間なのに並んでるってことは相当人気あるんだ」

「うまいのかな。うまいんだろうな。この並びっぷりだし」

「にぼしだし。にぼしと聞いたらもう黙っていられないよね」

「細胞の大半がいまやにぼしに置き換わってるほどだからな。なんなら俺たちの肉体からかなりいいにぼしスープ出るよ」

「出るね。ちょっと食べてみたくない？」

「ちょっとどころの騒ぎじゃねえよ、相当激しく食ってみたいよ」

「あ、でもあんたその手じゃ……」

「フォークさえあればいけると思う。まあ、かなり恥ずかしいけど。こ、こいつ！　そこまでして！　って感じが」

名残惜しく、歩く速度を落として行列の脇を歩いていく。店の前を通りながら、つい二人して鼻をくんくんさせてしまう。空気中ににぼしを感じる。超、にぼし。濃い香りは強烈で、灰色に濁るにぼしエキスの雲の中をつっきっていくような気分になる。

「骨折、いつ治るの」

「まだまだ。ギプス取れるのも年が明けてからだって」

「にぼしは効いてる？」

「さあ、どうなんだろう。カルシウムは十分摂れてる自信あるけど」

「にぼしのカスが骨の間にみっちり詰まって、隙間が埋まっていく気がしない？」

「なにを歓路みたいなことを……。まあ、たとえ効いてなくてもしばらくやめられそうにはないな。今、完全に中毒状態だから」

ふっふっふ、とアイスが肩を小さく揺らして笑っている。同感、なんて思っているんだろうか。

まだ治らなくていい、とか、実は思っていることは悟られていないだろうか。にぼしを食って治りが早くなるなら、むしろ効かないでほしいと思っていることとか。

「……さっきの店のこと、父さんに教えてみようかな。ラーメン好きだし、じゃあ今度家族みんなで行こう！　とかノリで言い出すかも」

今度、なんて先のことを言いながら、瑛人はさりげなくアイスの表情を窺ってみる。家族みんなで、とか、人数の中にも入れてみたけれど。どう思っただろう。さっきの薄い笑いなんか数秒で掻き消えて、今のアイスはもういつもと同じ、冷たく澄んだ聞き流しモードでいる。

この手が治ったら、アイスはどうするつもりでいるのだろうか。骨折が治る「まで」はここにいる、とアイスは言った。でもその後には、あんたを置いていったりしない、とも言った。

アイスの考えはわからない。わからないまま、でも訊くこともできず、時だけがどんどん過ぎていく。瑛人はアイスがいる暮らしに慣れきって、いなくなった後の日常なんか想像できなくなっている。本当はどこの誰なのか、名前すらも知らないで、こんなにも近い存在になってしまっている。

――ずっといてくれればいいのに。

そうはっきりと口にしてしまったら、拒絶されるかもしれない。あっさりと「そんなわけないでしょ」とか言われてしまうかもしれない。それが怖いから、またなにも言えなくなるのだ。ただこうやって時を重ねては、「でもこれだけ一緒にいたんだから……」などと、いつか誰かに反論するための証拠集めをしているような気分になってくる。

六時を過ぎても高野橋さんは帰らなかった。

壁の時計と握った長ネギを見比べて、母親は瑛人に訊ねてくる。

「パパ、今日は早めに帰ってくるって言ってたけど、ごはんの支度どうしよう？　もう作り始めていいのかな？　高野橋さんはどこ行ってるの？」

瑛人にも居候の行き先はわからない。

「さあ。俺が休みに入ってからも、毎日出かけてるんだよな。どこに行くのか訊いてもはぐらかされるし」

ダイニングテーブルの瑛人の向かいで大きく夕刊を広げながら、アイスが口を挟んでくる。

「パチンコとかじゃないの」

もちろんさっき買ってきたにぼしを食っている。瑛人も手を伸ばし、同じ袋からにぼしを食っている。

「でもお金もないのよあの人。本当に、どこでなにしてるんだろう」

携帯も持たない（持てない）高野橋さんの行方は知れない。このところ毎日、昼近くなってから起きてきて、なにかすこし腹に入れるなり、ふらっと家を出ていってしまう。それがお決まりの行動パターンだった。帰ってくるタイミングは三時だったり五時だったり、その日ごとに違う。それでも夕食に間に合わないことは一度もなかったが。

これまでは、瑛人の学校が休みに入れば、高野橋さんはしつこいほどに「遊ぼう遊ぼう！」と毎日大騒ぎしていた。瑛人はいつも捕まえられて、プロレス技をかけられたり、しょうもない冗談につき合わされたりして、一人この家でゆっくりできる時間などほとんどなかった。今年の冬休みもいつも通りにそうなると思っていた。

「もしかして、真面目に仕事探す気になって、ハロワに通いつめてるとか？」

「それなら別に行き先を隠す必要もないと思うの」

母は膨らませた片頬を、ネギの青い部分でつんつん自ら突いている。その姿はアホっぽいが、言っていることはもっともだった。「女っていう可能性は？」と、アイス。瑛人は首を傾げてしまう。

「それはない、と思うけど」

高野橋さんは、決して見ていられぬほどのブサイクなどではない。むしろ、顔立ちはかっこいいと言えるかもしれない。でも職がない。金もない。自分の家もない。親戚の家に居候中で。今時ネットも繋がっていない。連絡手段もない。そんな男と交際してもいいし、お金なら自分が全部出す。などという女性がそうそういるものだろうか。いたとしても、行動半径が極めて狭い高野橋さんと、そうそう都合よく出会えるものだろうか。

考えながら、瑛人はギプスで固めた右手に顎を乗せる。

「パチンコ説、ハロワ説、女がいる説……どれも今一つ説得力ないよな。あの人、なんでもありなようでいて、意外となんにもなしなんだ。夕飯の時にでも、ちょっと真面目に訊いてみようかな」

「そうよね。ちょっと心配だし。本人が答えたくないっていうならしょうがないけど。とりあえず夕飯、作り始めようっと」

「ド健康な成人クソ野郎一匹つかまえて、心配もなにもないと私は思うけど。なにか手伝うよ」

にぼしを奥歯で妙にかっこよく噛み締めながら、アイスはすらりと椅子から立ち上がった。母親とキッチンに並んで、夕食の支度を一緒に始める。

「成人クソ野郎って、そんな、うふ！　さすがにその言い様は悪いわよ、うふふ！」

「すげー笑ってるし……今日のメニューはなに？」

「ネギと豆腐と油揚げとサトイモと豚肉を鍋で……ふふふ！　一匹って！　ふふふ！」

「うわ……笑い方が息子とそっくり」

「ふふふ！　じゃあとりま、ネギ切ってくれる？」

「とりま。とりま、とか言うんだ。この四十五歳。四捨五入すりゃ……」

「ちょっと！　軽々しく四捨五入しないでくれる⁉　ていうかなんでママ、年齢バレしてるんだろう」

「情報は漏れるものなのよ」

骨折息子はお役御免、このギプスでは台所仕事の手伝いはできない。瑛人はアイスが読んでいた夕刊の向きをくるっと自分の方に向けて、その面の続きから読み始める。


夕刊をすみずみまで読み尽した頃、歓路が部活から帰ってきた。玄関まで出迎えて手を洗わせ、うがいもさせる。外はとっくに真っ暗で、完全に夜になっていた。

歓路は着替えに部屋へ上がって、そのまますこし寝ていたらしい。ややあって「こたつ、こたつ……」と呻きながら居間に降りて来ると、念願のこたつにずっぽり埋まり、ミカンの皮を頬に貼りつけたまま再び意識を失った。

やがて大鍋いっぱいのおおざっぱな煮物が出来上がって、ごはんも炊けた。漬物の小鉢もこたつに並ぶ。アイスが手早く作った大根とパプリカのサラダは見るからに色鮮やかでうまそうだった。

父親からはさっき電話があって、もう駅から歩いてきているらしい。五分もすれば家につくだろう。

「瑛人。そろそろ歓路起こして」

「はいよ。おい歓路、夕飯だぞ。起きろ」

パーカーのフードをかぶったまま、歓路は完全に熟睡していた。肩を摑んで揺り動かしても目を覚ます気配はない。アイスもそれを覗き込んできて、

「あーあ、今日も朝早かったから。相当疲れてるんじゃないの」

口では優しげなことを言いながら、おもむろに瑛人のギプスの右手を摑む。それを、

「そら！　起きろ！　メシなんだよ！」

寝顔の鼻先にむぎゅっと押し当てる。その途端、

「……ぶあ⁉」

歓路の呼吸器が異音を上げた。両目を見開き、身を起こす。鼻をしきりに手の甲で擦って、

「ぶあ〜ん！」

いきなりフルパワーで涙を噴き出し、泣き始める。

「あたし今、怖い夢みた〜！　お兄ちゃんが障子をぶち破って全裸で思いっきり飛び出してくるの〜！　うお〜い歓路〜って、すっげえ笑顔なの〜！　しかも両手にでっかい

生魚持ってるし超いや〜！　超こえ〜！」

「どんな悪夢見てんだよ……ていうか、俺のギプスのにおいで急激に覚醒するんじゃねえよ、失礼な……」

「そしてそこは北海道で、牛小屋がめらめら燃えていて、牛たちは糞を蹴散らして逃げ惑い、火災の原因はポテトチップが腐ったせいで、でも北海道は持てるんだよ〜！　だって取っ手がちゃんとあるから〜！　そういうネタをテレビで見たよ〜！」

「ああ、あの取っ手な。あれは渡島《おしま》半島。いいか、こう、二股になってるだろ。日本海に面するのが松前半島。太平洋に面するのが亀田半島だ。わかるか？」

「あたしには亀田三兄弟の親父も三兄弟ってことしかわからないよ〜！」

「マニアックなことわかってんな」

しかも三男坊〜、とまだおいおい泣きながら歓路はコタツから這い出してくる。台所の隅に置いたダンボールからミカンを掴み出し、その場でむしゃむしゃ食い始める。ちっ、とアイスがそれを見やって舌打ちする。

「今から夕飯だって言ってるのに。案外、こいつもメンタルに闇があるんだよな……うわ、ノールックで二個目いきやがった」

玄関のドアが開く音がして、「ただいまー」と父親の声が聞こえる。ネクタイを緩めながら、居間をひょいっと覗きこんでくる。「おかえりなさい」と母親とアイスの声が揃う。

「いいにおいだな、今夜はおでんかな？　鍋？」

「おかえり父さん。今夜のおかずは謎の煮物だってさ」

「なにそれ、なんでおかずに謎の要素が？　ていうか歓路はなんで台所で泣いてるの？」

うわ、口の中がミカンぐじゅぐじゅ

「ぱっ、ぱぱっ、おっ、おがえりだざい！　ぶへぇえ！」

「いいから早くそのぐじゅぐじゅを飲めよ……なに、おまえたちけんかでもしたの？」

「してない。俺のギプスが臭くて泣いただけ」

「ああそれは泣くわ」

わかるわかる、目に沁みるよな、などと呟きながら、父親は、着替えをしに出て行く。

母親は味噌汁をお盆でコタツに運んでくる。

「ほら歓路！　いい加減にあんたも寝ぼけてないで手伝ってよ、みんなのごはんよそって！」

「いい、私がやる。ちょっとそこのミカン王。あんたはごはん、どれだけ食べるの」

「マ、マウンティーン！　マウンティンほどー！」

アイスはなにも答えず、歓路の茶碗に山ほどごはんをよそってやる。おじさん丸出しのスウェットの上下に着替えた父親が居間に入ってきて、コタツの定位置に座る。

「そういえば居候一号こと高野橋さんがいないじゃない」

箸立てと茶碗をお盆で運んできながら、アイスが冷たく言い放つ。

「あいつは行方不明よ」

「え、うそ。じゃあ帰ってくるの待とうよ。やっぱ夕飯は全員揃って食べたいじゃない」

コタツに戻り、他の誰のメシより山盛りの自分のメシを見つめていた歓路が、突然きりっと醒めた顔を父親の方に向ける。寝ぼけ終わったらしい。

「ところでパパ。あたし、なんで泣いてたんだろう」

「瑛人のギプスが臭かったからだって」

「ところでパパはいつの間に帰ってきたんだろう」

「ついさっきだよ。ってわけで、みんな。高野橋さんの帰りをもうしばらく待ってやろうや。居候が一人だけ冷めた飯ってかなり悲しい図だしさ」

それもそうかな、と瑛人も思った。食事用のスプーンを自分の箸置きにおいて、しかしもう盛り付けられてしまったごはんや味噌汁はどうするんだろう、と母親の顔を見た。まさにその時だ。

玄関のドアが荒っぽく開かれた音がした。そして靴を脱ぐ、というか蹴り散らかしたような音。廊下を猛然と歩いてくる重い足音が近づいてきて、居間のドアが開く。高野

橋さんが現れる。その顔を見るなり、とっさに、

「……いや、違う！　これは違うんだ！　まだ始めてない！　みんな食べないで高野橋さんの帰りを待とうって話になってたよ！　先に食っちゃおうとなんか誰もしてないから！」

つい瑛人が言い訳がましく喚いてしまったほど、そして家族みんなが「そうそう！」と頷いてしまったほど、高野橋さんの様子は尋常ではなかった。

ていうか――メシとか、そんな場合でも、もしかしたらないのかもしれない。なにか異常な事態が進行中なのかもしれない。

高野橋さんは居間に大股で踏み込んでくる。

父親のお下がりのダウンを着た姿は出て行った時と変わらないが、中に着たトレーナーの襟首は見てわかるほどだるんだるんに伸びている。その胸元には茶色っぽい、あまりにも不穏な飛沫がシミになっている。髪は乱れ、この季節なのに汗かなにかで濡れてこめかみに貼りつき、

「みなさん、こちらに構わずどうぞ楽しくお食事続けて下さい！」

嘘くさい笑顔を浮かべている。でもその両目は異様な光を帯びて、見たことないほど鋭く吊り上がっていて、

「てめえだけこっち来い」

アイスを手招く。作り笑いが掻き消えている。

手招くその手の拳には、べったりと濃い赤の液体がついている。

「……高野橋さん！」

あれは——気が付いた瞬間、瑛人は叫んでいた。あのぬらつく赤いのは血だ。絶対にそうだ。

「エイトはいい。てめえだけ来いっつってんだよババア」

アイスは危険を察知した野生動物みたいに動きを止めた。無言のまま高野橋さんを睨み返している。父親と母親は口を半開きにして、高野橋さんとアイスを交互に見やる。歓路は瑛人の袖にぎゅっと摑まって、怯えたように目を見開いている。みんななにも言えない。どうすればいいのか、多分誰にもわからない。

瑛人は歓路の手をそっと剝がし、痺れたようになりながら立ち上がった。

「アイスに話があるなら、俺も聞く。一緒に聞く」

アイスと高野橋さんの間に立って、壁になるように脚を踏ん張る。なにが起きているのかまったくわからないが、ほぼ確実に、ハッピーなことではない。望ましくない事態が始まる予感だけははっきりとある。高野橋さんは、アイスに、なにか悪いことをもたらそうとしている。

「おまえはいらねえ」

「いや、アイスに関係する話だったら俺にも責任が、」

「いらねえっつってんだよ！」

一喝とともに妙に柔らかいものを投げつけられた。顔に当たる。痛くはないが衝撃で目を閉じてしまい、顔が横向きになる。

その目を開いて、正面に向き直って、そして、

「……あ……」

——見た。瞬間、凍りつく。

あれは、あれは俺の、俺の……喉が戦慄く。引きつけるように息が肺に吸いこまれ、叫び声など出ない。強張った顎がガクガクと震える。目の前に、脳から噴き出たような黒くて冷たい飛沫が広がる。

瑛人の顔に投げつけられ、居間の床に落ちたもの。それはビニール袋だ。口が開いて、中から汚いものがはみだしている。

泥に塗れて、引き裂かれた顔。はめ込まれた二つの黒い、丸い目。

——どうしてくまが、今ここに。

土の下に埋められて、静かな眠りを得たはずだったのに。その目は闇の底で永遠に閉ざされ、凍っているはずだったのに。

歓路が立ち上がる。操られているような妙な物腰でくまに歩み寄り、拾い上げる。そ

れを見ながら、瑛人はなにも言えない。麻痺したように動けない。息もできない。

「お兄ちゃんのくま……」

　くまの死体は妹の手の中から、ぐったりと仰け反って瑛人を見ていた。歓路も瑛人を見ている。なんで、とでも言いたげだった。なんでこんなことしたの？

　でも、なにを答えられようか。妹に説明できる言葉など見つからない。父親と母親が、今どんな顔をして自分を見ているかも確かめられない。幸せな暮らしを与えられながら、実の親との繋がりにも狂うほど執着していたその証が、今、ここに出現したのだ。そんなのないふりで今日までうまくごまかしてきた瑛人の欺瞞が、裏切りが、今、ここに晒された。なにも言えず、なにもできず、ただ立ち竦む身体は震えて止まらない。

「こっち来いって言ってんだよ！」

　高野橋さんの手がアイスに伸びる。問答無用に結んだ髪の根元を摑み、そのまま戸口の方へ引きずっていこうとする。アイスが甲高い悲鳴を上げる。

「とっとと出てけ！　今すぐ出てけ！　てめえみたいなわけわかんねえのを引き入れたのがそもそも間違いだ！　エイトの前から消えろ！」

「痛い！　やめてよ！」

「消えろ！　てめえなんか早く消えろ！　いなくなれ！」

高野橋さんはアイスの髪を摑み、そのまま戸口の方へ放り投げる。アイスは壁際に倒れ、床に顔から落ちた。「アイス！」母親が走り寄るのを高野橋さんは片手で押し返し、起き上がれないアイスの身体をさらにキックでドアの外に蹴り出そうとする。

「な、」

やっと声が出た。跳ねるように瑛人も高野橋さんに飛びつく。

「なにしてんだよ⁉　なんでこんなこと⁉」

「うるせえ黙ってろ！」

夢中で胴体にしがみつくが、右手は使い物にならない。左手と肩と顎だけで必死にぶら下がる。その隙に父親がアイスをかばうように背に隠し、「ママと歓路は上に行ってなさい！」と叫ぶが、「パパー！」なぜか歓路はその父親にしがみつくし、母親は高野橋さんのダウンの背中を「こんなことしちゃだめよ！」と引っ張っている。瑛人は腹を膝で蹴られながら、それでも離れずに喚く。

「なんでアイスにこんなことすんだよ⁉　こんなのおかしいだろ⁉」

「おかしいのはこの女だ！　それに、てめえもだよエイト！　訊きてえのは俺の方だよ！」

髪を摑まれ、「ぐっ」上を向かされる。猛り狂って充血した目で、高野橋さんは瑛人を見ている。

「てめえは、なにしてやがんだよ⁉　なんであの女とてめえのくまが、同じところに埋まってたんだよ⁉　説明できんのかよ⁉　してみてくれよ⁉」

振りほどかれないようにしがみつくので精一杯、瑛人はなにも言えない。なぜそれを知っているのかとも訊けない。アイスは顔を押さえて上半身を起こし、「大丈夫⁉」歓路が支えようとするが、「そんなのに構うんじゃねえ！」高野橋さんは叫んで歓路のフードを後ろから掴んで引き剝がす。「やめなさい！」父親に正面から両腕を掴まれて、それでも足ではアイスにさらに蹴りを入れようとしている。瑛人は無我夢中、高野橋さんの下半身にしがみついてそれを止めようとする。

「やめろってば！　もうやめてくれよ！　なんで、なんでこんな⁉」

「やめねえ！」

上半身では力比べみたいに、高野橋さんと父親は腕を引っ張り合っている。

「俺は、エイトが車に引っかけられてケガしたんだと、思ってた……っ！」

父親を思いっきり真横になぎ倒し、ダウンごと脱ぎ捨てて母親も振り払い、

「ふざけんじゃねえ、って！　一瞬だけ見えたナンバーと車の色、頭に叩きこんで、」

高野橋さんは顔を引き歪めながら瑛人の襟首を上から掴む。吊り上げられる。首が締まって息が詰まるが、しかしこの手は離すものか。

「だからずっっっと、探してたんだよ！　どこのどいつかしんねえが、見つけて半殺しにするつもりだった！　コンビニ辺りを張ってたら、今日だよ！　見つけて、車降りた

ところふんづかまえて、こないだの覚えはあるかって聞いたら——ええ⁉　この女、」

歯を剝き出して指さしたのはアイス。アイスは肩で息をして、高野橋さんを睨み返している。

「この女を、知ってるんだってよ！　なあ⁉　そうだってなあ⁉」

「……あんな奴知らない！　関係ない！」

「嘘つくんじゃねえよ！　ふらふらしてたから声かけたらついてきたっつってたぞ！　車の中で白目むいて小便漏らしやがったって！　酒かクスリか、とにかくそのまま死んだと思ったってよ！　そいつも調べられちゃやばいモン満載、マッハで河川敷のゴミ捨て場に運んで女を埋めたんだって！　そうしたら埋めたはずの女が生きて動いてる、覚えられてちゃまずいから逃げたって、なあ⁉」

ついに瑛人も振りほどかれて、背中から床に転がった。「瑛人！」母親が叫ぶ。高野橋さんの独壇場は終わらない。

「それ、事実だよなあ⁉　そいつにゴミ捨て場ってとこまで連れて行かせて、俺、てめえが埋められてたってところ、見たからなあ⁉　そしたらなにを見つけたと思う⁉　くまだよ！」

床に転げ落ちているくまを指さす。

「あれはエイトには大事なもんなんだよ！　この世でたった一つの、あいつの宝なんだよ！　なんでてめえなんかが関わってる⁉　てめえ一体何者なんだ⁉　なんか狙いがあってエイトに近づいたのかよ⁉　てめえがあのくまをあんなふうにしたのかよ⁉」

「くまなんて、本当に知らないってば！」

「まだそんな嘘、このアマ、」

「俺だよ！」

目を閉じたまま、瑛人は叫んだ。

「くまは俺が、自分でやったんだ！」

くまがすぐ近くで見ている。聞いている。嘘はもうつけない。

「アイスが埋められるずっと前、俺が自分でやったんだ！　アイスがそこに埋められたのは、きっと俺がくまを埋めたところにシャベルを立てといたからだ！　俺が、自分でくまをぶっ殺したんだよ！　めちゃくちゃにして埋めたんだ！　前からやってた！　ずっと前から何度もやった！」

「……は？」

高野橋さんが、ゆっくりと瑛人を見下ろす。

「……うそだろ？　あの女をかばおうとしてんのか？　だっておまえが自分の意志で、あんなことするわけねえ」

「俺の意志だよ。うそじゃない。俺が一人でやっ」

言い終わるより早く、頬を張り飛ばされた。耳を掴まれ、引き据えられる。

「ふざっけんじゃねえ！　なんでそんなことしやがる⁉　なんでそんなことできた⁉」

「……そうしないと、生きていけなかったからだよ……！　悪いかよ⁉」

叫び返して、涙が滲む。痛みのせいか、秘密がばれたせいか、高野橋さんが狂ったせいか、アイスが埋められていた経緯を知ってしまったからか。自分ではもうわからない。

「俺はくまを殺さなきゃ生きてなんかいられなかった！　それにあそこはゴミ捨て場なんかじゃなかった！　絶対にそうじゃなかった！　誰かが勝手に踏み込んで壊したんだ！　俺の場所だったのに！　俺の場所だったのに！　俺の場所だったのに！」

割って入ってくれた父親の足元で、瑛人はさらに叫んだ。

「苦しいんだ！　つらい、もういやだ、うっとうしい、むかつく、いたい！　うるさい！　知らねえ！　いらねえ！　俺は本当はこんな世界、全部嫌いだ！　ずっとずっと嫌いだった！　ずっとずっと、納得なんかいってねえ！　俺の分だって証拠がねえ！　俺のもんだって言えるもんがねえ！　俺のがねえ！　なんにもねえ！」

もう自分でもなにを言ってるのかわからない。息ができない。高野橋さんも泣いていて、

「……くまさんは、おまえのだろ⁉」

「こんなもんいらねえ！」

「おまえの傍に、いてもいいだろ⁉」

喚きながらさらに瑛人に殴り掛かろうとしてくる。くま「さん」？　などと突っ込む隙も当然ない。父親に至ってはもう眼鏡もどこかに飛んでしまっていて、それでも裸眼で高野橋さんを羽交い絞めにしようと試み、簡単に振り払われる。高野橋さんは泣き声でさらに叫ぶ。

「くまさんはなんにもできねえよ！　喋らねえ、泣かねえ、動かねえ！　どんなになにかしたくても……ただいることしかできねえ！　おまえと一緒にいることしかできねえ！　それなのに、なんでだよ⁉　ただいることすら、それすら許されねえのかよ⁉」

左右、二発をまともに食らった。口の中に血の味が広がる。瑛人は逆上して高野橋さんの服を掴もうとするが体勢を崩し、そのままあっさりマウントを取られる。

「くまさんは、俺があげたんだ……！」

熱い滴がぼたぼたと、雨のように顔に降りかかる。

「エイトはまだちっちゃいから、一人じゃいられないから、だから俺の代わりにそばにいてくれって、俺が……！」

首を押さえつけられ、身動きが取れない。苦しい。

「離せ、よ……意味、わかん、ねえ……！」

「手を離した後、俺は何度も振り返ったよ！　おまえはくまさんを抱えてた、何度も何度も振り返って確かめたよ、エイトは一人じゃない、エイトは大丈夫だ、俺が、俺がいなくても……」

うわあああああ！　と叫ぶ声は、歓路だった。

「お、お兄ちゃんを、あたしのお兄ちゃんを、いじめるなぁぁぁっ！」

ソックスも脱いで裸足のグリップ、全力で高野橋さんに体当たりをかます。一直線に食らった本気の突撃にはさすがに耐えきれず、高野橋さんはまたがっていた瑛人の上から思いっきり弾き飛ばされた。歓路ともつれながら勢いよく壁際まで転がっていく。

「ごめん瑛人！」

その間に割って入ったのは母親だった。顔をぐしゃぐしゃにして泣いていて、

「ごめん、ママたち、嘘ついた」

瑛人の腹にその顔を埋めるようにしがみついてくる。

「ママたちみんな、怖かったんだよ。歓路が、『お兄ちゃんがくまをどこかに連れて行って隠した』って言ってきて、その時になにかのスイッチが入った気がしたの。この家の中で作ってきた世界が壊れて、瑛人がどっかに行っちゃうような、誰かに連れて行かれちゃうような気がしたの。……ママだって、ずっと怖かった！　ママの分だってずっと叫びたかった！　瑛人はうちの子、ママの子だって叫びたかった！　だからあんたにとって絶対的な、くまさんよりも揺るがない絶対的な存在を、家の中に置かなきゃって

思ったの！　だから高野橋さんに来てもらったの！　親戚ってことにして、居候ってことにしてって、頼んだの！　瑛人の傍にしばらくいてくれって……ごめん。いつか言うつもりだった。もっとちゃんと……こんなふうにじゃなくて」

「し、」

初めて見るような気持ちで、瑛人は壁際に這いつくばっている高野橋さんを見た。

「んせきじゃ……ない？」じゃああの男は、雷に撃たれて倒れた木のようになっている
あの人間は、誰なんだ。絶対的な存在ってなんのことだ。

高野橋さんも瑛人を見ている。顎を震わせ、顔色を赤黒くし、目を見開いて息を荒げている。泣いているのか、笑っているのか、怒っているのか、悲しんでいるのか。その表情からは判別できない。

「……おまえは二歳になる前で、俺は八歳だったらしい。俺は自分の歳も知らなかった。学校にも行ってなかった。世の中の隙間に、落ちたみたいに生きてたんだよ」

ほんの一メートルほどしか離れていないのに、高野橋さんの声は、どこか遥か遠い世界の果て、見えないほど深い闇の底から響いてきたように瑛人には聞こえた。

「俺たち、兄弟だよ」

――うわ、と。

反射的に、瑛人は目を閉じた。待ってくれ。いやだ。受け入れられない。わからない。

くまは高野橋さんを見ている。なにも言わずに、静かにじっと。

「俺たちには親はいねえ。父親もだし、母親なんかもっといねえ。死んだよ。死んだって思ってりゃ気分もマシだよ」

聞きたくない、と思った。この話は聞いちゃいけない。知ってしまったら知る前には戻れない。でもこの壊れた右手では耳を塞ぐこともできない。

「あのアマ、ガキだった俺と、もっと小さかったおまえを置いていきやがった。『お外には出ちゃだめ、危ないから』って……俺はそれだけ聞かされてた。それだけをたった一つ、命みたいに信じて、そうしてたら帰ってくるんだろうって思ってた。メシもねえ、真冬だよ。俺たちろくに服もねえ。ボロいアパートで、ゴミが窓まで溢れてて、玄関は外からカギかけられてさ……夜になって、また夜になって、それでも帰って来ねえ。寒くてどうしようもなくて、ただおまえのことずっと抱っこして……」

どこにも逃げられず、鳥肌が立つ。瑛人の脳裏に闇の記憶が蘇る。

あの夜――ずっと泣いていた、あの闇の中。誰かに守られるように抱かれて、ずっと泣いて、『まま』の帰りを待っていた。

「おまえは冷たくなっていって泣き声も小さくなっていって、俺もやっと気が付いた。俺たちは捨てられたんだ。誰も帰ってなんかこねえ。このままじゃ死ぬ、って。おまえを抱えて玄関のドアを開けて、外に出たよ。真夜中でさ、靴もなくて……でも俺は、親を探しに行ったんじゃねえ。生きるために、誰かに見つけてもらうために走ったんだ。それで終わりだ。俺たちは無事に見つけられて施設行き。その後は別々に引き取られて、俺はくまをおまえに渡した」

高野橋さんはなぜか、ゆっくりと歓路の方を見た。それから母を見て、父を見た。は、と笑い飛ばすように息を吐き出した。

「俺の方は、だめだった。全然うまくいかなかった。簡単に道を踏み外して……おまえの兄貴だなんて、一生言えない気がしてたよ。失敗の方ばっかり選んで、自分で全部ダメにした」

母親はまだ泣いていたが、その顔をいきなり上げて、高野橋さんを振り返る。

「そんなことないっ！　あなたはまだダメになんかなってないっ！」

こめかみまで真っ赤にして、鼻水を飛ばしながら嚙みつくように言う。高野橋さんは目を閉じ、苦しげに呻いて、自分の髪をぐしゃぐしゃとかき回した。

「……奥さんは、瑛人のたった一人の母ちゃんだよ。この人の他に、『まま』なんていねえ。俺たちを産んだ女は、この世のどこにももういねえ。それなのに……なにやってんだ俺は。俺はバカだ。おまえが望むならなんでもあげたいって思っちまったんだよ」

いつか銭湯で見たこの人の顔を、瑛人は思い出していた。温かな湯の中で、優しく綻んだ甘やかしの笑顔。

「離れ離れになった時、おまえは本当に小さくて、生きていられるかどうかも俺にはわかんなかった。おまえが元気で生きてるならなんだってするって思ってきた。なんだってしてやりたかった。だから、おまえがままを欲しがるなら、俺はままだってあげたかった。でも、」

でも——その続きなら、瑛人にもわかる。

それは、本物じゃない。瑛人が欲しがっていた『まま』なんて、おばけになった母親なんて、元々いなかったのだ。

瑛人はなにも言えないまま、ぼんやりと高野橋さんを見つめ返していた。そうやって事実を、真正面から食らっていた。おばけはいない。自分の世界が外から叩き壊されるようだった。見えない破片が降り注ぐようだった。嫌いだ、なんて言った報いなんだろうか。だからこんなに粉々にされてしまうのだろうか。なんでもあるけどなんにもない、おばけの残り香も消えたこの哀れな内側が、こうやって無力に晒されている。

自分は、なにもわかっていなかった。

傍らにぽつんと落ちているくまは、ただのくまで、ただのぬいぐるみ。なんにもできない。声さえ上げられない。なにも関与できない。なにも変えられない。ただ目だけがついていて、世界を眺めているだけの、無力な形の現れだ。無力さそのものだ。

自分が殺して埋めていたのは、無力な自分——そのものだったか。

「悪かった」

高野橋さんの言葉はアイスに向けられていた。

「あんたのこと、俺は、ままの代わりにエイトにあげられるかもって思っちまった。エイトがあんたに母親の姿を重ねてるような気がしたんだ」

高野橋さんに、アイスは目だけを向けていた。

「謝るよ。申し訳ない。ここにいろとか消えろとか、俺が全部間違ってた。ごめんなさい。すいませんでした。……だから、どうか、頼むから。お願いだから、もうエイトの世界から消えてくれ。瑛人はまだここんちでやり直さなきゃいけねえんだ。もっともっと育って、大きくならないといけねえんだ。俺も消えるよ。あんたも、俺も、そのくまも……今はもう、あっちゃいけねえ。エイトにとっちゃ過去から来たおばけみたいなもんだよ。とにかくここにはもういちゃいけねえ。本当は元から、ありもしねえ」

アイスは立ち上がり、ゆっくりとくまを摑んだ。しばらくボロボロのくまの顔を見下ろしていて、そして、

「……」

静かに瑛人を見た。視線が合って、瑛人はなにか言おうと思うが、うまく言葉にならなかった。アイスはそのまま踵を返す。引っ摑まれてぐしゃぐしゃの髪のまま、唇には口紅みたいに血をつけて、くまのぬいぐるみをバッグみたいにぶら下げて、月岡家の居

間から出て行ってしまう。

——行ってしまう。本当に。

「あ、」

俺を置いて。

「アイス！」

「ついていくなバカ！」

「うるっせえ！」

しがみつこうとしてくる高野橋さんの腕を振り切り、ついでに一発、本気の頭突きも食らわせる。うが！　とかすごい声が聞こえたが、あれだけ散々殴られたのだ。まだまだ全然足りないぐらいだ。

瑛人は居間から走り出た。上着もないままサンダルだけつっかけて玄関から飛び出す。一人、歩いてここから去ろうとしているアイスの背中を見つける。追いついて後ろから名前を呼ぶ。

「アイス！」

アイスは立ち止まり、振り返った。その目が驚いたように見開かれる。

「行かないでくれよ！　俺はもう、誰にも置き去りになんかされたくない！」

胸の真ん中にはブラックホールが生まれている。気持ちのすべてが渦巻くように内側へ吸い込まれていく。真っ黒い闇にぎゅんぎゅん吸い込まれて、まともな思考なんかもうできない。ただ、いやだ。ただ、耐えられない。どっちを選ぶとかでもなく、ただ、もう、置いて行かれるのが怖い。

「アイスが行くなら俺も行く！　アイスと行く！　一緒に行く！　どこでもいい、どこまでも行く！　俺のこと置いていくなよ！　なんで置いていくんだよ！　俺まだ骨折治ってねえ！　俺を置いていくな！」

腹から中身を絞り出すように夜道で叫んだ瑛人を見つめ、アイスは一瞬、その目を大きく揺らした。その目の中に迷いや悲しみ、驚き、たくさんの光と闇と色が混じり合う。

「……でも、あんたを連れて行けるところなんか、私には……」

「そんなのいいよ！　一緒に連れてってくれるなら、どこにも行けなくたっていいよ！」

家から飛び出してくる人影もあった。

「お兄ちゃん！　お兄ちゃん！　行っちゃいやだー！」

歓路の泣き声と、走ってくる足音。聞いてしまって息が詰まる。妹が泣いている。心臓が、肺が痛い。「瑛人ー！」「瑛人っ！」続く声と足音は両親、そして、

「エイト！　エイト！」

いまやどう呼ぶべきなのかもわからない人。

もうなにも考えられず、頭の中は爆発寸前だった。置いていかれる。置いていく。置いていかれたくない。瑛人はとにかく右手でアイスの手を握ろうとする。でもギプスで固められた指はうまく動かず、手首から肘にまで痛みが走る。顔を歪めたその時、

「あんたって……」

アイスが左手を摑んでくれた。その後に囁かれた言葉は聞こえなかった。指を握り合う。ぎゅっと繋ぐ。

あの瞬間と同じだった。凍えそうな闇の中で奇跡みたいに出会ってしまった、あの夜。あの瞬間。なにを摑めるかもわからないまま、でもなにかを摑みたくてがむしゃらに伸ばした手と手。お互いを見つけられたから、今もこうして生き残っている。

男と女、ではない。息子と母親でもない。友達でもない、弟と姉でもない、恋でもなく、損得もない。なんでもない。ただの瑛人と、ただのアイス。あの夜に出会った、それだけの二人。

ただそれだけの関係で、二人は結びついてしまった。もうなにも言わないまま、夜の中へ駆け出していた。


言葉も交わさず夢中で夜道を走り抜け、大通りに出て、アイスはすぐにタクシーを停

めた。乗り込むと運転手さんはわざわざ笑顔でこちらを振り返り、

「お客様の安全のためシートベルトのご着用をお願いいたします！　本日はご乗車ありがとうございます！　わたくし○○交通、××と申します！　安全運転で参りま……」

こんな時には正直、いらんほどに丁寧だった。「なんでもいい！」シートベルトをつけつつアイスが鋭く言い放つ。

「ど、どちらまで？」

「いいからとにかく出して！　行き先は……この通りをまっすぐ！」

アイスの強い語気に押されるように、タクシーは走り出した。バックミラーには運転手の微妙な表情が映っている。そういえば、財布がない。スマホもない。瑛人はなにも持っていない。アイスにそれを伝えようと視線を向ける。アイスは静かに首を横に振ってみせる。言うな、という意味だろうか。わかってるから、と。確かに「俺たち金とかなんにも持ってない！」とかここで大発表してしまったら、運転手はこのまま自分たちを乗せていってはくれないだろう。最悪交番直行だ。

でもどう誤魔化そうといずれ支払いの時は来る。金がなければどうにもならない。それにそもそも行く宛もなく――いや。あるか。

一つだけ思いついた。でもそれが本当に「行く宛」なのかはわからない。少なくともこれまでのアイスにとってはそうじゃなかった。今は状況が違うかもしれない。訊くだ

け訊いてもいいかもしれない。

「……あのさ……」

アイスは足を組んで堂々とふんぞり返り、無闇に偉そうに無賃乗車しながら瑛人を見た。

「なに」

「怒らないでこれを見てほしいんだけど」

服の下にずっと隠していたものを、首元からちゃらりと引き出して見せた。アイスが落とした鍵だった。自分が持っているのを見つからないように、長めの紐で首にかけてずっとこっそり身に着けていたのだ。苛立たしげにアイスが目を眇める。

「なにそれ」

「俺にも実ははっきりわからないから推測でしかないんだけど……多分、アイスの家の鍵……かな」

「……は⁉」

その目がくわっと見開かれる。

「どっかにやったと思ったら、あんたが持ってたの⁉　ずっと⁉」

「まあ。うん」

「なんで⁉」

「なんだろう、こう……天女の羽衣的な……？」

「ばか！　リアルにマンションの鍵なんだよ！」

紐ごと鍵を奪われて、もう一回「隠し持つっていう心根が気持ち悪い！」罵られる。確かにごもっとも、言い返しようがなかった。

アイスは瑛人を憎々しげに睨みながら、前のシートに顔を寄せた。運転手に、改めて行き先を告げる。告げられた地名は知っていた。実際に足を運んだことはないが、ここからそれほど遠くはないはずだ。

＊＊＊

タクシーは閑静な住宅街に入ってゆくと、白っぽいマンションのエントランス前に止まった。

瑛人をタクシーのシートに残したまま、アイスだけが「代金とってきます」と鍵を持ってマンションの中へ入っていく。このまま消えて二度と戻って来なかったら笑えるが。いや、笑えないが。

ややあって、アイスは財布を持ってちゃんと戻ってきた。千数百円の代金を支払って降り、タクシーが行ってしまうと、辺りの静けさが急に際立った。

マンションはまだ新しくて、高級そうに見える。近くには他にも同じようなマンションがいくつも建っていて、街の雰囲気は月岡家のある界隈とは随分違った。木造の家屋なんか見える範囲にはなさそうだし、道路にはみ出る植木鉢もない。猫除けのペットボトルもない。落ち葉で隣と揉める木々もない。じいちゃんばあちゃんが立ち話できそうなスポットもない。同じ区内なのに、体感気温まですこし違う気がする。

「……これが、アイスのうち?」

「この流れでそうじゃなかったらびっくりでしょうよ」

「確かに」

ガラスの重たそうなドアを開け、アイスはエントランスに入っていく。瑛人もきょろきょろしながらその後についていく。次の自動ドアは鍵で開いて、中へさらに進んでいく。

しん、と静まり返っていて、マンションの内部は美術館のようだった。足音ばかりがやたら響き、なんとなく緊張してしまう。正面には受付みたいなカウンターがあるが、誰もいない。プラスチックの板には「本日のカウンター業務は終了いたしました」と書いてあった。

エレベーターホールへ続く通路にはずらりと郵便受けが並んでいる。その中で一つだけ、だらしなく蓋が半開きになって、中の郵便物が落ちてしまっていた。集合住宅だとああいうのは迷惑だろうな、と瑛人が見ていると、まさにその郵便受けを「やばい、溢れてる」などと言いつつアイスが覗く。こけたくなる。

「アイスんちかよ？」

「留守が長かったからね」

７０１。ネームプレートをさりげなく確認する。津田、と印刷されている。津田《つだ》——津田アイス？　なわけないか。

両手に大量の郵便物を摑んで、アイスはエレベーターの方に顎をしゃくる。「ボタン押して。乗り方知ってる？」「は？　そんなの知ってるに決まってるだろ」「靴は脱ぐのよ」「嘘つけ」「マンションには規約ってのがあるの」「え。マジで？」到着したエレベーターに、しれっとアイスは先に乗り込む。もちろん靴は履いたままで、からかわれたのだとわかった。

七階について、内廊下を歩いていく。７０１のドアの前で立ち止まる。鍵を差し込んだ瞬間、アイスが諦めたように肩を落とし、ため息をついたのを瑛人は見た。

その表情の意味を聞けないまま、玄関の中に入る。あまり広くはないが、玄関には白い大理石が貼ってある。その先に続くフローリングも白っぽい木の色で、壁や天井、建具は全部真っ白。溢れる清潔感、素敵感に「おお！」と瑛人は目を見開く。

「すごい、綺麗だ。ていうか、なんかすごい今時。おしゃれ」

ダウンライトの廊下を進んで、アイスが一番奥のドアを開く。スイッチを入れるとぱっと照明がついて、「おお！」さっきと違う意味で声が出た。

「……きったねえ……！」

踏み込んで、愕然とする。

部屋の造り自体はすごくいい感じなのに、どうしてこんなふうになってしまったのか。サッシにかけられたカーテンは半分レールから外れ、垂れてぶら下がっている。ソファには洗濯物だったとおぼしき服が、しわしわのままどっさり積んである。靴下やらタオルやらがあちこちに散乱して、せっかくのアイランド型キッチンカウンターにはコンビニ袋が積み上がっている。中は多分ゴミなんだろう。とんでもなく荒んだ生活の痕跡が、ありありと残されていた。

「なんかくさいよね」

「においの問題か⁉」

「換気しよ」

アイスは素知らぬ顔でカーテンを払いのけ、サッシをガラリと開く。外の冷たい空気がさっと入ってきて、こもった空気が強制的に入れ替わる。

「手洗いとうがいしたいでしょ。洗面所はこっち」

後をついていくと、アイスは廊下に並ぶドアの一つを開く。洗面所の奥にはドラム式の洗濯機が置いてあって、蓋が開きっぱなしで、色んなものが間抜けな動物の舌みたいにだらしなくはみ出て床にも落ちている。そこからアイスはタオルをずるっと引き出し「使っていいよ」と手渡してくれるが、使うのには若干勇気がいる。

とりあえず、とりあえず、とりあえず。平静になれる呪文を念じながら手を洗っていると、脇からアイスも割り込んでくる。片手でじかに水をすくって口に含む。ぐちゅぐちゅっとうがいして、まさかと思うが、

「ぺっ！」

やりやがった。

「えええー……！」

瑛人の目の前、洗面ボールに吐き出された水には赤い血の唾が混ざっている。そんなの人に見せるなよ、と思う自分の常識が危うく揺らぐ。しかも排水が詰まりかけているのか、いつまでもくるくると渦巻いて、目を背けても視界に入る。しかし瑛人のドン引きぶりなど完全に放置、アイスは隣に立って大口を開けて、自分の口の中を鏡で覗き込んでいる。唇を上下、指で引っ張ってめくって、

「あのクソ野郎」

据わった目で憎々しげに呟いた。「クソ野郎」とは、高野橋さんに違いないだろう。

「……大丈夫かよ?」

「唇の裏、超痛い。歯が当たって切れたみたい。ていうかあんたも歯に血が付いてるんだけど」

そういえば、さっきからずっと口の中にしょっぱくて生臭い血の味がしていて気持ち悪かった。アイスがしたように口をゆすぐと、やはり吐いた水が赤い。それを平気で見やって、ちっ、とアイスは柄悪く舌打ちする。

「あいつ、まじぶっ殺したい。女と怪我人相手にどんだけバイオレンスだよ。ていうか、あんたの実の兄だって? ほんと?」

「俺に訊かれてもわかんねえよ」

「納得できる?」

「無理。全然。ていうか今はもうなんにも、ほんとになんにも、考えたくない。忘れたい」

「……あっそ」

他人事丸出しに冷たく言って、アイスは瑛人に渡したタオルの端を持ち上げて自分の口元をちょっと拭き、先にリビングへ戻っていった。

考えたくないし忘れてしまいたいのは、自分のことだけでもないのだが。たとえば、そう、アイスが埋められた経緯とか。その辺りのことについても、瑛人はまだしばらくまともに考えることはできそうにない。

荒れたリビングの壁の一面には引き戸があって、アイスがそこを開くと、奥は寝室になっていた。でもその寝室もリビングと同じぐらいに荒れていて、

「せっかくおしゃれっぽい1LDKなのに……もったいねえなあ」

さらにげんなりしてしまう。枕も布団もなにもかも散らかって、ぐちゃっと床に落ちている。

「2LDKよ。玄関側にもう一部屋あるから。見る？　納戸みたいなもんだけど」

「いい、見ない。どうせ汚くしてんだろ。あーあ、ここ家賃高そうなのに」

アイスはそれ以上瑛人に構おうとはしなかった。立ったままで思い出したように、ポストからとってきた郵便物を眺め始める。

「……一人暮らし、だよな」

返事はない。きっとそうなんだろう。アイスはチラシやら封書やら、ちらりと表書きだけを見てどんどんガラステーブルの脇の屑籠に放っていく。とはいえ屑籠そのものがすでにいっぱいなので、大半は跳ね返ってラグにそのまま落ちてしまう。

改めて瑛人は辺りを見回した。ものすごく荒れてはいるが、随分いい部屋だった。綺麗に、というか普通に住みさえすれば、きっと素敵な生活空間になる。

アイスには帰る家などない！　なんて瑛人は勝手に決めつけて、アイスもそれを否定

しなかったが、ところがどうだ。家族こそいる様子はまったくないが、実際にはこんなに立派な住処を、アイスはちゃんと持っていた。

要するに自分はアイスを誤解していたのだろうか。とはいえ、前にアイスが乗ろうとしていたバスは全然行き先が違う。あれに乗ってもここへはつかない。ここではないどこかへ、アイスはやっぱり向かおうとしていたのだ。

「……どうして、この部屋に帰ろうとしなかったんだ？　他に行くところがあったのか？」

瑛人の方をちらりとだけ見て、アイスはなにも言ってはくれない。かすかに鼻の奥だけで笑う。どういう意味なのだろうか。

「ていうか、なんかさっきから大事そうな郵便物までほいほい捨ててない？　ちゃんと見てんのかよ」

「いいの」

「でもちょっと、これとかさ」

つい、瑛人はおせっかいな手を出してしまう。床に落ちた封筒の一つを拾い上げる。アイスは同じような封筒をいくつも次々に捨てているが、赤字で「至急開封してください」と書いてあるのが見えてしまった。捨てていいものとは思えない。

「いいんだってば」

「でも中も見ないで」

「中身はわかってる。ゴミ。ちょっと、あんたなに勝手に、」

瑛人の手の中の封筒をアイスは奪い取ろうとして、その拍子、中身がひらりと滑り落ちた。封は糊付けされていなかった。

床に折り畳まれたままで落ちたのは白い紙。その上部に緑のライン。緑の字。瑛人は反射的に拾ってしまって、見てしまって、う、と固まる。今さら固まっても遅かった。

――見てはいけないものだった。

読むまでもなく、目に飛び込んできたのは「離婚届」の三文字。ほとんどの欄はすでに几帳面な字と捺印で埋まっていて、埋まっていない欄は少ししかなくて、

「見んなよ」

ひったくるように、アイスはそれを瑛人の手から奪った。鋭い横目で睨み付けてきて、

「……中身は、わかってるって言ったでしょ」

しかし、唇には冗談を言った後みたいな笑みを浮かべている。そして腰を屈め、同じような封筒をいくつも拾ってみせ、

「見なくてもわかってるの。これも、これも、これも、これも……」

トランプの手札みたいに広げ、重ねて、封筒ごと二つに破った。さらに破り、どんどん破り、引きちぎって、そして、

「ゴミよ」

ぱっと放った。

千切られた紙片は意味の重さとは関係なし、ひらひらと軽やかに舞う雪みたいに、アイスの頭上に降ってくる。瑛人の頭上にも降ってくる。足元に落ちたのは、大きめにちぎれたメモの一部。伽奈さま、と書いてあった。『伽奈さま。連絡がつかず、大変』そこまでと、『惑しています。もちろんこち』そこまでと、『にか、先日定めました期日のとお』そこまでと、『上、ご返送くださいますよう、重ね』まで。見下ろして読んでしまったメモのパーツは、それなりに意味が通じる文章の体を成していた。

恐る恐る、アイスの顔を見る。知らない名前でアイスを呼ぶ人が、この世にいる。アイスがどんなに軽々と破って捨てて無視しても、そのこと自体はなかったことにはできない。

「……離婚、するの……？　結婚、してたの……？」

我ながら間抜けな声しか出なかった。言葉も間抜けだ。

「したくないの」

間抜けな瑛人を見返して、アイスは前髪をかきあげた。

「だから逃げたのよ」

自ら引き裂いて千切り捨て、ゴミにして置き去りにしようとした意味の真っ只中に、アイスは今、立っている。701号室・津田伽奈《かな》の人生からはそれでもどうしても逃れられずに、荒れた部屋の真ん中で、瑛人と向かい合っている。

「旦那に、好きな女ができた」

語る声は低い。

「旦那は私と別れたいって」

しかし怒ってはいない。泣き出しそうでもない。

「私はそんなの当然許せなくて、別れる気なんかなかった」

感情はすでに、出し尽くして涸れてしまったのかもしれない。

「正気に戻すつもりで、別れるならおまえのすべてと引き換えだ、って私は言った。そうしたら」

そのまま目を上げて、マンションの部屋の中、その宙をぐるりとなぞるように見回す。

「ローン組んでたこのマンションを、私に寄越しやがった。残金全部工面して、一括返済したみたい。それと慰謝料もくれた。旦那ってただの勤め人だよ。向こうの実家も全然普通で、特別なお金持ちとかじゃない。しかも旦那は私の父の会社で働いてたから仕事も辞めた。それなのに、本当にすべてを絞り出して、ここを私にくれちゃった。心以外は全部」

部屋を見回すアイスの目は、潤いを失って乾き切っている。

「あまりにもなにもかも差し出されたものだから、私の親だってずっと怒ってたのに、諦めて許しちゃった。もう自由にしてあげなさいとか、彼も十分に報いは受けた、とか言って。でも、じゃあ、私はどうなるの。私が望んだことはなんにも叶ってない。どうやって私は足りればいいの」

乾いた目をしてアイスは俯き、瑛人の爪先あたりを見る。

「もうどうしようもないんだ。それほど好きなんだって。私ではない、その人が。……条件なんか、試しにでも出しちゃいけなかったんだろうね。試しにでも、絶対に、受け取ったりしちゃいけなかった。でも全部手遅れよ。いまさらそんなのわかってても遅いんだよ」

顔を上げて、あーあ、と薄い肩を竦める。

「つまんないね。これが私の正体」

「つまり……離婚届を出したくなくて、ずっと逃げ回ってたのか……?」

「ばかだと思う?」

「ていうか……ていうか、」

首を振り、瑛人は声を絞り出した。ばかだ、なんて思わない。そんなふうには切り捨てられない。でも逃げ回る他にも方法はあるだろうとは思う。できることは他にもあるはずだ。

「普通はそういう揉め事があったら、弁護士たてたりとか、調停とかやるんだろ？　そんな一方的な言い分が通るわけない。悪いのは向こうだし、まっとうな対抗手段はいくらでも、」

「心が戻るならね」

思い出したように、アイスはずっと乱れたままだったひどい髪を解いた。

「それならなんだってやるけどね。裸踊りでも、土下座でも、人間大砲でも熱湯風呂でも」

軽く頭を振ると、背を覆うほど長い髪がふんわりと残像を残しながら躍る。「そんな、たけし軍団みたいな……」呟いてしまうが、アイスは笑ってはくれなかった。

「あんたと出会ったあの日は、離婚届に署名と捺印して渡すことになってた期日だった」

郵便物の束の中にまだ同じ封筒があって、アイスはそれも丹念に破り始める。ゆっくりと。確実に。小さな動物の息の根を止めるみたいに。

「どうしても、嫌だった。つらくて、でもどうにもならない。旦那はもう戻ってこない。私の願いは叶わない。この部屋には『叶わない』しかない。『足りない』しかないの。『ない』しかない。『なんにもない』。なんにもなさになにかを詰め込まずにはいられなくて、私はひたすら酒を飲んでた」

その日のことを、アイスは手を止めずに語った。

――家にあった酒を全部飲んで、でも足りなかった。なにも考えたくなくて、感じたくなくて、病院で処方されていた寝つきをよくする薬も飲んだ。あるだけ飲んで現実逃避して、寝てしまうつもりだった。でもなかなか眠気は来なくて、朦朧としたまま、財布も持たずに酒を買いに外に出た。ふらふら歩いてたら車が停まった。

『どこ行くの？　乗せてってあげるよ。どこでも行きたいところ、連れてってあげるよ』

行きたいところ？　それなら――

「旦那のところに、帰りたかった。だから連れてってもらおうと思った。でも知らない道を進んでいきながら、そいつ全然私の言うことなんか聞いてないの。ああ、やっぱ絶対ないな、間違ったな、って。そう思うのに身体が動かなくなって、声も出なくなって」

気づいたときには、アイスは冷たい土の下に捨てられ、埋められていた。

「……そりゃ、そうだよ」

瑛人はアイスの冷たい無表情を見つめた。かすかに震えて見えるのはアイスが震えているせいではなかった。震えているのは自分だ。

「だめだよ。そんなことしたら」

「素面ならわかるのよなんだって。……でもあの時はわからなくなっちゃった。あんなことに、なっちゃった。そして目を開けたら、あんたがいた。あんたがいなきゃ、私はあのまま本当に死んでた。邪魔者が死体で見つかりゃ旦那は大喜びよ。結婚したまま私が死ねば相続で財産も取り返せるし。そんなうまくいかせてたまるかよ。ふざけんじゃねえ」

「……」

「おなかは？　なにか食べようよ。もうお金あるしなんでもいいよ。焼き肉は好き？　食べ放題とかじゃなくて、ちゃんとしたおいしいところに大人パワーで連れていってあげる。なんなら思いっきり贅沢に都心のホテルで鉄板焼きとか、お寿司とか」

「……」

「だから……泣かないでってば」

右手のギプスでいくら拭っても、目から滴る涙は止められなかった。

悲しい。悔しい。恥ずかしい。虚しい。アイスのなんにもなさを、こんなに無力な自分はどうしてやることもできない。

本当の意味では、アイスを少しも救えてなんかいなかったのだ。助けることなんて、全然できていなかった。今だってアイスの深い心の傷を知っても、ただ覗き込むことしかできないでいる。自分は愚かで力もなくて、この人に対してなんにもできない。あんなふうにして繋がったのに、これじゃ奇跡の意味もない。誰かマジで埋めてくれよ俺なんか。なんの役にも立たない奴なんか。

「……ごめん、アイス、ごめん……ごめん……」

「なんで？　なんであんたが謝るの？　あんたはむしろ、」

その時、インターホンのチャイムが鳴った。室内に突然響いた大きな音に驚いて、二人して小さく飛び上がる。思わず目を見交わす。

リビングの壁にかけられたインターホンのモニターには、男の顔が映っていた。スーツ姿で、三十代ぐらいに見える。アイスが強く眉を寄せたのを見て、それが誰なのか瑛人にもわかった。アイスの元……じゃなくて、現旦那。なんとなくお互い息をひそめて、モニター画面を見ながら小声になってしまう。

「……どうするんだよ」

「……あっちは鍵ないし、このまま居留守してればそのうち諦めて帰ると思うけど」

しかし高性能のモニター越し、アイスの旦那はそう簡単に諦めてはくれなかった。ここにアイスがいることを確信しているかのように、チャイムを連打で鳴らし続ける。

「あ。そっか。しまった」

短くアイスが呟いて、サッシの方を見る。

「リビングに灯りついたの、通りから丸見えだ……」

「……出るしかないんじゃないの」

瑛人の言葉に頷いて、アイスは観念したように一度目を閉じた。応答ボタンを押して、低い声で「はい」と答える。

『伽奈！』

ぎゅっ、とアイスの口の端が捻じれるように持ち上がるのを瑛人は見た。

『おまえ、ずっとどこにいたんだよ？　心配してたんだぞ。実家の方でもおまえのこと、あちこち探してたんだぞ』

さらに大きく顔が歪む。なにかひどく痛いことをされたみたいに、アイスは苦しそうに息を詰めている。

『とりあえずロック開けてくれ』

「……だめ」

『伽奈、頼むから』

「……いや」

『あのさ、約束、したよな？　一度はお互い納得して、大人としてそれぞれやれることやっていこうって決めたよな？　きちっと最後まで、それはやろうよ』

「あなたとする話なんかもうない」

モニターの中で、アイスの旦那の整った顔が強張るのがわかった。

『話なんか、こっちにもねえよ。ただ、約束は守れってだけだ。離婚届にサインするって約束しただろ。取りに上がるから、早くここ開けろ』

「いやだ」

『……おまえ、いつまでこんな半端な状態で俺を弄《もてあそ》ぶつもりなんだよ？　知っての通り、俺は全面降伏してる。おまえに全部、渡してる。これでもまだ責めたりないのかよ？　どうすりゃ満足するんだよ？　もういい加減にしてくれよ、これ以上、一体なにが望みなんだよ？』

「私を、」

揺れかけた語尾を飲むように、アイスは大きく声を吐き出した。

「――愛してよ！」

その叫びは、瑛人には初めて聞いた本物のアイスの声に思えた。しかし答えは酷いほど早くて、短くて、

『無理』

それだけ。

よ、の形にまだ口を開けたまま、アイスは凍りつき、固まった。

『いいから早くロック開けろ！　離婚届、今日は絶対にもらうからな！　それまで帰らねえからな！』

苛立ちを隠さない声は異様に大きく響いて、アイスはそのまま怯えたように後ずさりする。モニターの電源をぷっと消してしまう。なにも見えなくなるが、そんなことをしてもなにも解決しないのは明らかだった。

「……どうしよう。逃げなきゃ……」

どんどん後ずさりして、アイスの背中がドアにぶつかる。

「……もっと、もっと遠くまで……絶対見つからないところまで逃げなきゃ……！」

＊＊＊

エントランスを通ったら旦那と鉢合わせしてしまう。二人はこっそりと通用口から人気がないのを確認し、再びマンションの外へ出た。来た時とは違う道をアイスは走り出す。瑛人はその後を追いかけていく。アイスはなぜかボロボロのあのくまを手に摑んで持ってきていた。

「なんでそんなの持って来たんだよ！」

「……しっ！　声が大きい。いいから黙ってついてきて。あんたは置いて行かれたくないんでしょ」

大通りを避け、細い路地ばかりを選んで走りながら、アイスは時々辺りを見回した。

タクシーを探しているようだが、こんな住宅街の路地ではなかなか見つけることはできない。ただ行先はすでに決まっているらしく、アイスの足取りに迷いはない。

「俺たち、どこに向かってるんだ⁉」

走りながら瑛人が訊くと、アイスは素早く振り返る。日頃の運動不足がたたって、ほんのしばらく走っただけで息が上がっているのはお互い様だ。

「川の方！」

「なんで⁉」

「河川敷に行くの！　私とあんたが出会った場所！　私が埋められて、あんたがくまを埋めた場所！　あそこなら誰も来ないでしょ！　あいつが諦めてマンションから帰るまで、隠れて時間稼ぐ！」

「でも寒いぞ、あんなところ！　結構遠いし！」

「いいの！　こっちで方向あってる⁉」

「あってると思うけど！」

二人して夜道を並んで走り続けながら、やがてスピードが徐々に落ちてゆく。全力ダッシュはジョギングみたいになって、早歩きになって、先に体力が尽きたのはアイスの方だった。息を切らして立ち止まってしまう。膝に手をついて、はあはあと荒い息をついている。肩も背中も激しく上下している。

「は、もう……やだ……体力がないと、逃避行、も、きまらない……とか！」

「大丈夫かよ？　ちょっと座って休む？」

「いい。大丈夫。……行こう」

髪をかきあげ、アイスはきっと白い顔を上げるが。

「でも時間稼ぎできたとしても、その後はどうする？　考えてるのか？」

「考えならある。大丈夫だから。いいから、行こう。手は？　走っても痛くない？」

「全然」

「ならいこう」

あまりにも迷いなくそう言われて、瑛人はこのままアイスに従うことにした。再び二人して長い夜の道を走り出す。


タクシーは本当に一台も通りかからず、そしてずっと走ってもいられず、結局途中からは黙々と歩いて、あの河川敷まで辿り着いた。

枯草をかきわけ、瑛人はアイスを先導してゆく。冷たい風が吹き付ける中、やがて見覚えのある場所へ出た。

粗大ごみや古びた家電が散乱する、瑛人の元・秘密の場所。高野橋さんがあのスキンヘッド男と来たというのを証明するように、新しく土が一部掘り返されている。そのすぐそばには、見覚えのあるシャベルが放置されていた。

「……誰もいない」

アイスはそう呟いて、ゆっくりと辺りを見渡す。少し前に自分が埋められていた場所に、なにか感慨が湧いたのだろうか。

「誰かいる方が怖いだろ」

「その怖い想像、実は私、ちょっとだけしてたけど」

皮肉っぽく片頬だけで笑って、アイスは瑛人の方を向く。

「あのコンビニで見かけた奴、私をここに捨てたって奴が、死体になって転がってたらどうしよう、とか。だってあいつさ、あんたの実の兄貴」

そんなふうに言われても、まだ兄だという実感はない。返事のしようもない。

「俺は道を踏み外したー、みたいなこと言ってたし。実はすっごい悪いヤツで、前科とかあるようなヤツなのかもしれない。ひょっとして私やあんたをどついたノリで、一人二人は軽くぶっ殺せるのかも、なんて」

「まさか！ っていうか、俺はまさにその誰かいるっていう怖い目に実際遭ってるからな。めちゃくちゃ怖かったよ、埋まってたアイスを見つけた時。だってあの時アイスは、」

「津田伽奈」

急に瑛人の言葉を遮り、アイスは自分の顔を指さしてみせる。

「アイスじゃない。本当の私は、ただの人間。ごく平凡な、ありきたりな、夫に捨てられそうになってるだけのつまんない女。……私は『アイス』なんかじゃない」

「でもぴったりだ」

「そもそもなんでそんな名前になっちゃったのかいまいちわかってないし」

「自分でそう言ったんだよ。それに、俺にはずっと、アイスはアイスだ。それじゃだめなのかよ？」

白い息を吐きながら、アイスはなぜか、微笑んだ。細めた両目がキラキラとして、この夜の闇の中、どこから光を受けているんだろうと思う。反射しているんじゃなくて自ずから輝いているのだろうか。その唇が、「だ」「め」と動いた気がする。風の音が強くて声は聞き取れなかった。

アイスは、風に髪をなびかせて、片手にくまをぶらさげたまま、ゆっくりと足を前に踏み出す。高野橋さんが掘り返したと思しき穴が、その先にはあった。アイスは穴の中に入っていき、片手でシャベルを摑む。あの日、アイスとくまは同じ場所に、この穴に、一緒に冷たく埋まっていた。なんとなく近づきがたくて、瑛人はその場に立ち竦む。穴の底にシャベルを杖みたいについて、アイスは夜空を見上げた。そのましばらく動かなくなる。真冬の夜は冷える分だけ澄み切っていて、星々の光も冴えている。

光の粒を頭上に無数に煌めかせ、アイスは綺麗だった。時を止めて、このままずっと眺めていたいとさえ思った。煌めきながら星がゆっくりと流れ落ちたら、きっともっと綺麗だろう。そんな特別なメテオになら、たとえこの身を撃ち抜かれてもいい――瑛人は思いながら、でも、胸を塞ぐような悲しみにも気が付いていた。

今、こんなにも悲しいのはなぜだろう。

「月岡瑛人、くん」

嘘くさい「くん」付けで名前を呼ばれて、こんなにも不安になるのは。

「あんたは、『なにか』になってる」

――別れを告げられそうな予感が今、やたらと確かに思えるからだろうか。

「なんにもなかった私が、あの日この場所で摑んだあんたは、確実に『なにか』になりつつある。私を見つけてくれて、ずっと傍にいてくれて、ここまで一緒に来てくれて……ありがとう」

瞬く光のキラキラが、じわりと滲む。

「今の私は、『なんにもない』、じゃない。今の私には、あんたっていう『なにか』がある。……あんたの中にも、私っていう『なにか』があるって思っていい？」

「……当たり前だろ。そうじゃなかったら、俺、こんな……」

夜空を見上げるアイスの周囲に、目には見えない無数の星々が軌跡を残しながら流れ落ちるようだった。まるで結界だ。斜線で引かれた光の壁みたいに、瑛人は一歩も近づけなくなる。動けないまま、アイスの白い喉を見つめる。

「本当に、ありがとう」

そう言って、アイスはゆっくりと顎を下ろす。瑛人の顔をまっすぐに見る。

「私は、でも、もうあんたを連れて行けない」

真冬の風に舞い上げられて、髪がふわふわと丸く広がる。

「だから、ここにお互いを置いて行こう。ここから私たちは始まった。私たちはここで生まれた。だから、ここに来たかったんだ。始まった場所で終わりにできれば、きっとうまくゼロに戻れる」

アイスの氷が溶けていく。いつものクールな表情が、ぬるい水に流されていく。ぽたりぽたりと目の縁から、頬を濡らし、顎へと滴り落ちていく。

「ここでお別れ」

「……いやだ……」

「あんたは連れて行けないんだよ。やっぱりどうしても。一緒には、もう、連れて行けない。だってあんたにはたくさんの……私以外の『なにか』もあるから。私はそれをずっと傍で見てた。親や妹、居候、それに友達、家や学校や町のあちこち、本当にたくさんの場所に、あんたはたくさんのなくしちゃいけないものを持ってる。私にも分けてくれたよね。でも、私はもっと、遠くに行かなきゃいけない。離れていかないといけない。だからあんたをここに置いて行くよ。あんたをここに、捨てていく」

「いやだ！」

「……あんたも私を置いていくの。私をここに捨てていくの。それで、あんたは家に帰るのよ」

「その後アイスはどこに行くんだよ⁉」

「私は消える。さっき、部屋で話しながら思ったんだ。私、消えちゃえばいいんだって。死んだってだめなの。死体が見つかったら、それで終わりよ。でも、行方不明になることができれば何年かは終わらずにいられる。少なくともその間は、旦那は私を捨てたくても捨てられない」

「はあ⁉」

振り絞るように、瑛人は叫んだ。

「いいこと思いついた、とでも思ってんのかよ⁉　そんなの、なんの解決にもなってねえよ！」

「でも本気だよ。……ここで起きたことは私が全部持って行く。あんたの分も抱えて行く。土の下に、どこまでも深く。このくまも私が連れて行く。あんたは私もくまも捨てて、ちゃんとまっさらになって、もう一回ゼロから新しく生まれて、うちに帰りな」

泣きながら、笑いながら、アイスはそう言って瑛人を見つめ続けていた。濡れて光る両目は綺麗だ。そして無力だ。こういう光を、瑛人はずっと前から知っているような気がした。

なんにもできない、ただの瞳。

闇の中、二つ、ただ光るだけ。

かぶりを振って、何度も振って、瑛人は両足を動かした。さっき想像したように、降り注ぐ無数の幻の星に貫かれる。それでもアイスに近づきたかった。骨のすべてを打ち砕かれてもいい。それでもいい。

「俺は行けない」

「……行かなきゃ、あんたは、もっとひどいものを見ることになる」

くまを人質みたいに抱えながら、アイスはシャベルの先を自分の顎の下に向ける。土で汚れた尖った金属が、柔らかい皮膚に強く深く食いこむ。そんなのただの脅し、本気でやるわけないとわかっていながら、

「ふざけんなよ！」

瑛人は叫んで、アイスに跳びかかっていた。頭の中が真っ白に灼ける。

「……っ……！」

瑛人の体重を支えられず、アイスの膝が崩れた。穴の底に折り重なって倒れる。アイスを両腕で強く抱き締めて、声も出ない。言葉が出ない。目も開けていられなくて、ただ全力でアイスの胴にしがみついていた。そもそも歓路の服を着たままじゃねえかよ。持ち逃げするつもりかよ。それに、俺は。全力で掴んだものにしがみつきながら思う。抱き締めて、捕まえて、瑛人は叫ぶように思う。

——殺したかったんじゃないんだ。

無力なくまを、無力な自分を、無力な母を、無力なアイスを、瑛人は殺したかったんじゃない。許したかったのだ。でもやり方がわからなかった。本当はただずっと、こうやって抱き締めたかった。ただそれだけでよかったんだ。今になってやっとわかった。この腕で抱き締めてもいいんだ、そう思いたかった。自分にそれを許したかった。ただそれだけで、泣いても叫んでも誰も帰らない寂しい夜は終わらせられた。そして「おかえり」を言いたかった。「ただいま」を言いたかった。響きあうように、そう繰り返していたい。アイスともその繰り返しを分け合いたい。

それはきっと、そういうのはきっと——

「ＧＰＳ」

その声はあまりにも突然聞こえて、瑛人は悲鳴を上げそうになった。アイスの身体を両腕で抱えたまま、声の方を振り返る。

「忘れたのかよ。スマホを失くした時のためって前にインストールしただろ。持って出たんだな、今回は」

枯草を踏みしめる革靴。夜には色がわからない、ダークカラーの細身のスーツ。若々しく整った、さっきモニター越しに見たのと同じ顔。現れた男は、アイスの旦那だった。でもなぜここに。

驚きのあまりなにも言えず、瑛人は口だけをぱかぱか開閉する。どうして誰も来ないはずのこの場所に、アイスの旦那が立っているんだ。吹きすさぶ北風に紛れたのか、足音も枯草をかき分ける音も聞こえなかった。

「おまえ、こんなところでなにしてるんだよ。誰だそいつ」

アイスも眦《まなじり》が裂けそうなほどに目を見開き、唇を震わせている。

「まあ、誰でもなんでもいいよ。とにかくやることやれって言ってんだよ」

アイスの旦那の手にスマホが握られているのを見て、瑛人にもやっとGPS、の意味がわかった。アイスがマンションを出る時に持って来たスマホに、位置情報を送信するアプリが入っていたのだ。アイスはそのことを忘れていた、らしい。「なにが、消える、だよ……」思わずアイスのまだ固まっている顔をまじまじと見てしまう。位置情報を送信しているのも忘れているとか、どれだけ脇が甘いんだ。

「サ、」

嗄《か》れた声で、アイスがようやく言葉を絞り出す。

「サインしたら……そうしたら、言うこと聞いたら」

その目からまた涙が零れ落ちる。

「……私を、愛してくれる？」

「なわけねえだろ。別れるためのサインだろ。おまえのそういううざい言い方にはほんっと、うんざりなんだよ。もう勘弁してくれよ」

さりげなく、瑛人は腕を解いた。アイスの身体を離し、ぐいっと肘でさらに横に押しやる。驚いたように瞬きして、アイスが弱々しく瑛人を見やる。

「アイス……逃げろ」

「え？」

もっと強く、今度は突き飛ばすぐらいに思いっきり押した。よろめいたアイスの身体が大きく離れて、それと同時に瑛人は素早くシャベルを摑んだ。

「……うわあああああああっ！　うわあああああああっ！」

ギプスの右手と左手で、重みのあるシャベルをなんとか高々と振り上げて、絶叫しながらアイスの旦那に突進する。

「なんだこいつ⁉」

ヒットさせる気なんてもちろんないが、しかし力いっぱい振り下ろす。気迫だけは、ぶっ殺してやる！　ぐらい。よくもアイスを悲しませたな。よくもアイスを泣かせたな。

旦那は驚いて身を躱《かわ》すが、瑛人はさらにシャベルを振り回す。音を立てて足元に叩きつける。右手が痛んで力が抜けかけ、左手一本で柄を摑み直す。身体ごとシャベルをブン回し、めちゃくちゃに「うわあああ！　うわあああああ！」喚く。体格がひょろい分、威嚇の絶叫でカバーだ。

「こいつなんなんだよ⁉　おい、伽奈⁉」

「逃げろアイス！　早く逃げろ！」

――もう、しょうがねえよ。そう思ったのだ。どうしようもない。

逃げてどうなると思うけれど、でもアイスが逃げたいならしょうがない。じゃあ、逃げちゃえ。遠くまで、どこまでも。俺が暴れるからその隙に、行けるところまで行ってしまえ。

「危ねえ！　てめ、野郎……っ！」

シャベルで追い回し、何度も振りかぶり、叫び声を上げ、当てはしないままで土をぶっかける。その土が目に入ったらしく、アイスの旦那は尻もちをついた。顔を袖で激しく擦っている。「てめえ、このっ……！」逃げろアイス。走れ。このまま消えてしまえ。

でもさよならじゃない。

（きっとまた、俺はアイスを見つけるよ）

どれだけ遠く離れてても、この手を離してしまっても、それで終わりなんかじゃない。どこまでも探しに行く。どこに埋まっていても必ず見つけて掘り返す。どんな闇に落ちていたって、どんなに冷たく凍っていたって、絶対にまた一緒に帰る。

「い、いい加減に、しやがれ！」

シャベルを逆から摑まれた。左手一本の瑛人はあっさり前へ引き倒される。男のスーツのズボンになおも捕まり、引きずられる。革靴でその肩を蹴られた衝撃は、さすがにさっき食らった高野橋さんの蹴りとは意味も重みも全然違った。かっこ悪く呻いて倒れて、それでもまたがむしゃらに飛びつく。無様にこうしてしがみついてでも、どうやってでも、アイスが逃げる時間稼ぎをしたかった。数分でも、数秒でもいいから。

男の苛立ちは頂点に達したのかもしれない。このガキ、とか言いながらシャベルを摑むのが見えた。それはさすがにリアルに悪い予感がする。頭上に振り上げられて万事休す、目を閉じかけるが、

「うぎゃぁぁぁ――――――！」

凍りつく夜空の下で知性ゼロの絶叫を放ったのはアイスだった。

あのクールなアイスが、猿のように雄叫びを上げて旦那の背中に飛びついている。哀れなくまをロープみたいに両手で摑み、旦那の首に後ろから引っかけて、ぐいぐい引っ張る。プラス頭に嚙みついてもいる。旦那は「ぐええ！」とか言っている。

助かったが、でも、なぜ逃げないんだ。ていうか一体これをなんのための一幕だと思っているんだ。アイスが逃げなきゃ意味ないじゃないか。しかし瑛人が言葉を発するよりも、旦那が切れるのが早かった。シャベルを片手に摑んだまま、恐ろしい形相を闇の中でもわかるほど真っ赤にして、振り払ったアイスの胸倉を引っ摑む。その背後に今度は瑛人が飛びついて二人を引き離そうとする。しかし突然ぐるっとすごい速さで星空が回転し、

「うお⁉」

左腕を取られて一本背負いを決められたのがわかった。やたら綺麗に落とされて、土の地面で背中を打った。「ぐ……っ」衝撃。気道に栓をされたように息が止まって、そのまま目の前が一瞬ブラックアウトする。柔道経験者ならそうと言っておいてくれれば、違うアプローチを選んでいたのに。まあ、後の祭りだ。

ゆらっと、まだ動けない自分の方に旦那が近づいてくるのが見える。すげえ、と動けないまま思う。（なんて絵に描いたような悪役ぶりだろう……！）瑛人の勝手な見方だが、逆上しているのはその表情を見ればわかる。目が爛々と光っていて、顔は引き歪み、下の歯だけが覗いている。髪も顔もスーツも土だらけなのはさっき瑛人がぶっかけたからだし、手にはシャベルも持っているし、

「あ、」

さすがに焦った。わかる。この状況は、すっごくまずい。狂気と凶器がコラボしている。高い確率でかなりいやな展開になる。しかも男の背後には髪をふり乱したアイスがいて、すごい形相でこちらを見ている。カエルみたいにしゃがみこんで、こっちの間合いに飛び込むタイミングを計っている。もうやめろ、とか、そういう意味の言葉を発する予定だった。だめだ、危ない。いいから逃げろ、早く行け、そういうことを。

「あ、……あ、」

でもなぜか、瑛人は全力で叫んでいた。

「……愛してるよアイス！」

命が、口から溢れたのかと思った。

それほど熱くて、腹から自然と噴き出した。なに言ってんだ俺は——驚きながら、しかし唐突に納得してもいた。そうか。これは愛なのか。こういうのがそうなのか。

恋でもない。友情でもない。ただここにあって欲しくて、あることがたまらなく嬉しい。あの夜に生まれ、同じ家に暮らしながら育ててきた『なにか』は、愛と呼んでしまえばいいのか。

アイスは虚を突かれたように目を見開いて、動きを止めた。瑛人を見つめる。瑛人の唐突な愛の告白に旦那も驚いたのだろう。

「その、アイスって、さっきから一体なんなんだよ……!?」息を荒げながらも瑛人とアイスを見比べる。

アイスは子供みたいに、一度口を強く真横に引き結んだ。やがて堪え切れない咳をするみたいに、肩を激しく震わせて泣き出した。あの夜のように泥で黒く汚れた頬に、とめどなく涙が流れていく。わたしは、あいす。そう言った。もう一度動いて、

「愛してるよ瑛人」

愛してよ、とさっき叫んだアイスの口からも、それは溢れ出た。

もはやよろよろ、服もぼろぼろ、それでも瑛人は必死に膝でアイスの方にいざり寄った。アイスも瑛人に手を伸ばしてくれて、何年も会っていなかった二人みたいに強く抱き合った。やっと見つけた。やっと出会えた。ずっと一緒にいたのに、なぜかそう思えた。俺たちは、私たちは、ここにあった。ちゃんとここにあった。それが嬉しいから抱き締めるのだ。こうすれば大丈夫。難しくなんかない。

と、そのとき、複数の足音が近づいてくるのがわかった。瑛人は嘘だろ、まさか、と首を巡らせて、予感したとおりの一団が接近してくるのを見た。

「あーっ！　見つけた、あそこにいる！　なんだあいつ⁉︎　変な奴がいるっ！」

歓路が叫んで、

「ほんとだ見るだにやばそうな奴！　そら行け、アホ妹！　今こそおまえの兄愛を証明

しろ！」

高野橋さんが叫んで、

「おっしゃうおおおー！　お兄ちゃんをいじめるなぁぁぁー！」

やめろ、そういうノリじゃない、やめてくれ、嘘だろ……叫ぶ間もなく、妹はアイスの旦那に鋭いタックルで突っ込んでいく。悪夢のようだったが、しかし意表をついた攻撃だったのは確かだ。あっけなくアイスの旦那は押し倒され、仰向けに倒れた。

「仕ー留めたりぃぃぃー！」

遅れて両親も現れて、「あっ瑛人だ！」「あっアイスだ！」「ああ……歓路が！」娘が見知らぬ男を嬉しそうに組み敷いているのを見て慌てる。

「みんなこっちに来なさい！　早く！　はいっ、パパのとこに全員集合ー！」

父親は声を上げながら、眼鏡を妙にかっこよくすちゃっと外す。ド近眼の目を眇めたその顔は厳しく引き締まり、宇宙刑事的ななにかに変身してもおかしくなさそうだった。一体どうするつもりなのかわからないまま、瑛人はアイスの腕を左手で引っ摑んで必死に家族の方へ走った。大きく手を広げ、父親はいまや背後に家族全員、母親も歓路も高野橋さんも守っている。瑛人もアイスもそこに加わる。本能的にひな鳥みたいに身を寄せ合う。

「どどど、どこの誰かは知らないが！」

激しくどもりながら父親はずいっと一歩前へ出て、アイスの旦那に対峙する。

「あんたらこそどこの誰なんだよ⁉」

「わわわ我々は家族だ！　そして私が家長だ！　我が家の者に文句があるなら、」

華麗な右手の動きは白鳥の羽ばたきが如く。宙に大きく弧を描くように滑らかに動き、尻ポケットへ。そして黒の革財布を取り出す。それを全力で前方に差し出しながら父親は片足をぐっと後ろに引き、左手を地面につき、

「ここここの私に、言いたまえ！」

華麗に土下座を決めた。「……よく見ておけ瑛人！　これが月岡家に代々伝わる『財布&土下座』のステップだ！」だ、だせえー！　と高野橋さんが夜空に叫ぶ。

「いらねえよ！」

「なんですって⁉　財布はいらない⁉　まさかこの技が通じないのか⁉」

驚愕しながら顔を上げた父親に、男は強く指を突き付ける。

「俺は強盗じゃない！　伽奈の配偶者だ！　今は、一応、まだ！」

「かなって誰だ⁉」

「あ、それ私」

父親の背後で、アイスが片手を上げる。その顔を見ながら母親が「はっ！　ってことは！」騒ぎ始める。

「じゃあ、あの怖そうな人がアイスの離婚でもめてるって言ってた旦那さんなの⁉」

「そうなの。なんか気まずい」

「へーへーうわー！　あの人ー⁉　なになにやだー！　でもなんでここにいるのぉ⁉」

「ていうか母さんもみんなも、なんでここにいるんだよ⁉」

「俺が皆さんをお連れしたんだ！　だってエイトのことが心配でさあ！　ババアはまあなんでもいいんだけど、とりあえずエイトがやばい、どうしようって、俺らみんなすげえ焦ってさあ！」

「ああっ、ちょっと待て！　母さんはアイスの離婚のこと知ってるのかよ⁉」

「そりゃそうよ、それ聞いたからうちにしばらくいていいよ、って話になったんだもん」

「えっ、アイスの離婚ってなに⁉　あたし話わかんない！　あたしも知りたい！」

「じゃあもしかして高野橋さんもアイスのことなにか知ってた⁉」

「いや、俺はもう本当に純粋に『こいつどこのババアなんだろう』と思ってた！　既婚者だと今知って結構しみじみ引いている！　ていうか、エイト……俺さあ、俺、ほんとにさあ……なんていうか、もう……なんて言っていいかわかんねえ。驚かせたよな……」

「……いいよ、もう。今はとりあえずなにも言わなくていいよ。ここに来てくれた気持ちは嬉しい。あのままどこかに行っちゃったりしないでくれて、嬉しいよ俺」

「エ、エイト……！」

「ねえねえだからさアイスの離婚って⁉　誰といつ離婚すんの⁉　あたしにも教えて！」

「やだ瑛人、右腕は大丈夫なの？　アイスもひどい恰好してるし、えー、もしかしてまたうちのお風呂詰まっちゃう系？」

「やったぁそしたらまたみんなであの銭湯いこうよー！　あたし銭湯好き！　アイスも好きだよねー」

シャベルを「どりゃぁ！」と夜空の向こうに思いっきりブン投げて、アイスの旦那は血を吐くような声で叫ぶ。

「だから、アイスって、なんなんだよぉー⁉」

＊＊＊

とにかくもう帰りたい、とアイスは言った。

「寒い。痛い。つらい」

泥だらけの顔を大きく歪めながらそう言うアイスの手を、歓路が「じゃあ帰ろ」とあっさり握る。瑛人も左手で、アイスのもう片方の手を握る。これで今夜はもう、アイスもこれ以上どこにも逃げられない。家に帰るしかない。

瑛人はギプスで固めた右手に、あのくまをぶら下げていた。落ちていたのをさっき見つけて拾ったのだ。歓路は空いている方の手で「おい帰るぞ」と高野橋さんの肩の辺りを掴む。「いてえな、どういう力してんだ⁉ 奥さん、おたくの娘キングコングの役できるよ！」身を捩りながら、高野橋さんは瑛人の母親にすがりつく。母親は「キングコングって亀だっけ？」と父親の手を引っ張って訊ねる。

「ちょっと待って、今大事な話してるから」

眼鏡をかけ直した父親は、アイスの旦那に名刺を渡していた。

「……というわけで、アイスはとにかくうちに帰りたいそうです。ご連絡はこちらまで。この090ってやつが携帯の番号で、このtenagaebi-kanibasami@〜ってやつが私用のメルアドで」

「見りゃわかりますよ……ていうか、私用のメルアド載せてるとか、これキャバクラ用の名刺……」

「さよなら！　よーし！　帰るぞー！」

アイスの旦那の名刺も父親が受け取って、月岡家の面々は帰り道をぞろぞろと歩き出した。

河川敷を出るまではなぜかみんな手を繋いでいたが、それなりに長い家までの道のりの途中で、その手もやがて自然に解けた。

それぞれ黙り込んだまま、冷たい風に耐え、暗い夜の道をどんどん歩いた。

瑛人はみんなの一番後ろを歩いていた。薄着で来てしまったから、多分自分が一番寒いだろう。震えながら、でもくまはちゃんと持っている。ちゃんと連れて帰っている。自分も自分を、アイスもアイスを、みんなもみんなを、ちゃんと家に連れて帰っている。誰一人置き去りになんてされていない。ゼロから生まれて家までの道のりを、こんな暗い夜にもそれぞれ一人で帰っていく。それぞれの目を光らせて、ちゃんと自分を連れて帰っていく。己はとにかく、自分の分だ。時には誰かに預け、誰かに預けられながら、今夜はちゃんと自分で抱える。一人だけど、一緒だ。みんな一人で、一緒に帰るのだ。

（……こういう光も、あったのか）

道沿いに通りを照らす白い街灯の下。その先にはいくつもの家々の、それぞれの黄色い灯り。それぞれが誰かの帰り道。瑛人が目指す光もそのうちの一つで、目指す光が同じなら、それは要するに家族だ。

みんなそれぞれに心を持って、それぞれの違う道を歩きながら、同じ光へと帰っていく。道の途中で間違いながら、何度も何度も彷徨いながら、時には遠く離れてしまいながら、それでも最後にはちゃんと家に帰る道を見つける。自分自身で、自分自身を、家まで連れて帰ってくる。

帰っていくそれぞれの道筋はいつしかちゃんと重なって、やがて外の世界の海へと注ぐ強い流れになるのかもしれない。

流れる水は今、目から溢れて——一番後ろを歩いていてよかった。瑛人は立ち止まらず、歩き続けながら思う。こんな情けない顔を、これ以上家族のみんなに見られなくてよかった。

「はい、ただいまー。みんなおかえりー」

「はー寒かった、ただいまー」

「ただいま！　こたつー、ミカンーー！」

「おかえりー！」

「さび〜なくってそ、ただいま！　ふ〜！　おかえり〜！」

「ただいまー、歓路！　手洗いは⁉」

「おかえり」

「ただいま！」

「おかえりなさーい」

「おっかえりー！　たっだいまー！」

リビングには何事もなかったみたいに食事の支度が整っていた。あれだけ大騒ぎして、一体どんなにめちゃくちゃになってしまったか、と瑛人は思っていたのだが、こたつには整然と全員分の茶碗と箸が並んでいた。

手を拭きながら母親がキッチンに向かう。

「ちゃんとご飯も炊飯器にぱかっと戻しておいたのよ。帰ってきてからみんなで食べるだろうと思って。煮物と味噌汁も鍋に戻したし、今から温め直すね」

「じゃあ私が味噌汁やる」

「いいからアイスは先にシャワーしちゃってよ、すごい顔だよ。瑛人もご飯の前にシャワーね」

「私が先でいい?」

「待った! じゃんけんじゃんけん、じゃんけん」

「ぽん! はい、私が先」

「うおー、急ぎで頼む! すっげえ冷えた!」

アイスの後にシャワーを浴びて、左手だけで髪を拭きながら出てくると、すでにこたつには全員が揃っていた。ご飯と味噌汁をよそってもらって、食べやすいように瑛人だけスプーンを摑む。それじゃあ、とみんなで手を合わせる。

「いただきまーす!」

湯気の上がる温かな食事をやっと腹に入れながら、瑛人は、ここにはなんでもあると思った。

そして、もしかしたら。

もしかしたら、これらは全部、自分のだ。持っていても、いいものだ。もらいながら、与えながら、大事に抱きかかえていていいものだ。

(……ごめんな。満ち足りている俺を、許してくれ)

ビニール袋に入ったまま、汚いくまは壁際にもたれかかっている。幾度も死にながら今はまた、黒い目でビニールを透かし、静かに瑛人を見つめている。なにもできずに、ただ、そこにいる。ただ、瑛人のそばにいる。

そのくまもまた、やっぱり自分のものだと瑛人は思った。捨てても埋めても消えはしない。置き去りにしてもなかったことにはならない。だったら悲しみごとすべて、無力さもすべて、おばけの不在さえもすべて、自分のものとして引き受けよう。そして愛そう。

(俺も全部、なにもかもを許すから……)

・

満腹になるまで夕飯を食べて、いつもに比べると随分遅い時間になってしまった。

自分のこと。高野橋さんのこと。アイスのこと。他にもたくさん。考えて頭の中を整理したい事柄はいくつもあったが、一度ベッドに突っ伏してしまったら、そのまま瑛人はあっという間に眠りの底へ落ちていった。夢を見たが、たまに見るあの夢ではなかった。

夢の中で、瑛人は左官だった。

妙に西洋ファンタジックな世界観で、童話に出てくるようなヨーロッパ風の町並みの中に瑛人は暮らしている。毎日同じ脚立に座って、古びた城の石積みの壁をぺたくたと補修するのが仕事だった。にぼしを粉にして水に溶いてあって、それで隙間をみっちり埋めるのだ。カルシウムだからくっつくのが早い、ということに夢の中ではなっていた。

町には同じような城がいくつも建っている。人の数と同じだけある。みんなが左官という設定だった。自分の城を、みんな、瑛人と同じように毎日直しながら生きているのだ。

みんな今日も建ってるなあ、と、瑛人は遠くを見ながら思った。ずっとはるか遠くまで、色々な形をした城は続いている。大洋の果てに続く波頭みたいに、どこまでも連なって、白く尖っている。風が吹きゃ倒れるさ。雷に撃たれれば崩れるさ。でもいいのだ。大丈夫。この城はどんどん育つから。空を目指し、海を眺め、ちゃんと深く深く根を張って、毎日大きくなってゆく。

にぼしで隙間を埋めながら、砕けた部分をくっつけながら、みんな今日もこうやって、ここでそれぞれに生きている……。

＊＊＊

翌日の朝、目が覚めるとすでに昼近い時間になっていた。

一階に下りていくと、アイスは仏間にいた。振り返るその姿は、ブラウスとロングスカート。借り物の服を脱いで、自分の服に着替えていた。そうなるかも、とは思っていたが、直面すればやっぱりショックだった。アイスはこの家を出て行くのだ。

「わかりやすいツラ」

呆れたように、アイスは瑛人を見て冷たく笑う。

「……マンションに戻るのかよ」

「まあね」

「逃げるのはやめて、離婚届、書くことにしたのか」

「ついに年貢の納め時ってやつ？　さすがにもういいよ。昨日あんだけ騒いだら、私もやるだけやったって気になった。ちゃんとサインしてやって、呪いとともに送り付けてやる」

「ハナクソつけてやれば」

「アホくさ。発想が低レベル。小学生並み」

「呪いとか言ってる人となら同レベルだと思うけど」

黒っぽく汚れたブラウスに花柄のスカートを穿いたアイスは、改めて見ると、ややださかった。ださいピンクのコートにも腕を通す。洗濯は一応したようだが、どこもかしこもまだあの夜のまま汚れている。それでもアイスはそれを着て、あの寂しい部屋に帰ることに決めたらしい。

父親はいつもどおり仕事に出たし、歓路はもっと早く練習に行っていた。母親もパートに行く支度をしている。高野橋さんは一度のっそりと一階に下りて来て、トイレのついでに着替えたアイスを見て「きたなっ！」とか言い捨てて、また二階へ上がっていった。もっと他に言いたい言葉があって、そのためにわざわざ下りてきたんだろうに、と思うけれど。

なにを言うべきか、瑛人もしばし黙り込んでしまう。

アイスはこの家を出ていく。そして自分で決着をつけようとしている。逃げ回るよりはずっといいと瑛人も思う。そうするべきだと思う。

でも。

「そういやあんた」

髪を手櫛でとかしながら、急にアイスは振り返った。

「ギプス、汚れがひどいからやり直してもらわないと」

「あ、うん」

「いつ？　今日？」

「今日は休診日だから、明日以降に」

「じゃあ明日ね。迎えにくるから家で待ってて。なにその顔」

「動揺、隠し切れてない？」

「丸出しよ」

だって、アイスがそう言ってくれるとは思わなかった。これっきりで去っていってしまうつもりなのかとばかり思っていた。居候をやめたら家族でもなくなって、そして愛も消えてしまうのかと。

「骨折が治るまで送り迎えするって約束したでしょ。忘れたの？」

「……じゃあ、じゃあさ、」

「なに」

骨折が治った後はどうするのか。

その時まで別れを延期してくれるという、それだけの話なのか。それとも。

訊こうとして、でもやっぱりやめた。約束とか、そういうことじゃないのだ。流れは自分で作ればいいのだ。アイスの流れと重なって、また何度でも溢れるように、この愛を自分で流さなくてはいけない。

「……なんでもない。明日、うちで待ってる」

「何時」

「うーん、午後一かな。……あのさアイス、病院の後にちょっと出かけたいんだけど」

「どこ。ていうかその『ふふふ』って笑い方、なんなの？」

「ただのくせ。明日、スカイツリー行かない？　クリスマスだし、天望デッキから景色見ようよ。行ったことある？」

「いいけど。あるけど。昼に行ってどうすんの。綺麗なのはやっぱり夜景でしょ」

「夜景は見たことあるから。開業してすぐの頃、うちのみんなでぞろぞろと」

「私も開業したばっかりの時に行ったな。夜景見に。……旦那に約束すっぽかされて、しょうがなく一人でさ……超混んでるし、あんたたちみたいなガキ連れもうろうろしてるし、カップルうじゃうじゃ、ほんっと最悪だった」

「一人⁉　あそこに⁉　ああ、確かにそれは最悪かも」

「でもまあ、夜景はほんとすごかった。普通にうわー、すっごいって、」

「宝石箱みたい……とか思った？」

「そうそう。ありがちだけどね。ていうか宝石箱なんか見たことないんだけど、でもとにかく綺麗だなって」

「あれは、綺麗なのかな」

「綺麗でしょ」

「……そうか。アイスが言うなら、そうかもしれない。……言われてみれば、綺麗、だったかもしれない」

「なに言ってんの。ちゃんと見てみな。じゃあ明日、暗くなってから連れて行ってあげる。もう一回ちゃんとその目で確かめてごらん」

すたすたと仏間から出て行くアイスの後について居間へ向かう。アイスは壁際にぽつんと置いたままになっていた、くまのビニール袋を摑んだ。

「これ、しばらく預かるから」

「え。なんで」

「ボロボロだから、私が洗って繕って、まともなくまに治してあげる。だいぶひどいから中身も詰め替えて……ちょっと時間かかるかな。できたら持ってくるから」

「そんなことできんのかよ」

「できるよ。私のことなんだと思ってんの。これでも家庭科の教員免許、もってるんだけど」

「うそ⁉　まじで⁉　教えたこと、あんの⁉」

「前はね」

「先生なの⁉」

「短かったけどね。あーあ、また復職すっかな」

居候のアイスの正体は、バツいち予定の津田伽奈さんで、元家庭科の先生で——瑛人はこめかみに手をやって、昨日から今日にかけて一気に増した色々な情報を必死に整理しようとする。正式に離婚したら、名字はさらに変わるのかもしれない。

——まあ、でも。とりあえず、アイスはアイスだ。アイスでいいのだ。

(アイスは愛す。愛してる。それでいいや)

アイスは洗面所を覗き込み、出かける支度をしている母親に声をかけた。

「私、先に出る」

「はーい、忘れ物ないようにねー」

「……私が口挟むことでもないけど、一号はどうするの」

「ふふふ、どうするんだろうね。私はまだしばらくいてほしいけど。ていうか、ずっといてくれていいんだけど」

「出た、変なくせが……」

「くせってなによ？　まあ、あの子の気持ち次第だよね」

「あの子、って歳じゃないでしょうよ」

くまを片手に、アイスは玄関で瑛人に向かい、軽く顎を揺らすようにしゃくってみせる。

「じゃあね。明日」

「また明日、帰って来いよ」

「うん。明日、また帰ってくる」

ドアを開くと、午前中の白い光が玄関にどっと溢れ出た。アイスの形の輪郭が光の中に溶けていく。

「いってらっしゃい！」

ちょっと振り返って、アイスは笑い、いってきますと片手を振った。そのまま姿は掻き消えて――と思いきや、すぐにドアが外から開く。「間違えた！　なにこの靴！」なぜかタイツに瑛人のサンダルを履いていた。

瑛人は思わず吹き出した。アイスが靴を履きかえて本当に出て行った後もしばらく笑いが止められなくて、そのまま階段を駆け上がり、高野橋さんの部屋へ飛び込んでいく。布団でグズグズしているところにダイビングボディプレスを決めてやろうと、両足で力いっぱい踏み切った。一人になんかしてやらない。

「高野橋さん！　今日はなにして遊ぶ⁉」

押し潰されて布団の中で、高野橋さんは呻き声を上げていた。それを聞いて、瑛人はまた笑ってしまった。

初出　「別冊文藝春秋」二〇一五年七月号～二〇一六年一月号
DTP制作　萩原印刷

文春文庫

あしたはひとりにしてくれ

定価はカバーに
表示してあります

2016年11月10日　第1刷

著　者　竹《たけ》宮《みや》ゆゆこ

発行者　飯窪成幸

発行所　株式会社　文藝春秋

東京都千代田区紀尾井町 3-23　〒102-8008
TEL　03・3265・1211
文藝春秋ホームページ　http://www.bunshun.co.jp

落丁、乱丁本は、お手数ですが小社製作部宛お送り下さい。送料小社負担でお取替致します。

印刷・凸版印刷　製本・加藤製本

Printed in Japan
ISBN978-4-16-790731-0

（　）内は解説者。品切の節はご容赦下さい。

あさのあつこ
ガールズ・ブルー
十七歳の誕生日を目前に失恋した理穂。病弱だけど気の強い美咲。天才野球選手の弟、如月。落ちこぼれ高校生たちの夏が始まった。切ないほどに透明な青春群像小説。　（金原瑞人）
あ-43-1

あさのあつこ
ありふれた風景画
ウリをやっていると噂される琉璃。美貌と特異な能力を備える周子。少女たちは傷つきもがきながらも懸命に生きる。十代の出会いと別れを瑞々しく描いた傑作青春小説。　（吉田伸子）
あ-43-3

五木寛之
金沢あかり坂
花街で育った女と、都会からやってきた男。恋と別れ、そして再会――単行本未収録「金沢あかり坂」を含む4篇が織り成す、恋と青春を描いたオリジナル短篇小説集。　（山田有策）
い-1-35

井上ひさし
花石物語
東大コンプレックス嵩じて吃音症に陥り帰郷した青年と、彼を迎え入れる心優しき花石の人たち。東北方言と至高のユーモア、包み込む人間観で読ませる、自伝的ザ・青春小説。　（川本三郎）
い-3-31

伊集院　静
少年譜
多感な少年期に、誰と出会い、何を学ぶか――。大人になるために必ず通らなければならぬ道程に、優しい光をあてた少年小説集。危機の時代を生きぬくための処方箋です。　（石田衣良）
い-26-16

池澤夏樹
南の島のティオ　増補版
ときどき不思議なことが起きる南の島で、つつましくも心豊かに成長する少年ティオ。小学館文学賞を受賞した連作短篇集に「海の向こうに帰った兵士たち」を加えた増補版。　（神沢利子）
い-30-2

石田衣良
キング誕生
池袋ウエストゲートパーク青春篇
高校時代のタカシにはたったひとりの兄タケルがいた。戦国状態の池袋でタカシが兄の仇を討ち、氷のキングになるまでの書き下ろし長編。初めて明かされるシリーズの原点。　（辻村深月）
い-47-20

石田衣良
シューカツ！
一人の女子大生がマスコミ志望の男女七人の仲間たちで「シューカツプロジェクト」を発動した。目標は難関、マスコミ就職！　若者たちの葛藤、恋愛、苦闘を描く正統派青春小説。（森　健）
い-47-15

伊藤たかみ
ミカ！
思春期の入口に立つ不安定なミカを温かく見守るユウスケ。両親の別居、家出、隠れて飼った動物の死……。流した涙の分だけ幸せになれる。キュートな双子の小学校ライフ。（長嶋　有）
い-55-1

伊藤たかみ
ミカ×ミカ！
双子のユウスケとミカも中学生。ある日、男勝りのミカが「女らしいって何？」と聞いてきた。どうやら恋をしたらしい。青いインコが双子に運んできたシアワセな明日。（森　絵都）
い-55-2

井上荒野
学園のパーシモン
〝赤い手紙のことは高等部に入る前から知っていた〟。二通のパーシモンレッドの手紙が学園に波紋を起こす——十代のきらめくような退廃を描いた大人のための学園小説。（速水由紀子）
い-67-2

大崎　梢
夏のくじら
大学進学で高知にやって来た篤史はよさこい祭りに誘われる。初恋の人を探すために参加するも、個性的なチームの面々や踊りの練習に戸惑うばかり。憧れの彼女はどこに!?（大森　望）
お-58-1

加納朋子
モノレールねこ
デブねこを介して始まった「タカキ」との文通。しかし、そのネコが車に轢かれ、交流は途絶えるが……表題作「モノレールねこ」ほか、普段は気づかない大切な人との絆を描く八篇。（吉田伸子）
か-33-3

加納朋子
少年少女飛行倶楽部
中学一年生の海月が入部した「飛行クラブ」。二年生の変人部長・神《じん》ことカミサマをはじめとするワケあり部員たちは果たして空に舞い上がれるのか？　空とぶ傑作青春小説！（金原瑞人）
か-33-4

文春文庫　青春セレクション

（　）内は解説者。品切の節はご容赦下さい。

村上 龍
69 sixty nine
楽しんで生きないのは、罪だ。安田講堂事件が起き、ビートルズ、ストーンズが流れる一九六九年。基地の町・佐世保で高校をバリケード封鎖した、十七歳の僕らの物語。永遠の名作。
む-11-4

森 絵都
カラフル
生前の罪により僕の魂は輪廻サイクルから外されたが、天使業界の抽選に当たり再挑戦のチャンスを得る。それは自殺を図った少年の体へのホームステイから始まって……。（阿川佐和子）
も-20-1

山田詠美
風味絶佳
七十歳の今も真っ赤なカマロを走らせるグランマは、孫のままならない恋の行方を見つめる。甘く、ほろ苦い恋と人生の妙味が詰まった極上の小説六粒。谷崎潤一郎賞受賞作。（高橋源一郎）
や-23-6

湯本香樹実《かずみ》
西日の町
十歳の僕が母と身を寄せ合うアパートへ、ふらりと「てこじい」が現われた。無頼の限りを尽くした祖父の秘密、若い母の迷いと哀しみをみずみずしいタッチで描いた感動作。（なだいなだ）
ゆ-7-1

柚木麻子
終点のあの子
女子高に内部進学した希代子は高校から入学した風変わりな朱里が気になって仕方ない。お昼を食べる仲になった矢先、二人に変化が……。繊細な描写が絶賛されたデビュー作。（瀧井朝世）
ゆ-9-1

吉田修一
横道世之介
大学進学のため長崎から上京した横道世之介十八歳。愛すべき押しの弱さと隠された芯の強さで、様々な出会いと笑いを引き寄せる。誰の人生にも温かな光を灯す青春小説の金字塔。
よ-19-5

よしもとばなな
High and dry（はつ恋）
十四歳の秋、生まれてはじめての恋。ちょっとずつ、ちょっとずつ心の距離を縮めてゆくふたりに、やがて訪れる小さな奇跡とは。イラスト満載、心あたたまる宝石のような一冊です。
よ-20-3